文
景

Horizon

社科新知 文艺新潮

述而批评丛书

珀金斯的帽子

李伟长——著

上海人民出版社

在批评的世界里激荡风云
——“述而批评丛书”序言

文学创作的进步与繁荣，离不开文学批评的推动。卢那察尔斯基说：“历来的情况是：恰恰由于著名作家和卓有才华的批评家的通力合作，过去曾经产生过、今后将产生真正伟大的文学。”受现实生活直接影响的敏感的作家，需要批评家帮助他们形成抽象的科学思维，需要批评家来发现其优秀作品、总结其创作经验、揭示并推介其创新创造的价值。而一个时代文学创作的趋势和潮流，也需要批评家用他们的前瞻和敏锐，来进行指向与导引。

揆诸上海文学事业发展的历史轨迹，我们可以说，繁荣的文学批评是上海文学版图上一道特别的风景，活跃的批评家是上海集聚起来的高能级文学精英，一代代的坚守和传承是上海文学批评生生不息的泉源。

近年来，上海坚持发扬重文学批评的传统，在发挥批评大家作用的同时，十分重视青年批评家的培养，为他们搭建施展才华的舞台，逐步形成了一支阵容较为齐整的青年批评家队伍。

这些批评家有的工作在作协，有的执教、执笔于高校或研究机构，也有的活跃在报纸刊物上。他们互通声气、互相激荡，通过出版专著、在报刊和各种文学活动平台上通畅表达，指点文学江山、洞察文学思潮、剖析创作得失。他们是多面手和跨界者，不仅在批评的世界激扬文字，还常常游走于创作的天地，直接实践于小说、散文、诗歌等各种文学体裁。他们视野开阔，兼容并蓄，在坚持中国文学批评优秀传统的同时，善于运用世界文学发展的新潮流和新标准，与时俱进地开展科学的、有见地的批评。他们不仅在上海，也在中国，甚至出现在国际文学交流的舞台上，代表中国、上海，与世界文学展开近距离的对话。他们和前辈批评家一起，为上海文学创作的创新、创造和繁荣做出了积极的贡献，也预示着上海文学批评发展的前景和未来。

为集中展示青年批评家群体的成就和风采，展示上海文学批评的发展与收获，上海市作家协会策划推出这套丛书。丛书由11位批评家分别选编代表自身水准的文章集纳而成，这些文章虽然多曾在各种报刊、专著发表过，但作为一个整体的重新呈现，必能产生不同寻常的组合效应。丛书的问世对于专业人士的意义不多赘言，而对于普通读者来说，阅读这些著作，也将有助于总览中国文学、上海文学创作的流变，深入掘发作家作品的精华，深切体验作家创作的用心，深刻感受作家作品的价值。

这套丛书以“述而”命名，也寓意着青年批评家对前辈的承继、接续和阐发，述而后作，使批评的传统在文学发展的长河里不断地被赋予新的生命。我们相信，丛书的出版不会戛然而止。今后，当有更多的青年批评家和更多的成果涌现时，丛书将及时地进行扩容。

伴随着波澜壮阔的改革开放，上海文学事业走过了40年不平凡的历程，如今和国家各项事业发展一样，进入了崭新的历史阶段。新时代，文学承担着新使命，也呼唤着一大批青年批评家在文学批评领域承前启后、继往开来。今后，我们将一如既往地重视文学批评，重视培养一代代的青年批评家，让活跃、健康、高质量的文学批评，始终与文学创作、文学活动，还有文学出版、文学翻译等一起，支撑起上海文学繁荣、发展的良好局面。

是为序！

上海市作家协会党组书记、副主席王伟

辑一

从人开始，城市文学的可能 3

不可能的呀！就是讲呀！ 13

温情的细节主义者 20

不肯潦倒的人 32

辑二

珀金斯的帽子 43

青春的三分之一 58

大象的生存哲学 83

观察家和传道者 91

辑三

作为观念史的路内小说 101

随波逐流与推波助澜 115

无处安放的身体和灵魂 130

她的心里长着一头巨兽 148

捕风的人 161
年轻的告密者 190
迷恋虚构的女人 201
国王与抒情诗的边界 208
一道浑厚的光 217
逃离的方向：小说能走向哪里 226

辑四

英雄，好久不见 247
官场小说的官文化阐释 256
官场小说的文学性考察 291
文学批评与大众点评 322
不可译与自觉的语言意识 328

代后记：
忠于某些事实，忠于某些情感，也忠于幽暗的自己 337

辑一

从人开始，城市文学的可能

熟悉地理和赛车知识的读者，不难体会《漂移者》书名中“漂移”二字的寓意：一是地理学上的大陆漂移概念，二是赛车手过度转向的技巧。孙颙先生这部长篇小说的主角马克，从美国来到陌生的上海滩，要融入上海这座城市，就需要完成一套类似漂移的组合动作：空间移动，快速转向，安全过弯。漂移者不仅需要跨越地理概念上的距离，还需完成文化观念上的和解与融入。

一、一种视角：从城市人到城市文学

这些年来，我们一直纠结于城市文学和乡土文学的分割线，期望着锻造城市文学的新篇章，却又迷恋于乡土叙事难以自拔。不仅作家如此，评论家们也同样如此。面对乡土作品，评论家们得心应手，甚至无比娴熟，总能轻易地寻找到文学与现实、伦理与现代的对接话语，但在城市文学方面，却显得不那么有底气，尽管外来的都市文化理论并不算少，但与本土作品的对接总难免有些生搬硬套。现实就是，文学作品中的城市形象比乡村形象要单调得多。生活在上海、北京等大都市里的写作者，一直在寻找如何建立真正有效的，或至少可与乡土叙事对抗的城市文学模式。先锋小说、实验小说、新写实小说、新市民小说等文学热潮，都留下过一些印迹，但也都没来得及建立足够厚实的城市文学之墙便匆匆流逝，更多的写作者依旧在为找不到进入城市文学的有效途径而焦虑和苦恼。

《漂移者》延续了城市文学的一种建构方式——着墨于城市中的人，通过写人来写城市变迁和人心变换。从文学史的角度看，这不是新发明，却是最常用、最有效的办法。在西方城市文学的传统里，通过写城市人物，比如贵族、暴发户或者梦想爬入上流社会的底层青年，来完成对城市的文学建构，早已经被证明是行之有效的好方法。巴尔扎克之高老头，司汤达之于连，狄更斯之奥立弗，陀思妥耶夫斯基之伊凡等著名的作品人物谱系，也证明了伟大的文学作品无不是通过人进入城市文学的。就像《高老头》里的拉斯蒂涅和《红与黑》中的于连等人物一样，他们怀揣梦想来到大城市，渴望出人头地，却逐渐被残酷的现实生活挤压，逐渐失去原有的纯真，直至变成道德沦丧的投机者。在西方文学作品中，这是一个相对成熟的主题，有着极为丰富的文学创作经验和评价体系。

孙颙的小说继承了这个传统。实际上，他之前的中篇小说《拍卖师阿独》就已经这么做了——书写城市人物传奇，由此带出当下城市的文化走向。在《漂移者》中，写作对象发生了变化，从本土人士变成了来华的外国人，故事内容自然也有了一定的变化。需要指出的是，叙写对象的这种改变对一个国际化都市来说很有意思。外国人已经成为这个城市人群的一部分，也成为城市性格的一部分，他们各自带来的文化在适应着，也在改变着这个城市原有的结构和生态。用文学方式关注这种文化改变，国内此类作品很少，外国人作为第一叙述主角的更是少之又少。中国人在东京、在纽约、在巴黎等的题材倒是有不少小说家涉猎过，而美国人、法国人或者英国人在上海、北京这样的设置就很少见。在文化交流不断拓展的今日，国际化都市的码头化是文明发展的趋势。就这点而言，作者敏锐地找到了一个绝佳角度，一个未曾有过多少人登上的观景台，由此一览城市的各类市井人物，具有开拓性和前瞻性。

更有文学价值的是，我们就此延续上了城市文学写作的一种可能——写城市人。这个庞大的复杂的都市，由一个个职业、一个个阶层、一群群人组成，关注他们，就是关注城市。书写他们，就是书写城市，就是了解和表现城市欲望、城市生活、城市经济文化。在孙颙以往的小说中，城市的各种人始终是他重点观察和剖析的对象。《雪庐》、《烟尘》与《门槛》三部长篇小说关注了知识分子家族史与当代知识分子的境况，《门卫之死》和《拍卖师阿独》两部中短篇小说则关注了城市中几类处境不同的职业和岗位上的人性变化。这部《漂移者》则关注了一个中国通式的美国青年在中国的从商、人际和情感经历。这些人物的变化，实际上反映了作者关注点的变化，从知识分子到重大社会问题再到城市人，不但看得出作者身上的使命感，还可以读出他内心的理想主义情结，这也是孙颙这一代知识分子的某种共通性。

从《漂移者》来说，选择一个美国青年作为主人公，写他在中国的从商经历，这是一个非常独特的角度。一个独特的点，对一部小说而言往往意味着创作成功了一半。

二、一个人物：美国青年漂移上海滩

马克在上海的漂移之旅，分情感和商业两部分。情感部分相对细腻舒缓，商业内容则较为紧张。小说一开始侧重马克的情欲游戏，写他与东方女性间的暧昧。犹如脱缰的野马，马克在东方寻找到了久违的草原，自信而又放肆，凭借着西方人独有的魅力，迅速拿下了一个姑娘。作者在他身上用了一个形容词——“快乐”，没有隔夜愁，看上去快快乐乐，看得出作者意在用这部分内容作为过渡和铺垫，表现一个价值观和思维方式不同于中国青年的马克，同时为小说接下来的文化冲突做好了铺垫。快乐是马克的价值取向，但凡不快乐的事情马克是不愿意将就的。在马克看来，中国人的生活哲学过于实际，被物质所累，不够自由。在与中国女孩恋爱的过程中，这种生活态度展现得很充分，因此带来的小冲突小摩擦不断，其中最大的表现是对房产和两性相处的态度。中国姑娘苏月想买房，马克只想租，并且下意识地认为应该各过各的，以保持彼此独立的空间。苏月认为马克对她缺乏尊重，但马克却不这样认为，并且不把苏月的提醒放在心上。这种文化差异导致了两人关系的破裂，但也恰是这种差异最终让马克认识到了问题所在，深陷困境中的马克这才体会到了自己想要怎样的生活。

如果说情感叙事是柔软的，只是展现了东西方青年生活态度的不同，那接下来聚焦商战的内容则是异样的风景，甚至让人有意外之感。在商业领域，马克的价值观和手段与中国商人相比有过之而无不及。从中可看出许多作者对社会、经济的综合思考。一个好的小说家应该是一个杂家，应该具有相当的综合素质，对各行各业都要懂一些，至少要保持好奇心和求知欲，平时有观察有思考。一旦创作需要调动相关知识时，不会手忙脚乱或者不懂装懂。从当前小说发展态势来说，私人化写作较为多见。耽于叙述私人空间和个人生活经验的小说作者，对身外的生活似乎也缺乏探知的兴趣。倘若需要某方面的知识，大多搜自网络，没有自己的看法，自然就谈不上深刻与独特。孙颙展现出的对经济宏观的理解和微观的体察，不是一般小说家能够写得出的，看得出作者平时的积累。他还发表过一系列经济时评。关于国企的积重难返，关于跨国企业内部的权力斗争，关于培养企业接班人，关于全球化思潮，甚至关于中国市场的影响力，以及商业圈内的潜规则，小说都有涉及，并且有相当的深度，一来增加了小说的厚度和专业性，二来加强了小说的可读性。作为读者，谁不喜欢阅读有真正内涵的作品！

作者将马克塑造成了一个精通中国潜规则，并能将这些潜规则以国际做法进行自我合理化的复杂人物，表达了他对中国企业官商结合的看法，展现了他在实践中对于潜规则熟练的运用。孙颙除了写出了精彩的商业博弈和权力更迭外，也充分塑造了马克的人物性格，有一段话能说明马克身上的全部属性：“我知道你们一些老板的口头禅：国家的钱不用白不用；我们一样啊，总部的钱不用白不用。像总部的财务总监到上海活动，所有费用是他们的，你安排招待各方面，完全应该在五星级最好的酒店，面子上好看。以后碰到这类情况，你千万不要考虑节省，还要把我们平时想招待的全部请来。这样，我们自己的招待费就能少用些。奥，我知道你们的酒店还能把准备外带的烟、酒做进餐费，你也可以试试啊。总部的招待费没有限制，他们也搞不清楚中国的价格。捎带些好烟好酒，我们以后在业务上派用场。”这是马克招待美国总部来的财务总监时说的话，其精妙处在于将马克的深层次性格呈现了出来。聪明、敏捷、决断力强，更重要的还有对规则烂熟于心，运作起来得心应手，如鱼得水，没有障碍，将中国规则用得自如和熟练。

马克这个人物的文学价值正是在于他身上的复杂性，生活上推崇“快乐”准则和非物质主义，生意场上却又八面玲珑，对规则烂熟于心，甚至无视商业道德。小说的后半部分，在卷入了商业博弈后，马克道德底线的每次突破又伴随着内心的挣扎，在自觉和不自觉中摇晃，左右不是，尤其当情感被当成了商业斗争的筹码后，马克身上人性和欲望的纠缠表现更有质感。尽管他最终失败了，但我更愿意认为这是作者的善意安排。纵然马克熟悉规则，也不排斥潜规则，但问题在于他内心深处不是一个坏人，他还是做不到像某些毫无道德可言的中国商人那样穷凶极恶，那样肆意妄为，那样毫无底线可言。就像上文说到的那样，马克的“快乐”生活态度，他对爱情的向往，影响了他的行为处事。他坏，但还没坏透，这便是马克的可爱，也是小说人物的文学价值所在。倘若真是一个满分的坏蛋，和满分的好人一样，也就无趣了。

三、一种可能：关注城市历史纵深性

尽管这是一部具有文本示范意义的城市小说，但我以为，作品在表现城市历史文化的纵深性方面还可以做得更好。所谓城市历史精神的纵深性，指的就是城市文化在经历历史性转变前后呈现出的异同，比如上海在1949年前后和改革开放前后，无论是时代环境、人性和商业规则都会表现得不同。小说家观察一个城市的前世今生，需要关注到这些不同，以及其中的人物性格和命运的不同。作为一部关注外国青年在新上海的小说，作者也在小说中塑造了一个半个世纪前闯荡过上海滩的外国商人的形象，明显有横跨上海半个世纪的野心，但在文本中表现当下较多，和老上海文化少有链接，较少地考虑到老上海和新上海在商业规则上的异同、人心的变化，以及政治形势的差异，这削弱了小说厚重和恢宏的气势。这在主角马克和他爷爷老马克的人物设置上表现得更为充分。

马克是小说的主人公，这个美国青年熟知中国式的商场文化与生意伎俩，有为人处世的“中国式”哲学，也自以为了解中国姑娘的风情，但他依旧是一个自省的失败者，事业上被人击垮，感情上也谈不上成功。作品的魅力，与其说写了一个美国人不同于中国人的价值观，不如说写出了马克的失败，他聪明反被聪明误，能把握小事却难控全局，过度自信以至于变得自负。正是他的失败让人物更为丰满，失败而能自省更具有感染力。马克身上的商业元素也具有吸引力，他的行为符合当前青年人追逐的职场意识，作者需要将马克重重地丢进中国职场，去闯，去碰，去流血，去失败，去获得新体验，而不是从一开始就给出一个精明强干的马克。至于老马克，他半个世纪前曾在上海滩淘过金，认为上海可以成就马克的事业。正是在他的鼓励下，马克才来到了上海。小说中对这个老人家花了一些笔墨，但可惜老人的经验并没有成为亮点，也没有独特化，比如他告诉马克——闯上海要有一个中国人带着，所谓强龙难压地头蛇，不过这样的经验还不够独特。读者更愿意看到一个对中国有独特而深刻理解的外国老商人，洞悉中国人的人性、中国商业规则和上海的城市秘密，甚至他传给马克的行事指南都要系统化。考虑到两代外国人相差半个多世纪，读者难免会问：老马克的经验还适应当下的中国吗？老马克到底参透了中国社会什么秘密？不同的历史环境和商业氛围，对人的考量显然是不一样的。这种不一样，需要小说家开掘。

从可读性来说，老马克这个人物身上具有的传奇性可以打动读者，很能激起我们对半个多世纪以前外国商人的想象。他在中国所收获的经验经历了数十年的沉淀和发酵，说出来的时候将具有怎样的分量？打个粗浅的比方，就像武侠小说里的世外高人，因缘巧合传授功夫给一个年轻人，往往都是蕴含数十年功力的绝技，那老马克说出来的话，该具有怎样的智慧？或者具有怎样的厚黑？至少要比目前小说中闪现出的老马克的想法要深刻，这需要作者有一个系统性的认知和表达。还有，老马克经历的商业世界与马克的同样复杂，甚至更加杂乱。如果小说中稍加笔墨，带出老马克时代的商业中国，反观马克所处的当下中国，彼此的对照无疑会加重小说的厚重性，其间万般奥妙，均可纳入笔下。读者会乐于看到这种不同和变化，这样的大开大合和历史前后的关照，对写作者是一个大考验，知识储备一般的写作者难以进入，而作者孙颙不一样，他之前关于中国经济和政治等领域的思考和创作实践，提供了这种可能。

写于2013年5月

不可能的呀！就是讲呀！

1984年，年轻的王安忆写了一篇文章《我们家的男子汉》，文章讲她外甥小时候的情形。文章很有趣，小说家写人物，寥寥数笔，便绘出了一个可爱的小男孩。有一小节，写到小家伙爱吃肉，又因为看了电影《少林寺》，向往去少林寺当和尚，当大人告诉他，当和尚不能吃荤，他便问："用肉汤拌饭可以吗？"得知也不可以时，他忍痛放弃了当和尚的念头。后来这篇文章被选入了教材，成了课文，很多人很熟悉。但可能有人会忽略，这篇文章其实还有一个续篇。

十年后，亦即1994年，王安忆又以这个男孩为主角，写了另外一篇文章，叫作《男子汉成人》。那个可爱的小男孩长成了一名青年，经历了小学、初中和高中的教育，尽管依旧是"天真的，自然的，好奇的，善待这个世界也希望这个世界善待他的"，但现实并不如此，他未能如父母所愿成为一个优秀学生，补课、补考、检讨，从来没有得到过一次正面的表扬，直至最后离家出走。同十年前相比，这篇文章有些伤感与无奈，有思考的力度，显得厚重许多。一个孩子的长大成人，是否就意味着天真的本性被“教育”从他身上一点一点剥离？

前后相隔十年的两篇文章，都收录在王安忆的《今夜星光灿烂》一书中。对照起来读，会有别样的感觉，乃至一声叹息。举《男子汉》这个例子，只是想说明岁月缓缓流逝，时间以各种方式改变了许多人和事。倘若立此存照，此时和彼时也就千差万别，错过了就是不再有，就像王安忆说的：“有时候，我们真应该好好听听小孩子的声音，它们很微弱，并且转眼便消失在大人雄壮的聒噪里。这是一种很可纪念的声音。”要纪念这些声音，首先得记录下来，得会听，还得能听懂，全部完成，并不容易，听懂尤其难。从这个角度来说，王安忆的这本书记录着她听到的各种声音，加以纪念。

这本人物随笔集，有58篇文章，写了各种人，我以为就是数十种不同的声音汇聚在一起，一个人就是一种声音，其中有强音，也有微弱的声音，有巴金、萧军、鲁彦周、周介人、史铁生、陆星儿、顾城等已逝的作家，也有陈思和、陈丹青、施大畏、陈凯歌、葛优、姚育明等同时代的文化人，还有一些普通人，比如邮递员、手艺人等。这些声音可以帮助我们来读懂王安忆，读懂她内心的悲悯意识，读懂她严苛下的柔软，读懂她知人论事的方式，甚至她评判文学作品好坏的标准与观念。

呈现声音是困难的，王安忆写陈思和教授时这样说：“要去描写一个以文字和思想为生涯的人，是相当困难的。这种生涯几乎没有感性的一面。是静止的形态，还是孤立的形态，它完全没有可视性。它提供不了丰富多彩的场景，它活动的舞台是书斋这种枯燥又封闭的地方。”只有一种情况下，呈现声音是可能的，就是懂这个人。唯有真懂，才能展现出他的可视性来。对读者而言，我们除了窥探下王安忆的朋友圈中有怎样的高人，还得学会从中分辨王安忆自己的声音。她在写这些人物的同时，也在写自己。

第一篇文章《我的老师任大星》写于1981年，写的是儿童文学作家任大星老先生，也是书中写作时间最早的文章。王安忆老师写作此文时，不到三十岁，但已有了自己的叙述风格，尤其是她捕捉到的人物细节，让人印象深刻。她写任老先生，说他不会寒暄，不会闲聊，不会没话找话，但待人真诚，故常常显得不安，担心沉默会怠慢了人家，骨子里还是一个作家。真是抓准了任先生的特点，我有幸见过老先生几面，当年老先生九十多岁了，一样清瘦，依旧温和，照样关心年轻人，笔耕不缀。正如王老师文章所言，老先生温厚得近乎有些羞涩，几十年来一直未变。书中比较近的文章写于2012年，有篇《青青河边草，绵绵思远道》写一位早年移民北美的老华侨，因为眷恋母语，赔房子赔地，办了些华语报纸，主编了《美华文学》，但在美国，华语文学显得清冷，他自然也是无限寂寞。王安忆懂他的这份寂寞。

在王安忆的笔下，怀念是一部分，比怀念更重要的是理解，王安忆懂他们，听得懂他们的声音。一个懂字，弥足珍贵。就像她这样写陈思和，说他“要将知识分子从广场上召唤回来，是不是就是召唤进象牙塔里？他的声音很微弱，风一吹就吹散了，可总是有声音比没声音好”。说陈丹青始终在寻找他的视觉经验，为此寻访旧师旧友，努力将经验接上茬，继续生长与发展。说路遥从来不是在稿纸的格子里写字，而是在黄土地上，用他的心血。说葛优其实是个实在人，没有一点滑稽腔，不是一个可做笑料的角色。说要会听陈凯歌说话，听懂之后，你会发现，他是你的一面镜子。就是这些声音，这些经过王安忆辨析后的声音，组成了灿烂的星光。王安忆自己的声音，也隐藏其中，尤其是悲悯的情怀，克制中的温情，让文章的质地变得柔软，在她写史铁生、陆星儿和于东田这些已逝的作家朋友时就浸透了出来。

如果说《今夜星光灿烂》来自真实的人物，那在小说集《众声喧哗》里，王安忆倾听的对象就由生活的真实走入了虚构的真实。关于《众声喧哗》，评论家也写过不少文章，我注意到，谈的较多的是城市边缘小人物的生活和去故事化的创作手法。这部小说集给我最深的印象，是主打的中篇小说《众声喧哗》里的两句寻常对白，是开纽扣店的老爷子与小保安聊天时说出来的。老爷子很有想法，对一件事表达了看法后，爱习惯性地来上一句：“不可能的呀。”小保安总会及时呼应一句：“就是讲呀。”这两句话有意思，一呼一应，看似简单，但用上海话一读，就能意会其中妙处，里头有着别致的感觉，二人呼应极为到位。作为上海人聊天的常用句子，这两句上海话有着天衣无缝的衔接和呼应，潜藏着明白、理解和赞同的意思。这是方言的魅力。倘若换成普通话，效果是要少掉许多的。从这里，我也常常想起，小说要产生共鸣，须得有某些相通的经历和阅历，一地的读者自然对一地的文字心有相通。

小说写一个老爷子欧伯伯，在老伴过世后，为安顿好自己的晚年生活，也为排遣晚年寂寞，开了一爿小小纽扣店。欧伯伯是个有想法的老爷子，常常感觉儿女们并不认真听他说话，也不懂他的所思所想，也就有了烦恼。反倒是不相关的小保安，能够认真听他讲，还能及时呼应。语言的有效性，信息传递的效率，是王安忆这篇小说中最有意思的地方。一个人不停地说，到底有多少话，能够到达听者的耳中？到底有多少能够被懂？

2007年的时候，王安忆写过一个小长篇《遍地枭雄》，塑造了一个很有学识和思想的黑道大王，对着被劫的出租车司机，海阔天空，说个不停，极具煽动性和感染力，愣是把年轻的司机说哭了，自愿要加入黑道。一个是绑匪，一个被绑架，一个负责说，一个只能听，身份的不对等导致两人没有实现真正意义上的交流。如果分工没有这么明确呢？如果听众可以分心，可以敷衍呢？那又会是怎样的境况？《众声喧哗》给了一个答案。老爷子没能从儿女那里得到的回应，在小保安身上得到了。这个在妈妈姐姐们的宠溺中长大的保安“囡囡”，有些口吃，常常来店里玩，与老爷子聊天，有一搭没一搭的，但他在认真地听，也在认真地回应。两人之间的默契，都在小保安的这一句“就是讲呀”。这一句让欧伯伯感觉很欣慰，似乎找到了知音。看来，某些时候，用什么语言回应别人，也是有讲究的。所谓被引为知己，不也就是言语来往之后，相互惺惺相惜的事情吗？

不论是对整个上海文学，还是对王安忆个人，《众声喧哗》都是一个非常有意思的文本。它足够丰富，可以进行多种解读，比如上海都市角落里的边缘人物，或者生气勃勃的外乡人，再或者说，王安忆捕捉到了大都市里的“小”，小人物，小命运，小生活，小波澜，如此多的“小”构成了大城市生活的基石。这也引发我一些思索，生活说到底还是从日常开始的。日常生活不是无聊、乏味的代名词，日常生活里也有刀光剑影，也有汹涌澎湃，只不过形式上不那么猛烈罢了。好的小说家从不排斥日常生活，但也绝对不会陷入所谓的庸常，从日常中寻找到文学意义上的生活，才是真的。从这一点上讲，这篇《众声喧哗》堪称小说范本。

再说一点，真的相通是不会被外在限制的。小说里的一老一少，欧伯伯老来话不利索，小保安天生有些口吃，俩人表达上都有些障碍，从物理层面来说，沟通起来比较费劲，但显然这并没有妨碍两人之间达成相互理解。老爷子一句“不可能的呀”，小保安一句“就是讲呀”，这两句话背后呈现的是小说家的思想宽度。虽然小说中对语言传播有效性的介入没有引起更多的注意，甚至作者本人也没有太多提起，但都不妨碍我们从这个角度去体味这篇别有一番滋味的小说。这实在是方言的魅力，是生活的魅力，也是王安忆这篇小说的独特景致。

倾听，源于懂得，众声中自有智慧在。

写于2014年1月

温情的细节主义者

即使过了六旬，程小莹依旧挺拔，一米八十几的身高，仿佛未曾受过时间的压迫一样。这是一个安静的人，谈天时，抽着烟，不忘递给你一根，谈得高兴，他会用手往后使劲地拢梳一下头发，再抛一根烟给你。多少年以来，他头发的长度未曾变过，一直都是可以被风吹乱的那个样子。这个细节，我始终记得，就像他的小说一样，都以细节取胜。

一

秦海花使饭铲，盛半碗冷饭，开水淘饭，第一潽开水，滗干；再倒一潽开水。饭就有了热气。一夜天，热得结棍。饭还是有点馊气味道。吃过泡饭，秦海花顺手到水斗洗了饭碗。

在长篇小说《女红》的开篇，程小莹写了一样食物——泡饭，说是女主角秦海花一早起来，准备去参加厂里的“砸锭”。所谓砸锭，就是把纺织厂车间里的锭子全部砸了，工厂停工，工人下岗，工人的身份结束了。这样堪称“悲惨”的重大事件，并没有改变女工秦海花的日常生活，照旧还是要吃一碗泡饭，可见日常生活的习惯力量。

开水泡饭，是上海人熟悉的食物，作为早饭吃，有历史。现在也有泡饭，但不像以前，是用剩下的冷饭作为正餐，如今的泡饭是特别制作，作为餐后主食的选项之一。如此一来，自然就多了一份刻意，少了一份自在。程小莹写得很熟练，寥寥几个字，就招来了生活气息和历史年代感。一来是因为小说家捕捉生活细节和写成小说细节的功力了得，二来是因为他对这样的食物的记忆很是深刻，过往的生活细节历历在目。经历岁月摩挲，这些细节更为扼要而醇厚了。这便是阅历的强大。

注意，我们不要轻易放过小说家使用的字词：潽、滗、结棍。小说家在这里和我们玩了一个小心机，一个他不免得意而读者可能滑过去的片段，就有了“潽”“滗”这两个有些眼生的字。如果不能够被发现出来，小说家多少会有点失望。来自上海话的两个音，经过正字后可以找到汉字来表达，正是方言入小说的路径，而金宇澄的《繁花》就是不可多得的文学范本。方言入小说，争论和意义一样引人注目。文学与南方的关系之所以没有那么密切，与南方的方言未能进入小说，有着莫大的关系。即便进了小说，因为不曾改造，吴侬软语，粤语闽调，也只有方言所在区的人听得懂，那于小说家来说，意思也不大。过了这条河，过了这座山，就听不明了，方言写作也就成了自娱自乐。如果不能借机进入非方言区的人群，那方言入写作也就失却了初衷。

方言的魅力，在于日常使用，进而成为思维习惯。人是用语言进行思考，用语言表达思考结果的。方言区的人自然使用方言进行思考，用方言进行表达。用普通话写作，就是用北方语言写作。这对于习惯使用方言思考和表达的人群，比如南方作家来说，意味着需要将方言翻译成普通话。翻译这件事，大家都知道，就是遗漏和欠准确的艺术，从这一角度看，方言与普通话的差别基本就是母语与外语的区别。从这个意义上说，方言区的写作者和日常使用所谓普通话的写作者，在语言方面受限于先天的劣势。无论后天如何努力，一个作家要把京味写得跟老舍和王朔一样溜，那几乎是不可想象的事情。当年王朔称赞孙甘露的文字像是上帝按着他的手写出来的一样，说的是孙甘露语言的雅致，显然指的是日常生活之外的现代书面语言，属于书写系统和纸上王国。

一写泡饭，一用几个方言字眼，程小莹明确无误地告诉读者，他在用方言进行思考。这种方言，叫上海话，与这座大城市的“大”相比，是一门多少显得甜腻和世俗的语言，其反差也正是上海给予观察者的提醒，或者说是一个入口，一种查看上海的入口。

作家阿城写过一篇文章，说海外老华侨的思乡多半都是馋虫勾起的，因为科学证明，人所有记忆里，味觉记忆是最牢固的。我爱吃大蒜，也爱吃辣椒，和小时候的生活习性有关系。生活记忆刻在脑海里，挥之不去，一被激活，就口水连连，馋得不行。阿城的话给我最大的安慰，是说明我的味觉记性还不坏，还记得住小时候的味道。口味源自记忆，记忆来自生活，可见记忆的重要。就像程小莹的《女红》，开篇写了泡饭，可以想见，在他的青春岁月里，泡饭是日常生活不可少的内容，滋味全在他的脑海里。就像绍兴人，不知道以前如何，反正现在满街都是臭豆腐味和梅干菜扣肉的味道。初来乍到者，实在受不了那醇厚而正宗的臭味，绍兴人倒是怡然自得。现在绍兴长大的孩子，未来的记忆大抵和臭豆腐有关，也是颇为有趣的事情，至于醉鸡、醉蟹、醉鱼、醉虾之类的醉品，抵不抵得过臭豆腐真未可知。

好的文学，总是和记忆绑在一起的。沈从文早年的湘西记忆，是他写《边城》和《湘行散记》的素材。鲁迅先生笔下的鲁镇、孔乙己和社戏，也离不开少时记忆。老舍先生又何尝不是如此，老北京的遗老遗少，莫不如是。也不仅中国文学，外国文学也一样，福克纳笔下衰败的美国南方，马尔克斯、奈保尔笔下的世界都与作者的记忆有着千丝万缕的联系。我读奈保尔的《米格尔街》，里头各色人等，相互交叉，彼此碰撞，命运多舛，但掩不住印度特有的氛围，虽然增加了许多夸张成分，但人物的命运总是神奇地牵引着读者，也泄露着奈保尔的生活记忆。记忆乃文学之母，慷慨的作家总是像个勤奋无私的矿工，不将那份记忆挖掘殆尽誓不罢休。

缺乏记忆基础的虚构就是空中楼阁，与基于记忆建构起来的文本建筑，分属不同的领域，两者谈不上孰优孰劣，各有各的依靠。这里需要强调的是个人记忆，而档案、语音、图片、他人的回忆录等所有来自他者的物质记忆，同样可以提供给一个虚构者虚构的通行证。如果此人的技术足够高明，虚构出来的文本完全可以与任何个人的文本相媲美，甚至可能超过个人的经验城堡。这样的作家，当前最好的就是上海作家小白了。他的作品诠释了一部虚构作品该有的样子，根据历史遗留下的线索，还原好历史情境，然后挖开一个小切口，将小说人物放入进去。游戏规则制订好了以后，剩下的就是游戏了。譬如《租界》和《封锁》，只有小白写得出，真的独一无二。小说写到这个地步，其乐趣自然非一般消遣可以比拟，难怪评论家李敬泽先生说小白会炼金术。因为小白选择站在常规经验之外，评论者才常常会犯愁，不知该从哪里下手去谈论小白。挖掘记忆的办法有很多，小白的方式是去到档案馆，翻开那些尘封的档案，依靠各种各样或许支离破碎的素材——物质记忆进行缝合，凭着不可或缺的想象力和同样不可或缺的运气，去虚构“真实”的故事。

程小莹的记忆在哪儿呢？除了挖掘脑子里的往事余温，他是否还征用了其他的记忆来源？十二年的工人生涯，十六七岁进厂，到而立之年离开工厂，最好的青春年华都在工厂度过，而且是纺织厂，都是女工。这段经验何其独特，又何其珍贵！在我看来，一个人的经验，特别是少年到青年的经验，与性觉醒相切合的生命的身体的体验和经历，往往会成为写作者提取自我经验的一号仓库。

二

> 工厂就像一只大火锅，它不断在消耗能源，加热；人是鲜活的——男人像荤菜，女人像素菜，荤素搭配着进入锅里，男女调和着形成各种各样的纠结，像上海菜里的百叶结……工厂就是这样，搅和着各种形状的结头，做各种各样的产物，汤汤水水，和着高温，粉尘、棉絮，是料作和杂碎。

对于程小莹来说，工厂就是这样，有时候是一只大火锅，如引文细节描述的那样。这是一种记忆，个人视角下的集体经验，也是集体记忆，只不过在程小莹的笔下，这种集体经验显得个性化，但依然还是集体经验，是一种对于工厂既具象化又抽象化的定义。

保存记忆是文学的一项重要功能。无论是集体记忆，还是家族记忆，或者是私人记忆，都可以通过文学作品直接或者间接地得以保存，然后等待后人在阅读中激活。这是我读程小莹长篇小说《女红》想到的第一条价值。程小莹用文学的方式，保存了一份关于上海工厂，特别是上海纺织女工人的历史记忆，也保存了他个人对工厂里那些姑娘们的记忆。阅读是讲究缘分的，有缘分就能够激活尘封的记忆，没有缘分就感觉不到精妙，甚至索然无味。学术一点讲，是经验共同体在起作用，共鸣就因此而来。从积累历史经验的角度来说，程小莹的小说扮演着非同寻常的角色。关于上海建国后的工厂和工人历史，以及与此相应的文学图谱，程小莹占据了独特的位置，一如他的多篇小说呈现的那样，他记录的是温情细节。

我读程小莹的长篇小说《女红》时，就常常胡思乱想，脑子经常飞出去，跟着作者描述的细节，跑出身体，像是站在小说人物身边看热闹一样。唯一的遗憾，就是我没有经历过作者笔下的生活，没有做过工人，没有遇见过年轻的女工们，更没有过和她们调过情。原本可以十分过瘾，而今就只有七八分了，还是作者的文字好，不然七八分也难有了。文学作品的存在价值，客观上的确可供后人了解当时的世界，但要身临其境，那是很困难的事情。我对当下的文学作品尤为钟爱，正是因为这些作品里有我们熟悉的生活。经典文学，是用来学习的，得冷坐板凳，认认真真学习，会损失很多乐趣。

在人们普遍健忘的今天，历史记忆尤其显得珍贵。人们大多只顾埋头往前奔，并不愿意往后看，遗忘速度之快让人难以想象。比如当年沸沸扬扬的上海百万纺织女工下岗大潮，至今不过二十年，似乎一转眼的时间，已不再有多少人提起，不少年轻人都不知道这件事情，连当事人似乎也不愿提起，就像历史上没有发生过一样。这是一座城市的遗憾，一个人群的遗憾。当程小莹的《女红》以纺织女工为人物图谱，试图重新激活人们对纺织女工群体的记忆时，怎能不激发我的好奇，1990年代到底是一个怎样的年代？纺织女工又是怎样的一群人？深陷女工群的男孩又过的是什么样的日子？

在程小莹的笔下，呈现出了一个热气腾腾的1990年代，一个欲望和迷惘交织的年代，一个纺织工厂开始衰败的年代，一个百万纺织女工开始下岗的年代。作为昔日上海城市的第一支柱产业，上海纺织业造就了一支赫赫有名的产业工人大军，甚至造就了一些“工人贵族”。然而，一旦纺织业没有了，这支大军也就溃不成军，失却了舞台，“工人贵族”瞬间跌落为社会闲杂人员，这里头的百般滋味，与谁诉说。小说里有个比喻，说纺织业的衰落，就像一只恐龙轰然倒地，很是悲壮，也实在可怜。即使大如恐龙，说倒也就倒了，说灭也就灭了，称得上是溃败。能够从这份窒息般的困境重新站起来的人，真有劫后余生的感觉。今天再看“下岗”和“再就业”这两个词带着浓厚时代况味的词语，不知还有多少人能够体味当时下岗工人的屈辱乃至绝望。小说家怎么面对这种情感呢？

《女红》记录下了这段灰暗的纺织历史，在上海文学的轨迹中，这是新鲜的，是独特的，甚至是不可替代的，是我们以前常见的工人小说中不具备的内容。作为后来者，不可能假装这段历史不存在，也不可能漠视这群女工下岗之后各种参差不齐的生活。能够选择写这段城市记忆，《女红》就已经有其价值，能够写得如此温和，甚至带一些悲悯，更为难得。或许只有在时过境迁后，才能平复心境坦然面对过往的伤痛，才会给本来已经足够残酷的生活增加一些温情。

我完全能够理解，程小莹将当年轰动一时的纺织厂砸锭、工人下岗写得看似云淡风轻，一点都不残忍，只因为那里有他的青春，有他最好的年华，有他的爱情在。同样还能够理解的是作者塑造的一对纺织厂姐妹秦海花、秦海草，姐姐坚守工厂，妹妹早早选择离开。姐姐试图带领工人重新创业的事迹，我更愿意理解为程小莹的工厂情结，他还是不忍心看纺织厂和纺织女工彻底烟消云散，于是赋予了一点崛起的希望。对于那么巨大的蕴含泪水的历史事件，程小莹没有选择正面对接，有他的原因，这不是回避，而是不可承受之重，所以，呈现离开工厂之后的人物命运成了程小莹的重点。没有了工厂，几乎所有的人都过得不好。这大概就是作者对曾经的工厂最为深切的悼念。

三

北风……身体挺直地坐着，双腿往前伸，脚背直直地相交而叠，很漂亮的脚弓，脚尖指向他。……圆圆的臀部，鼓起来……这一切，都是从日常生活经验中提取的隐喻，演绎着女人全部的淳朴和温情。……到现在，他[1]还是对身材高挑的女孩，有着莫名的爱慕。到冬天，他会怀念北风。

这是《女红》里，马跃晚上见心上人北风时的场景。这一段文字里的视角别有匠心，先是马跃的视角（又何尝不是小说家程小莹的视角），描述了一个"性感"的女人：挺直，脚背，脚弓，臀部，一个会跳芭蕾的高挑的女人。但是，注意小说家使用的词：淳朴和温情，分明是挟带欲望的身体叙事，被总结为淳朴，足见小说家的狡猾和得意。不过，温情的氛围显然是对的，这也是程小莹钟情的词语，他有一本书的名字就叫作《温情细节》。视角并不一直在马跃这里，意外的但对程小莹来说又是必然的，是对北风坐姿描写之后，随之而来的一句点评和归纳——"这一切，都是从日常生活经验中提取的隐喻"。不合情理，但确是神来之笔。小说家如此急迫地从马跃视角跳开，并迅速地掉头回去对马跃的叙事进行评论，由此可见，北风式的性感在他心中多么重要，以至于他不得不严肃认真地撇清这一点，从而归结于日常生活的隐喻，多么意味深长。"到冬天，他会怀念北风"，注意程小莹用的词——怀念，一个如此重视小

[1] 指程小莹长篇小说《女红》中的角色马跃。

说细节的人，关键时刻用的每一个词都是深思熟虑的。与其说他怀念北风，不如说他怀念当年的自己。

程小莹所在的工厂年代，当然少不了这些男女情爱，但他用的方式，却要委婉文艺得多，也更有情调。马跃喜欢女工北风，俩人要约会，会干什么呢？为她绷绒线。这个小说细节让人叹服，夜里去女人家里，帮她绷绒线。绷绒线为的是结绒线，北方叫打毛衣。作者选择这样一个约会的细节，具有特定的时代意义，既怀旧，又透着记忆的沉甸甸。我更愿意将这部分文字命名为情境，细节包含不了这么饱满的情感。这种情感，介于性爱与婚姻之间，不多走一步，不越过雷池，但彼此又懂，不暧昧，但也不缺情调。两个人独处的时间，因为一个空间，变得极为柔软，这类情感是文学中很稀少的东西。

如果说女工题材是一种集体记忆，那程小莹在小说中表现出来的个人情感更加令人动容。显然，他是有工厂情结的，或者进一步说，像程小莹这样有工厂生活背景的上海爷叔，内心深处都或多或少对已经逝去的工厂生活有着某种眷恋：身体的眷恋和心理的眷恋。这份眷恋在经历岁月沧桑的过滤之后，越发醇厚，也越发干净，穿透了工厂倒闭下岗的痛苦，甚至对伤痛还有所舒缓和修复，直接回到工厂生活本身。他们的青春年少，他们的爱恨情仇，他们的梦想，甚至他们对女人的渴望与想象，统统与工厂有关，尤其在纺织厂这样女工扎堆的地方，青春的荷尔蒙一直在汹涌，即使在多年以后，不再年轻，再见当年的那些女人，风流依旧漫过心头。

这份单纯的情感记忆，就是《女红》传达出的第二层记忆——私人记忆。相比集体记忆，私人记忆更加灵动，犹如无轨的列车、脱缰的野马，任意飞翔，随意穿梭，作者是自由的，是有幸福感的。这层私人记忆还有着更为温婉的内容，就是男女情爱了。小说里有个比喻，在工厂，男人像一只螺栓，旋入一只螺孔里；女人像一只螺母，旋在一只螺栓上。当然，那只螺栓或螺母，旋在那儿，即使生锈，也仍然是生动的。同食物记忆相比，螺栓和螺母的记忆更为私人，也更为生动。附着于时代之外的情愫，无论哪个年代，都有相同的部分，这大概也算是亘古不变的人性之一。区别在于，不同的年代里，螺栓旋入螺母的方式和程度，也有不同。赤裸裸和羞答答，在螺栓与螺母相遇时，有着相同的指向，这显然非常有趣。

集体记忆，为的是这座城市，私人记忆，为的是舒缓自己，与纺织女工有关的记忆，彼此交融，也相互冲撞和纠缠，像我这样不曾见过纺织厂风光和纺织女工发光的人，都会被这本小说迷住，我开始相信，那些有过纺织生活的人们，比如当年的男人们，当年在工厂里捉弄青年男工的女工们，如果能读到这本书，将会怎样泪流满面，甚至放声大哭。这是文学的魅力，更是生活本身的魅力。

写于2015年1月

不肯潦倒的人

《小青春》是一部有着浓厚历史记忆的成长小说，不再是传统意义上的儿童文学作品。秦文君多年的文学情怀、人生热望和历史态度在这部小说中得以完整呈现，它让我们读到了另一个秦文君，一个区别于常见的儿童文学作家标签的小说家，一部区别于寻常儿童文学作品的优质小说。

之所以用成长小说来描述和定位这部作品，不仅仅是因为秦文君写了一群少年的成长故事，更因为这个文学概念被有意无意地局限于成长中的人的“经历”，而对少年在成长过程所触及的社会环境和时代背景鲜少提及。在西方学者对成长小说的阐述中，诸如塑造和内在塑造、教育和自我教育等概念常常被牵扯进来。与艾布拉姆斯强调主人公的精神危机不同，巴赫金从小说内部着手分析，认为成长小说与其他小说的不同在于，与主人公相对稳定的性格和形象相比，小说的空间环境、社会背景等其他因素更具有变化性。巴赫金的观点深刻地暗示了成长小说也可能对社会和历史进行记录、描述、反省，甚至为之发出声音。这正是秦文君在小说中有意识着力的内容，即“文革”中少年群体的学习、生活、友谊和难以分割的家庭，尤其是几个家庭的日常生活如何展开。相比较而言，国内对成长小说的研究不算很多，可能是在传统意义上的文学类型切分中，“成长小说”这一命名并不受人欢迎，合乎讨论的文本自然也就少。况且仅仅从青少年的生理性成长主题而言，文本主力在青春文学那里，但那是研究者不太乐意巡视的空间。没有适当的命名，就难以抵达整体性的深入研究。从研究角度而言，文学的分类命名恰恰是为系统性深入研究寻找参照物的方便法门，而不仅仅是为了命名而命名。

有学者从词源学角度分析，提出成长小说最早始于德文“Bildungsroman”，其中“Bildung”的原意是内在塑造，后来才慢慢有了教育的意思，而教育显然包含知识传授。从内在自我塑造到外在知识传授的演变，看似一个词语内涵的缓慢变化，也说明了成长小说在处理主人公的性格和价值观的成长时，会将外在社会和时代的知识谱系，以及价值系统的触动和刺激考虑在内。当秦文君将少年人物放置在1970年代“文革”时期，小说的复杂性和丰富性就得以体现——“刚迈入七十年代，伟义所在的东风东校，处在风云变化的‘文革’浪潮中，校长和‘有问题’的骨干老师关在‘牛棚’里写交代。工宣队的白队长在管事，整个学校纪律混乱，气氛却严肃。报纸上提到的‘复课闹革命’，到了东风东校就走样，校工宣队和白队长更重闹革命，经常组织学生听传达，集体唱语录歌，搞‘忆苦思甜’，学工学农，参加各类集会和活动。”这段文字不仅是对社会环境的客观书写，还提出了一个问题：如果少年需要被教育，正常的价值观需要被培育的话，那堪称悲剧的动荡年代如何承担教育少年的社会功能？复课去“闹革命”肯定做不到，那还有谁能承担这个职责？外在社会知识传授的缺失可以有很多解读，小说家这里强调的是，在骨干老师被关牛棚、纪律混乱的学校，负能量的破坏性的价值观就会得以生长，何况这种生长还得到了合法的鼓动。如何对抗这种负能量，或者说怎样对抗人性之恶的流散？在这种形态下，人心的散乱和变异轻而易举，人心保持善良的动力又从何而来？作为小说的社会背景，秦文君对这个背景已有一种思考。

秦文君写到了成长的三个层面——生理性、心理性和社会性。作为生理和心理概念的成长意象，在文学作品中被演绎过无数次。阳光之下，真的没有多少新鲜事了。简言之，生理无非意味着欲望的出现，生理的、情感的渴求。秦文君写到了少年伟义的爱，纯净的、守候的、无私的感情，它的动人是内敛的，或者说是用来被怀念的。秦文君也写到少年爱情之殇。伟义喜欢的姑娘张靓，因为出身不好，家人常常遭受欺压。两人心生爱意，但这份爱在那个年代如此脆弱，挡不住外来的风暴。张靓需要一座靠山，帮她挡住风雨。一个年轻的姑娘，能拿出去置换的资本也就只有她的感情和身体——“张靓和孙大哥来往着，不久还和一个国际海员交往，那人常给她带来一些外汇，洋货和小婶婶需要的进口药物。再后来，她交往的男子更多，一会和这个谈，一会和别人谈。有人骂她‘拉三’，但她不在乎。”少年伟义对此无能为力，张靓是现实生活给他的一记重击。

同青春期的情感相比，心理层面的成长是小说着重书写的部分。少年时期经历一系列的人生磨难之后，获得足够的独立应对未来生活的信心、经验和能力，其价值观在经历中得以磨砺成型。重点不在经历本身，而是经历之后。少年伟义要做的一件大事就是帮同学老巴寻回丢失的日记本，一本裹着《战地新歌》封皮的私密日记本。老巴没有告诉他里面写的什么，只说不管写的什么，总是可以分析出罪名来的，必须要找到。伟义想到常在家里被爸爸唠叨，在学校里少说不中听对话，特别不要记日记，很多人就是因为记日记才被抓起来的，也意识到了问题的严重性，决心帮老巴一起寻找这本日记本。这就是少年们的日常校园生活，紧紧裹着一层少年们难以琢磨的政治意味。伟义二话没说就参与这场寻找日记本之旅，一则因为友谊的动力，少年时候特有的坦荡和热忱；二则因为伟义曾见过老巴爷爷被抓进班房的场景，这个平日里受人尊敬的老人家被定为反动的买办资本家，被抓时还被侮辱——“老实点，小心你的狗头”，小伟义为此激愤不已。

秘密日记本情节的设置，很好地串起了小说的整体性，这是训练有素的小说家所擅长的布局。有了这根贯穿始终的线索，小说就变得更为规整，情节波澜起伏，可读性得到了最大保证。在情节安排方面，秦文君显然向她喜欢的马克·吐温学到了不少行之有效的经验，他的《汤姆·索亚历险记》就是范本。因为这根线的存在，小说才得以张弛有度地写少年人的其他生活——抓蟋蟀和抢马桶等。以“将军”蟋蟀换取情报，这符合少年人的行事逻辑。这几章抓蟋蟀的情节是小说中难得的轻松段落，诙谐风趣中有点胡闹，是印象中的少年生活。在这些内容方面，秦文君按着少年人的心思写，是紧张窒息的“文革”生活也难以压抑的少年们天真闹猛的生活。维持伟义他们热情的是所谓的少年人的正义。这份正义也许来自人性本身，来自少年人的天真，包括来自家庭的熏陶和老百姓日常生活本能的伦理。

少年人正义的多元化来源，给了秦文君对日常市民生活进行关注的理由。在成长的社会性这一点，秦文君写出了让人赞叹的章节。白师傅六十大寿摆酒水请街坊们吃饭，伟义跟着妈妈去参加，受到了白师傅家人的热情招呼，他开席时说：“我这人臭脾气，讲不来空口话。长处就一个：肯吃苦。老法讲，一个人怕吃苦，苦一辈。一个人不怕苦，苦一阵。谢谢大家帮衬我，成全我凭手艺吃饭，不低头，不昧心……”小说中写到，“他这么牛，是觉得心安，有尊严。也是的，他把最琐碎的落魄生活过得风生水起。”凭手艺吃饭、不低头、有尊严等词语都是历史风云背后普通市民的自我价值要求，把琐碎的落魄生活过得风生水起，则是市民日常生活最好的注释。

当找到日记本的伟义被“造反分子”朱刹胚抓住时，白师傅的儿媳妇挺身而出：“我这人不怕麻烦，就怕不麻烦，伟义妈妈是我请来的干姐姐，她儿子自然是我的干儿子，你和我干儿子过不去，我这当干妈的能不管吗？”然后招呼伙伴把朱刹胚堵了起来。这几个章节结构之紧凑，语言之鲜活准确，市民生活气息之浓郁，叙事之镜头感，显出了秦文君扎实的写作功力和独到的细节还原能力。从白师傅的话语到他儿媳妇的野性表达，脱离政治氛围的市民日常生活得以在此呈现，特别需要提出的，儿媳妇的挺身而出闪现的就是世俗伦理和价值观。加上小说中写到的许多老师，都还保存着为人师者的尊严和正直，这才是大社会背景之下的伦理小生态，少年们的意气和正直来源于此。大运动裹挟下的百姓日常生活始终在继续，人与人之间也总有利益不相交的时候。与滚滚的时代车轮相比，这是缓慢、安静流淌的生命内河。日常生活作为普通百姓的身心所在，承担着伦理和普遍善念的继承和传递，是独立于政治生活之外的空间。

让人印象深刻的这部分内容，放开手写的儿童文学作家也可以写得自如。在中国儿童文学写作水平多少存有争议的今天，儿童文学如何书写时代真是一个问题。保持童真、童心和童趣并没有那么复杂，并不需要写作者们刻意地放低身段装作孩子那样说话。何况放低也是刻意的放低，是一种假扮的真诚。理想的儿童文学作家应该是既写得出给成人看的优秀作品，也写得出给孩子看的好作品，而不是倒过来光迁就孩子。文学是相通的，并不真的存在一套完全给孩子看而成人却无所适从的写作规则，如果真有这样的规则，我更愿意相信那是写作者创作水平还不够的借口。

小伟义的成长最终完成了，恶势力的去世，秘密日记本的寻回，老巴一家的秘密也解开了，故事有一个圆满的结局。不过，小说留给读者的余味显然不止于这些，如果说伟义的成长让他认识到，世界和人生存有善意，值得奋斗，不要被过去和别人所困，那小说呈现出来的成长意味则更为丰富。当承担外界教育职责的社会和时代失效时，小到一个少年，大到一个社会，完成内在性格和价值观建立的工作会由谁来承担？体制的激发下，人性之恶又怎样得到遏制？像朱刹胚这样身上带有一种不可理解的毒的恶魔怎样才不会再出现，谁又能真正收拾得了他们？进一步说，恶从来就不是一个历史问题，它永远是当下的，永远会有新的其他的恶产生，与恶的对抗没有一劳永逸的窍门。

秦文君在伟义身上寄托正义力量的同时，她关于老巴爷爷、老巴妈妈、伟义父母以及白师傅等市民的书写和记忆，才是真的人心之善的来处，犹如微暗不绝的火种燃烧在人的心中，那才是真的希望所在。当王建生最后坦白自己是纵火犯而不是救火英雄，被拉去游街时，伟义不顾车上民兵的阻拦，迅速爬上卡车，把王建生衣襟拉下来，盖住肚子，还将军帽脱下来，按在王建生的头顶上。我以为这就是人格的成长。即便在最为困苦潦倒的时候，也有一群人不肯潦倒下去，少年伟义自己耳闻目染，见证了这些，这便是成长的全部意义。

写于2016年9月

辑二

珀金斯的帽子

孤独。

这是一个孤独的形象。

他总是戴着帽子，一顶七号大的灰色浅顶软呢帽，哪怕在办公室一个人看稿时也戴着。因为听力不好，他常用帽檐压住耳朵，据说这样可以听得更加清楚。

他与作家经纪人谈判，常常先开出能给到的最好条件，然后默不作声，一边听着对方说，一边自顾自地画着速写，那是一幅拿破仑头像，他画过很多遍，熟练得很。速写画完，他就会起身说，按我的条件，签不签？这常令对方举手无措。

他对作家朋友有求必应，菲茨杰拉德一次次预支稿费，借钱维持奢侈生活，他二话没说总是照办。沃尔夫、海明威都在作品中题词献给他，视他为黑暗中的灯。沃尔夫和菲茨杰拉德更是把他看作精神上的父亲，他知道这一点。为了让他们写出杰作，他没有后退。

他总是准点登上火车回家，在火车上读稿子，以至于有乘客怀疑，是不是珀金斯先生不到，火车就不打算开了。为了弥补没能上战场的缺憾，他很想生养一个儿子，但他连续生了五个女儿。

他有一个女性知己。初次见面，他承认她“亮明了女神的身份”。两人彼此通了很多年的信，珀金斯写的那些信深情款款、词章斐然，极富文学才华和洞见。与旁人难以言及的痛苦和忧伤，统统告诉给了她。不过，他们难得见面，一生也没见过几次。爱慕她，却不存期待，不求回应，像极了传说中的保险朋友。

他的名字叫作麦克斯威尔·珀金斯，一位文学编辑，一生成就斐然，被誉为美国编辑中的元老，出没于《天才的编辑》一书。

一

这些描述中，我没有提到珀金斯的编辑成就，比如他怎么发现的托马斯·沃尔夫，如何与他彻夜鏖战改出好作品。也没有提到珀金斯如何想方设法让海明威删掉小说中的“肏”“屎”等词，以及楚楚可怜的菲茨杰拉德怎样不断向珀金斯边打包票边拖稿，然后继续预支稿费。与这些雅俗共赏的内容相比，工作之外的珀金斯，编辑之外的珀金斯，作为五个女儿父亲的珀金斯，孤独的珀金斯更让我着迷。

我是以读小说的心态，进入这本以珀金斯为原型的人物传记的。普利策奖得主、本书作者司各特·伯格用了很多注释和引文，以证明他所言不虚，言之有据。时过境迁之后，那又怎么样呢？虚构之神已潜伏于他的笔下，犹如当年太史公写《高祖本纪》，有一节写刘邦闯入吕公宴席，大声吹牛说随份子一万钱，成功引起注意，被吕公相为异人，把女儿——也就是后来的吕后——嫁给了他。今日读《高祖本纪》，这些情节（细节）是否真有其事还是捕风捉影，并不重要，重要的是今天读起来，它们是否足够依然有趣，换言之，细节是否依然足够具有文学性（想象的真实性）。

根据大量书信、采访和别人的回忆（同样是一种选择性的描述），伯格塑造了引人入胜的珀金斯，也即虚构了珀金斯：一个置于历史时间中，以编辑为职业，确有其人的文学人物。这个编辑发现了很多作家，最有代表性有三个：菲茨杰拉德、沃尔夫和海明威。如果读者恰好不知道这三个名字，没有读过他们的作品，那将会是完美的虚构旅程，是再理想不过的阅读体验，就是一部小说。

珀金斯大概不会想到，会有人在他去世三十年后的1978年，给他写了一部厚厚的人物传记，由彭伦翻译的中文译本，厚达584页，足足有45.7万字。要知道，珀金斯生前极力主张编辑应该无名，作者才是中心，为此连采访他不太都愿意接受。

又过了三十八年，电影《天才捕手》(*Genius*) 于2016年在英国首映。2017年3月，电影登陆中国院线。珀金斯被虚构成了一个电影人物。何为虚构？虚构是赋予某种东西以形状。如果说最初的珀金斯是一个卓越的文学编辑，在经历人物特稿、文学传记和电影的虚构塑造之后，珀金斯成了文学伯乐的代名词，成了君子之交的理想符号，成了一种男性气质的代表，成了一种象征。从菲茨杰拉德的《人间天堂》出版的1920年算起，到电影《天才捕手》上映，足足过去了九十六年。与其说这是历史人物的魅力，不如说人们在珀金斯身上发现了虚构的热点，关于写作，关于天才以及天才的被发现，关于友情和异性知己，甚至是关于职业、名望和穷途末路。

“编辑要力争当无名氏”，这是珀金斯拒绝邀请谈论编辑心得的统一回复。对编辑麦克斯·珀金斯来说，编辑就是站在作者背后的人。终其一生，珀金斯都在避免站在聚光灯下，从不轻易地公开谈论发掘出托马斯·沃尔夫、海明威和菲茨杰拉德等名家的光辉过程。他严于律已到苛刻的地步，不洋洋自得，也不把功劳揽在自己身上，尽管他对自己能够发现这些文坛大人物，并编辑出版他们的书，打心眼里感到自豪。只不过这份自豪，独享比较合适，他并不愿意分享给公众。这不是说，编辑不重要，恰恰相反，珀金斯认为一个好编辑非常重要，但是重要归重要，还是应该寂寂无闻。寂寂无闻的重要人物，这一隐者身份，显然让珀金斯颇为自得。那些藏起来的厉害角色，看不见的操控者，幕后之人等类似的角色，与珀金斯有着某种相近的气质。这自然是我的想象，但我以为珀金斯毕竟不是圣人。他完全知道自己很出色，要是没有他就肯定没有沃尔夫，就没有《天使，望故乡》。他藏起来的原因，有一部分就是躲藏起来让他感觉更好。

与电影《天才捕手》不同，原著《天才的编辑》更为宏阔，像小说般富有戏剧性，像诗歌般讲究语言，又有人物传记的翔实。这是一部让人不忍释卷的富有虚构特色的非虚构作品。电影主要聚焦于麦克斯·珀金斯与托马斯·沃尔夫的交往，海明威和菲茨杰拉德是配角。在这本人物传记中，麦克斯·珀金斯作为编辑的一生更为完整，性格也更为丰满，一个既出版了许多纯文学作品，也出版了大量畅销书的编辑。他不是迂腐的、为文学不管不顾的殉道者，他有做生意的天赋。即使是出版，即使事关文学，赔钱的买卖珀金斯也不干。在珀金斯看来，出版了17本书但销售像淤泥一样的福克纳已经完了，但这并不影响他认为福克纳是天才。从出版社的角度，珀金斯更看重作者未来能写什么。既然没有在最恰当也最好的时间相遇，那就不要在不堪的时候再发生牵连。

生意是一方面，担心海明威吃醋是另一方面。福克纳与海明威的恩怨，珀金斯相当清楚，二人决裂且彼此瞧不上。海明威说福克纳写是写得好，就是不知道如何结束一部小说，常常刹不住车。福克纳曾直言，海明威的无畏和男子汉气概是伪装的，事实根本不是那么回事。如果出版福克纳的作品，海明威会怎么想？肯定会不开心，甚至会惹恼了他，一赌气就会离开珀金斯。这个棘手的问题，被珀金斯以主动错过福克纳的方式解决了。后来的故事，我们都耳熟能详了。1949年福克纳击败了海明威、帕斯捷尔纳克和斯坦贝克，获得了诺贝尔文学奖。五年后的1954年，海明威也获得了诺奖。但珀金斯无缘担任其最著名的作品《老人与海》的编辑，他已经去世七年了。如果珀金斯还在世，他会开心成什么样？肯定又会多喝几杯。

二

珀金斯是古典编辑家的代表，严格地遵守编辑的职业道德和他个人对编辑职业的理解。珀金斯甚至重新定义了一个理想编辑应该是什么样。这样的古典编辑早已变得稀有和罕见。有人问珀金斯，你完全可以写得比很多作家更好，你为什么不写？珀金斯回答，因为我是一个编辑。这不是一句多么深刻的话，只是道出了编辑这一行当的初衷而已。编辑的使命之一，就是让作家变得更好，哪怕无偿地贡献个人的才智、见识和经验，无论它们多么珍贵，都是应当的。

如今是什么样子呢？很多编辑不甘寂寞，一边做编辑，一边当作家，写编合体，都不耽误，一方面发现别人，一方面等着被人发现。久而久之，发现和被发现就默契起来，互通有无，这在文学期刊可不少见。写得好不是好编辑的必备条件，编得好也不是好作家的保护伞。两者都干得好，就是天才。天才是有的，总有人认为自己就是。既当运动员，又当裁判，这个行业的未来令人担忧。珀金斯式的编辑正在消失。新的编辑也许正在产生，写编相合，雌雄同体，新物种总是会产生的。不过，珀金斯大概也懒得理会这些，向来不喜欢争辩和谈论主张的他，对于自己在编辑历史上的地位也并不在乎。

在写给知己莱蒙女士的信中，珀金斯直言不讳："我厌恶被人写……我认为编辑应该是无名的……作者才是他生命中的重要人物。"是的，这就是珀金斯对编辑的认识，最根本的是为了作者。全心全意为作者服务，是珀金斯一生的座右铭。尽管如此坚持不接受采访，珀金斯还是破了例，接受了《纽约客》的采访邀请，由评论家马尔科姆·考利先生执笔。珀金斯接受采访的理由，不免天真，他认为与其不断收到采访要求，不如就只接受一篇，如果某个杂志刊登了关于他的任务特写，其他杂志就不会再来麻烦他了吧！

匿名也是名，而不是真的无名，更不是无人在意，无人知晓，这是一种名利观。有名与无名的边界，取决于此人的人生成就，以及如何看待成就。没有成就，名根本无从谈起。在出版和写作者的圈子里，人们都知道珀金斯的卓越。公众视野里的名声不是珀金斯孜孜以求的，同行和作家的认可对珀金斯更有吸引力。考利是一位文坛要人，据说也是富有魅力的人，这大概也是珀金斯接受专访的部分原因。从珀金斯打交道的圈子来看，他对交往对象的要求可不低。在考利看来，在美国当代文学领域，珀金斯就像一个伟人，身边充满了传奇故事。在与珀金斯正式接触前，考利做了足够的功课，花了几个月进行调查，多方收集资料，包括与珀金斯朋友、作者和同事通信，挖出了大量富有传奇色彩和神秘气息的细节。一个富有洞察力的评论家，以人物特稿的方式，写一个同样富有洞察力的编辑家，这是再完美不过的合作。

这篇文章注定了会抵达预想的深度，这一点都不让人意外，因为两人相互能够理解，而不是简单的一问一答，更不是仰望式的听训。访谈，有访有谈才是访谈。采访起来容易，可以多准备问题，即便被几个字的回答噎个半死也没关系，大不了接着问别的。谈得起来更考验人，访谈质量与双方的知识、见识、阅历，甚至性格都有关。好的人物访谈可遇不可求，新闻水准的采访倒是不少见。在我的阅读视野里，《巴黎评论》的访谈算是优秀的了，但那也只是访谈对象的单口相声。福克纳在访谈中，巧舌如簧，张口就是金句。记者问他，一个作家最好的环境是什么？福克纳先是义正词严，说艺术与环境无关，艺术家并不在乎自己置身何处。这样的回答简直是满分。福克纳顺口又补充道，如果你要问我，那么最好的工作安排就是请我当一家妓院的老板。这是艺术家进行工作的最完美无缺的环境。它给了他完全的经济自由，他没有恐惧和饥饿，他有房屋御寒，除了简单记记账，每月到当地警察局交一次款，什么事情也没有。福克纳的说法狡猾又聪慧。事后你所能想起的都是福克纳的俏皮话、完全正确的废话，以及废话里面卓尔不群的见识。那个和他交谈的人，只是根据采访提纲适时地抛出了问题，然后仰慕地听着福克纳随心所欲地胡扯，还听他讲了一个漫长的黑色故事。

1944年4月，《纽约客》刊登了这篇特稿文章，而且是以罕见的连载方式，分两期发表了这篇标题为《矢志不渝的朋友》的人物特写。标题来自托马斯·沃尔夫的献词。不出考利所料，文章一发布，就如约地火了，赞誉随之而来。珀金斯有点傻眼，事与愿违，他本以为这次专访只不过做个了结，不会掀起多大风浪，但他自己低估了作家以及许多准备成为作家的青年人的热情。意外暴得大名，这在珀金斯看来是“臭名远扬”。在这篇文章中，珀金斯被塑造成了一个独具慧眼的出版人，具有火眼金睛的眼力和洞察力，并且具备了很强的预判力，能轻易决定一个写作者的命运。

麻烦随之而来，似乎美国“每一个”想当作家的青年人都知道了珀金斯是对作者忠诚、无比投入、善于发现怀才不遇的天才，于是潮水般的书稿涌到了出版社。很显然，这里的“每一个”就是一个言过其实的充满虚构寓意的修饰词，没有一篇文章可以做到这样的效果，但为了夸大考利文章的效果，为了印证珀金斯出名确有其事，必须是“每一个”，这是非虚构的虚构性所在。心怀梦想的陌生人来电络绎不绝，许多写作者更是登门拜访，苦求一见。据说有个年轻人，来到了珀金斯的办公室门前，不敢进门，拿把椅子站高往里偷看。我相信这大概是真的，估计的确有人这么干过。同样，我还是想说，这是非虚构的虚构性所在，“必须”有人这么干，即便子虚乌有，也必须有那么一个年轻人。美国出版界的一个神话就此开始了。人们普遍的心态是渴望遇见伯乐，怀才不遇是百分之八十写作者的心理认知。这一刻，珀金斯就是天使，如此仁慈，还不收门票，甚至倒贴。这样的编辑，谁不渴望来一打？

三

珀金斯还是“意外”地出名了，以不符合他想象的方式和速度。这不是他渴望的名望，也不是他求索的名誉。在出版生涯末期，被出名，为大众知晓，对珀金斯形成了困扰，严重打扰了他的生活。有一个充满抱负的女作者，持续不断地给珀金斯写信，并不断地寄来作品，被退稿后大发雷霆，怒斥珀金斯徒有虚名，根本不识货，狂热地咒骂珀金斯不出版她的作品就是剥夺了她表达自己观念的机会。珀金斯依旧礼貌地给她回信，但毫无用处，这个女人根本听不进去，一直以貌似正义的方式“指责”着珀金斯。

那是一个出版的美好时代，写作者对出版心怀向往，充满梦想的写作者有很多。珀金斯给了许多默默无名的写作新人信心，以为只要找到珀金斯，他们的才华就会被看见，作品就会被出版，珀金斯一度被当作怀才不遇的写作者的救世主。从写作者的角度来说，那是需要权威判断的时代。许多的写作者根本没有空间去表现自己。如果没有编辑看中，即使他有才华也会被埋没。相信自己是天才，只是缺少机会，这是大多数作家的通识。显然，这害了不少人。

珀金斯寻找的不只是那些“保险”的作家——风格中规中矩、内容波澜不惊，而是能用全新的语言道出战后世界新价值观的人。不断发现新作者，培养激发他们的才华，出版他们的作品，既赢得口碑又畅销，是珀金斯一生矢志不渝的工作。卖得出去，还有高赞，是珀金斯的标准。关于卖，自然是商品属性，也有好书卖不太出去的，比如，福克纳小说的版税远不如他在好莱坞写剧本赚得多。1938年，他买下了一座320英亩的“绿野农场”，钱就来自剧本创作。可见，写剧本比小说赚得多不是现在才有的事情。谢天谢地，幸亏福克纳对写剧本不算太胜任，写电影剧本没有毁掉福克纳，也许只是因为他是天才，像福克纳自己接受《巴黎评论》说的：“如果一个人是位一流作家，那就什么也不能伤害他的写作。”并非所有的作家都像福克纳这么幸运，写了多部卖不太动的纯粹的杰作，却靠电影剧本挣了不少钱，只不过这些钱福克纳是不会贴给出版社弥补损失的。“卖（sell）作品”对西方作家是一个再正常不过的词汇，把作品卖给了杂志社、报纸和出版社，获得稿费和版税。在我们这儿，“卖”字换成了另一个词语——发表。这是一个神奇的词汇，具有改头换面的功能，轻易地将作品的商品属性遮蔽了起来，凸显的是难以货币化的精神价值。现在尤其如此，众多被抚养起来的逃离市场检验的文学刊物，为了发表粉饰了市场交易属性，作家也只是说发表了作品，卖掉了影视版权，言下之意发表所得的钱不值一提。珀金斯可不这么看，能不能卖掉，他可不会忽略不计。论销量，珀金斯负责编辑的小说有不少卖过了上百万册，海明威的《丧钟为谁而鸣》出版一年就卖过了五十万册。

当托马斯·沃尔夫近千页的字迹潦草的书稿，几经转折送到珀金斯的书桌上。珀金斯拿起几页，立刻就被开篇吸引住了。读完一部分稿子后，他判定遇见了一个天才（这样的天才，珀金斯认为一生中遇见不会超过五个），遇见了一部充满才华的作品，尽管结构凌乱，但他还是被打动了，下定决心无论付出多大的努力也要出版这部作品。可惜我没能在传记中找到珀金斯最初的感受，只能猜想是什么东西让珀金斯如此迅速就做出了准确的判断，并成功地挖掘出了一位天才作家。别无其他，源于他作为职业编辑的与众不同的两种品质：能透过一部书的缺点，看到它的不凡之处，哪怕缺点多么令人失望；任凭遇到多少挫折，也会不屈不挠地坚持工作，挖掘这本书和这个作家的潜力。

《天才的编辑》这本书，最让我动心的，是对于珀金斯内心的刻画和想象。他发掘天才的事迹我知道，但是珀金斯的内心世界，我不知道，所以才充满好奇。作为一部人物传记，作者通过各种信件的文字，想象珀金斯的性格。随着不少好朋友的去世，珀金斯更孤僻了，退居自己的天地成了他的爱好。或者说，这根本就是他原本的性格。从一开始，珀金斯就不是个喜欢热闹的人，也不是一个外在热烈的人，即使与海明威一起出海钓鱼，钓起一只几百斤的大鱼，珀金斯依旧显得有些沉默。珀金斯的内心世界，肯定澎湃过，激动过，但他就像一个早慧的人，似乎很早就悟透了人世命运。编辑，默默无闻的工作，再合适不过他了。珀金斯完全可以沉浸在独自的世界里，做出判断，提出修改意见，甚至全身心投入到作品修改中去，比如与托马斯·沃尔夫一起修改《时间与河流》。我以为这便是虚构的魅力，这是一个孤独的形象。我读到的就是，一个叫珀金斯的人，他的工作是编辑，如此而已。而不是反过来。唯有如此，才能领略到珀金斯最后的孤独。

珀金斯已经是过去式了，他对写作者的意义，在于暗示伯乐始终存在。他是一个传奇，无法复制的传奇。他识别文学天才的眼光，唯一可能被我们总结和学习的，在于天才作家总是完完全全地写出自己，与众不同的自己。个人经验的表达，在珀金斯那里就意味着文学天赋，沃尔夫如此，海明威同样如此，菲茨杰拉德也一样。编辑家的故事很好看，天才的被发现，天才作品的被推出，荣誉的到来，犹如捡到装备打怪升级的愉悦。编辑不要试图把编辑个人的观点强加于作者的书中，更不要把他的风格变得不像他自己——让作者变得更好，如果他写的内容有价值的话，而不是写编辑认为更好的。

四

珀金斯过去常说，他不在乎死。面对死亡的慢慢到来，珀金斯平静地接受，就像接受那些文学天才一样平静，因为他知道，死神出现了，只能接受。珀金斯坦然接受死神敲门的情景，让我下意识地想起一个人——斯通纳。从接受命运的差遣并兢兢业业于差遣这一点来说，斯通纳和珀金斯是同一类人。区别貌似在于，一个是小说人物，一个是真实的人。从后来被虚构和叙述的角度而言，他们有着惊人的相似。热爱命运，知道自己是局限，努力去生活和工作，并知道自己曾经是什么样的人。

斯通纳在退休晚宴说了一番话："我已经在这个大学教了将近四十年书。我不知道，如果我不做一名教师还能干什么。如果我不教书，我也许——" 他停顿了下，接着说："我要感谢你们所有的人，让我来教书。" 这时候的斯通纳已经身患癌症，但仍挣扎着去出席晚宴，并说了这番话。珀金斯去世之前，如有机会讲一番话，根据我们对他的了解，他也许会讲同样的内容：我不知道，不做编辑我还能干什么……我要感谢你们所有的人，让我来做编辑。

斯通纳感觉到了“一种柔软感缠在他身上，一种倦怠感爬上他的四肢。一种他自己的身份感忽然猛然袭来，他感觉到了这个东西的力量。他就是自己，他知道自己曾经是什么样的人”。小说家约翰·威廉斯写出了斯通纳去世前的最后感受。在人物传记中，司各特·伯格不被允许虚构珀金斯死前的切身感受。我愿意相信，那一刻珀金斯的感受，和斯通纳的一样。或者说，他们都知道，死神的来访，不是夺去，而是告别。

写于2017年6月

青春的三分之一

一个人，一生中，总有那么一个人，或者几个人在心中刻下深刻的烙印，任风吹雨打、岁月冲刷，也磨灭不去。在我心里，也有这么一个人，他就是王小波。论忠诚，我也许算不上是王小波“门下走狗”一类，但他确实影响了我，我的青春与他有关。

一、初识小波

说来惭愧，我接触王小波时间比较晚，是在他去世后，从众多的悼念文章中，才知道了这个常自称为“王二”的人有多么大的影响力，那个时候我还不到18岁，正挣扎于不知尽头的高考复习。在我们那个偏僻的县城小镇，几乎看不到《三联生活周刊》《南方周末》《中华读书报》等报刊杂志，这几家媒体也是小波早年发表杂文较多的地方。

我记得看的第一篇小波的文章，是讲述他在美国的打工经历，文章不长，但很有趣，说他与来自上海的老曹被雇佣到一家中国餐馆搞装修，抠门的老板拿他俩当驴使唤，偏偏小波和老曹在装修上一窍不通，结果自然是窘态百出，狼狈得很。我还清楚地记得，看完那篇文章时被作者风趣的文笔逗得开怀大笑的情形。也就是这篇文章，真正引导我走进小波的文字世界，先是杂文，后是小说，杂文对我的影响尤大。虽然客观上说，小波不论是文字的熟练程度、思想的深刻范围，都难以和鲁迅先生相比，但是这并不影响到王小波在繁杂的1990年代脱颖而出，也不影响到他在我心目中的位置。

记不清楚是在什么地方看到这篇文章的，也不知道文章叫什么名字，直到后来很长一段时间，才知道文章就叫《打工经历》。尽管现在看来，这篇小文在小波众多的文字中，算不得是上乘之作，很多都比它有思想有才情。但对我而言，犹如初恋，未必最好，实在难忘。我现在还能够记起文中的某些段落与字句，说它余香满口兴许有些夸张，但确是我心中真实的想法，因为在这篇文章中，我体会到了一个人的智慧可以那样轻松自如，举重若轻。

小波在文章中多次提到，他最反对两种东西：愚蠢与无趣。此话真是深得我心，以至于在大学的很长一段时间，我都不愿意听人说话，因为我自以为是地、轻狂地认为，别人说的话实在是无聊至极，一点趣味没有。至于那些晚上寝室熄灯后的瞎聊和不着边的狂侃，曾让我深恶痛绝——年少轻狂，不知世事，却要做出指点江山的姿态，整一傻帽。我成了一个自己孤独起来的无聊的孩子，可是问题在于，在我瞧不起别人的时候，我也瞧不起自己，因为我自己也没有什么有趣的想法。现在看来，年轻的我当然可笑，且又真诚。

二、黄金时代

19岁，1990年代，也算是我的黄金时代。那会儿，我还在县城一座三流的高中念高三，成绩也是三流，正思索考不取大学，去哪里复读还是去打工。年轻的时候，人生关口的抉择总是充满忧伤和彷徨，也总有故事可说可写。事后想想，选择什么都是遭罪，哪有什么阳关大道，人生都是独木桥。

一个下雨天，一个书贩子在校门口摆了一个小摊子，用油布罩着，摊着好多本书，我花十块钱买了两本，一本是小波的《黄金时代》，还有一本是余秋雨的《文化苦旅》，其实印刷质量都不算糟糕，除了偶有几个错字，倒也没有什么看不清的地方，基本不影响阅读。其实，谁都知道那是盗版书，也实在是囊中羞涩，要知道，那时候的十块钱几乎是我两天的伙食，是伙食重要还是盗版书重要？我做出了一个假惺惺的人生选择，放弃正版，买盗版，正版价格对我来说，近乎天价，小波原谅我吧。

当然，一切都是值得的，两本书都好看（插句嘴，关于

《文化苦旅》，我当时还真喜欢，我还曾用正楷将《废墟》那篇抄了几遍，后来朱大可说他“涂着口红游荡文坛”，惊了我。再后来，余先生的书，就不太喜欢了），尤其是小说《黄金时代》，因为里头写了很多和性相关的东西，真稀奇！我看的是真津津有味，这也能理解，19岁的年龄对性特别好奇，想着法儿寻找刺激的文字看，哪怕瞅见一张关于如何隆胸，怎样治疗阳痿的电线杆广告，都能看出感觉来。加上那时候我不住校，学校又坐落在一个小沙渚上，没有学生宿舍，所有的学生都在校外，几个人合伙租一屋子，所以根本不需要钻进被窝打个手电筒奋战，父母不在身边，根本没谁来管着，当年是真自由啊！只是，自由是需要付出代价的，代价还不小。第二年，我不出意外地去复读了。

小说里面的性内容当然只是小波的幌子，他自己也说只有在非性的年代，性才会成话题，诚如在饥饿时期，吃才会显得很重要。小波自然是以黑色幽默的方式，写那个时代人的生活情况和思想状态。可以说，每个时代都有王二。这真不稀奇，只是没有多少人能够刻画出来。我们现在也一样有很多王二，韩寒曾经在博客上挂上了松岛枫的链接，他似乎成了躲在暗黑的屋子里自慰的宅男们的向导和安慰，减弱了我们的自卑和郁闷。韩寒都欣赏，何况我们这等年轻的凡夫俗子。有人说，我们这代人得感谢日本的AV事业和那些舍身为AV事业的日本女子，是她们舒缓了我们的性神经，给了我们性启蒙，当然也是她们间接弄虚了我们的身体。性苦闷简直就是一个历史问题，不会随着时代的变化而有所收敛。王二有王二的方法来疏导，我们也有我们的途径，每一代人有每一代人的方式。

小波在杂文里多次提到他对小说艺术的理解，虽然只言片语，不是很系统，但如今看来依然很有见地。小波最喜欢的小说应该是杜拉斯的《情人》(王道乾的译本)，虽然君特·格拉斯、卡尔维诺、卡夫卡等也都是他中意的作家，但小波数次提到《情人》，认为这本小说无比精致，开创了当代小说的写作模式。这是一个很有趣的话题，为什么王小波这样一个看似无比先锋和锐利的写作者，喜欢的竟然是一本爱情小说，恐怕不仅仅是技术上的完备让小波有所触动，肯定还有其他原因。我不怀好意地认为，性肯定是一个口子，在那个风雨如晦的暗黑岁月里，《情人》这样的作品犹如远处灯火，照亮了心中的秘密地带，王小波这样的绝顶聪慧之人，自然也无法回避这本书和杜拉斯这个人。

虽然小波自己也写了很多有趣的小说，还塑造了一个有趣的阳具很大的王二，但我不是文学史撰写者，不知道小波的小说在文学史中会被如何定位，如何书写。当然，对很多自称为小波“门下走狗”的粉丝来说，估计这也不是什么大不了的事情，没谁稀罕这回事。那小波的小说和他的小说见解，如今又有什么意义呢？尤其现在小波人去楼空，特别是像中国这样一个习惯人走茶凉的地方，不知道还有谁在乎这些。说实话，对那些小波的“门下走狗”，我都充满了怀疑。因为我在书店里，不止一次地看见了许多本以此为噱头的书籍，摆在书柜上卖，而翻开来看，恕我眼拙，真看不出哪里有小波的影子，就连他的招牌招数——黑色幽默，都弄成了无厘头或者搞笑耍贫。看来仅模仿没有出路。这会让小波伤心的。我似乎有点火气，这不应该，可我不会黑色幽默术，只好硬来说两句，画虎不成反类犬还是好的，至少还像猫，最糟糕的是什么也不像，那才够呛。

离题了，还是再来说小波的小说观点吧！在一篇名为《小说的艺术》的杂文中，小波穿花绕步，嬉笑怒骂，不仅坦诚自己对小说阅读有一种特殊的爱好，不是阅读其他类型作品所能满足的。还说因为爱读，才开始试着自己学习着写。他这样说：“我自己对读小说有一种真正的爱好，这种爱好不可能由阅读任何其他类型的作品所满足。我自己也写小说，写得好时得到的乐趣，绝非任何其他的快乐可以替代。这就是说，我对小说有种真正的爱好而这种爱好就是对小说艺术的爱好。”他还调侃了一下张爱玲：“张爱玲确是万绿丛中一点红——但若说有什么遗嘱被背叛了，可不是张爱玲的遗嘱，而是傅雷的遗嘱。天知道张爱玲后来写的那叫什么东西。她把自己的病态当作才能了，……人有才能还不叫艺术家，知道珍视自己的才能才叫艺术家呢。”

《黄金时代》就是他的小说试验品。

三、我的大学

读完《黄金时代》后很长一段时间，除了看过几本冒名卧龙生的半色情半骗人的武侠小说外，我并没有读小波或者其他作家的书，我可不想再复读一年，我早已懂得了复读是多么羞耻的一件事，尤其面对一个考了近六百分却非北京大学不上才来复读的极品同桌，我差了他快两百分。我们那个复读班人数相当可观，九十多人济济一堂，满满一个大教室，同是天涯沦落人啊，除了有几个是非北大清华不去的高分狂人，因为差一两分，决心明年再来，多数复读生都属自找。

知耻后勇，经过奋勇直追，费了九牛二虎之力，我终于考上一个小师专，最高兴的是我父亲，他感觉终于抬起头了，他的儿子不用再和他一起做奸商了。我考进去那年，小师专就改成师院，然后扩招，于是我们都成了本科生。我原以为，我们那茬估计是全国最差的本科生了，没想到后来者一茬更比一茬差。大一时，自我感觉风华正茂，对两件事情颇不满意：漂亮女生不多，图书馆的书烂。漂亮女生少的原因，有一点可以肯定，我们大多数人来自乡下，穿衣打扮几乎不会，也没什么衣服可穿。拿我自己来说，我大一时二十岁，鼓起勇气去了一次英语角，结果一个人问我："Hi，how old are your children?" 我当时就蒙圈了，根本想不起用英语该怎么回答，就改用中文逼问他，你看我多少岁？对方有点慌了，二十七八？是七还是八？他有些犹豫不定。我才二十，看起来已经二十七八了，是孩子他爸的年龄，我转身就跑了。这让我很受伤，自尊大伤。打那以后，我再也不敢去那个英语角了。如此一来，英语水平自然也差，毕业时需要四级水平，差点儿没把我折腾死。图书馆书烂的缘故，据说是学校把钱都拿去盖楼了，没钱买，别人赠送的倒是有不少是新书，多是如何跳槽、怎么升职之类的玩意儿，很扫兴，直到我毕业，那个楼还没有盖完，书自然还多是那些老的破书。

回到小波身上来，我读的第二本小波的书是《白银时代》。书的来处，得补上一句，那些年，大学里的学生流行做生意，是人都倒腾个电话卡、磁带什么的，用一布篓兜着，去各宿舍敲门推销叫卖。我认识一人，在学校外租了半拉房子，竟然放录像，每人收费一块，每到半夜三更时，自然是色彩斑斓，一帮小子憋得脸红，情况很危急。后来因为有人想蹭看不给钱，没得逞，告到学校旁的派出所，终于被端掉。人因为跑得快，没被逮住，只是那些片子和那台破电视机被收缴了。经济形势如此好，我班的班长手痒难耐，东拼西凑弄了一笔钱，暑假六月流火天，不辞辛苦，赶赴杭州进了一批盗版书，打算发笔小财，说是可以当恋爱的资本。谁料舟车劳顿，书刚运进学校，还未来得及发起销售时，学校突然发出一纸禁令——不准学生做生意，更不准在校园里推销。班长同志顿时傻了眼，看着小半个房间的盗版书，一声长叹，差点儿没昏过去。

事已至此，只好想辙，先是扩大内需，争取同学内部处理。推销给班上或者隔壁班的同学是一条路。班长一番沉痛叙述，道如何辛苦，学校如何捕风捉影，如何混蛋，断了哥们儿的财路，荒废了大家博览群书的路子，说着说着眼泪都快出来了。哥们儿卖不过脸，只好买了一些，可还是剩下大部分。我记得，我买的一本是张爱玲的《倾城之恋》，打的八折。盗版书按原价打八折，班长果然有经济头脑，算是不低的价格，赶上正版书了，算我买盗版书生涯的最高折扣。偏偏我们学校周围也没家像样的书店，只有如此了。曾有几个对我们学校学生还抱点幻想的生意人，在校外搞过好几个规模不小的书店，装潢也是古色古香，一色的中外名著，格调雅致，品位颇高，可愣是没有撑过半年，一日比一日冷清，最后只好关门走人。他们实在高估了我们的读书兴趣和知识渴求。

内销毕竟有限，远远不够瓜分库存量，急得班长抓耳挠腮，寝食不安，后经一生意高人指点，班长决定破釜沉舟，铤而走险。一日傍晚，班长托人找了个大板车，招呼几个哥们儿将书码到车上，而后众人双臂灌力，吭哧吭哧地推到校外不远处。竖起一纸牌，上写“五折”二字，字倒还漂亮。为了避开学校眼线，才混迹于卖白菜、练摊的中间。班长虽抹不开面儿，可是考虑到毕竟推出来一趟不容易，偶尔也吆喝几声，别说效果还可以，好些同学还凑近翻翻，尤其值得一提的是有不少女生，这让老班高兴不已，折扣居然低至三折，结果还真卖掉不少。我就是在他打这个五折的时候，看到了小波的《白银时代》，勾起了高中读《黄金时代》的美好记忆，便买了下来，这回是五折，比在班长寝室里买的要便宜足足三折。

书买回来，好像是有什么急事，没来得及看。不过，我得说老实话，这回的阅读体验完全没有高中时来得刺激，高中时，那真是把《黄金时代》当黄书读的，可如今毕竟是中文系的，好歹还有那么一点想法，至少知道再把小波的书当黄色小说读，不太合适。在一个偶然的早上，我随便拿了一本书，去蹲厕所。现在我得感谢那个随便一抓，因为恰恰就是我从班长小摊上，花五折买的小波的《白银时代》。原谅我在这个地点，这个时候看小波，绝对没有不敬的意思。恰恰相反，对我自己来说，在厕所看的书都印象深刻。就这样，蹲在厕所里翻书，翻着，翻着，来劲了，居然就那么蹲了一个小时，全身心陷入小说中，起来时双腿发麻发软，两眼发暗，头发晕，站都站不住，差点儿栽倒在里头，好在还年轻，扶住一边的墙缓了一缓，才站住。现在想来，年轻时的身体真好。

阅读过程虽然不是性欲方面的刺激，但这本书确实让我感觉痛快，倒不是小说透露的什么思想被我捕捉到了，而是小说的叙事风格让我过瘾。小说写得如此轻松自如，水泻珠落一般，文字充满智者的风趣和大方，再也没有什么比读聪明人的东西更舒坦的了。你可以不深刻，但至少别无趣。深刻而有趣，小波两者都占了。这是他了不起的地方。

四、发情年代

颇为可惜的是，念高中和大学那会儿，我还没有完全看完小波的杂文，不然，我真难以想象，我自己的思维是否会有多大的改变。因为小波所写的内容，都是我们身边的，至少是我们可以见到，这不像鲁迅，尽管我们毫不怀疑先生的深度，只是时代毕竟有些远，很多事件没有贴身的感觉，所以阅读起来，总有些许隔阂。

读小波就完全没有这样的问题，因为他发言的这个世界，就是我们身边的生活，或许没有亲历，但通过报纸、杂志或者其他媒体，我们也都能体会，所以小波的话，离我们很近。一个作家，面对社会发言，也只有亲历者方能真切体会其意境，而不光光是思索、辩论的技巧，虽然那也很重要，但更重要的显然是内容。我很在乎你说了什么，不是你怎么说，是用京片子说，还是家乡方言说，怎么说不是最重要，而是你说的东西是否有价值，是否具有启发性。

1990年代，是五光十色的年代，是统称的漫长的社会转型的开始。对于那个年代，无论怎么说它都不过分，很多事情也已挣脱传统伦理的羞涩，变得赤裸裸起来，其中最为主要的，当然是物质生活的兴起，伴随的是精神的堪称毁灭。或许只有到很多年后，我们才会意识到，这到底给我们带来的是什么。如今看来，这几乎不言自明。相对于经济建设带来的物质的不均衡膨胀，精神领域的集体“阳痿”更为可怕。1990年代的中国人很现实，似乎个个很亢奋，憋红了脸，为了钞票大折腾。

如果说上山下乡是20世纪六七十年代的代名词，1990年代最为流行的词语就是下海，哪怕被淹死，也要下去捞捞试试。下海现象带来的直接后果，就是钞票称王，知识贬值，知识分子光环褪尽。如果说“文革”前后臭老九的称号，属于人为打击和挫伤知识分子的外部尊严，那这一次却是钞票对他们内部外部全方位的主动血洗，疯狂而彻底，知识神话瞬间轻易毁灭坍塌。这带来的伤痛直到现在还没有恢复，恐怕以后也难。人们已不再愿意倾听，也不在乎知识分子说了什么，所谓精神方面的愉悦让位给了物质的满足。或许要等到物质已不是问题的时候，精神才会被再次提起？

面对集体亢奋的浮躁时代，可贵的是还有一些知识人和媒体在断断续续地坚持发出声音。媒体方面有《南方周末》《三联生活周刊》等为人尊敬的刊物，知识人中有小波等。他们犹如微暗的弱火，延续着知识分子质问、追寻的精神火种。小波不是唯一的质疑者和批评者，有很多理论学者、社会学者也已开始了讨论，但只是限于学术内部范围。那个时候兴起的很多专栏，比如甘阳等人的文章都曾产生不小影响，不同的是小波的言论显得亲切，他时常用小说笔法描述我们所忽略的事情，就像那个麦田里的守望者一样，专心致志观察着周围的一切，以防哪个人走错了方向。很多时候，黑色幽默比宣教更为管用，在笑声中明白道理总比哭着理解强！我们这个苍老的民族似乎习惯了沉重，忘记了如何在轻松中认可和表达。如果真能从尘土中努力挣扎出来，站定身，抖落身上已沾染许久的尘埃，大踏步往前走去，或许希望还在。

可惜的是，这有限的有内容的声音，经常被人忽略，甚至被当作耳旁风，不留一点痕迹。集体亢奋的情形实在很可怕，借着发家致富的名义，一起疯狂向钞票看齐。没有什么比一个民族集体亢奋更为恐怖的了。这样的年代还有清醒者，比在恐怖时期的清醒者更可贵。比如，温水中的蛤蟆若能在逐渐变暖的水里，挣扎跳出来，发出几声哪怕是哀号的声音，也很可贵。

小波离开我们已经好些年了，有些时候，我也会偶发奇想，假如小波今天还在世，还在写文章，面对这个世界，他会说些什么呢？也许会摇头，一声长叹。我知道这样的假设没有任何意义，犹如现在的历史架空题材小说一样，纯属意淫，可毕竟意淫也是有快感的，原谅我的想象放肆一次吧！

五、行货幽灵

在小波的杂文与小说中，有一个贯穿始终的问题，就是身份意识。这是一个20世纪八九十年代被评论得近乎烂了的问题，让很多知识分子焦头烂额，争吵不休，到现在还是众说纷纭，各执一词，也没有形成统一意见的趋势。相对于学者们的正襟危坐，小波倒是以嬉笑怒骂的姿态说出了一个真相，我们可能都是“行货”，这是他的身份意识。

“行货”一词，不是褒义词，有些猥琐色彩，大抵就是劣等物件的意思，要是谁瞅谁大喊“你个行货”，意思和“你是一只蠢猪”或者“你丫不是人”差不多，骂的狠劲虽然比肏字诀的国骂显得温和，但在侮辱人格方面绝对过之甚多，还有什么比否认是群众的一员更残酷的呢！而且，行货还有一层“归属哪个”的含义，货物总归是有主人的，有一个词语和它比较接近，就是奴隶，可以随意买卖，可以任意凌辱，而不必取得他的同意，可称之为奴隶哲学，这是行货背后的思维基础。

《思维的乐趣》这本书是王小波杂文中最为重要的一部，很多观点尤其是他在思想方面的见识在这本书中都有所反映。身份意识是这本书中多次提到的一个文化意识。同很多学者的理论化分析不同，小波谈论问题总有很多实例，或来自见闻，或来自传统言说。

小波在《“行货感”和文化相对主义》一文中，从《水浒传》中神行太保戴宗与宋江间的一段经历讲起，说宋江被刺配到江州，归老戴管。老戴向他要好处，宋不给，老戴火了，说你就是我的行货，我想怎么着都成。这让小波想起了自己的身世，上山下乡，像个物件一样被呼来唤去，被指示着干尽荒唐事，十足一个行货。如何衡量自己是不是行货，小波总结出了一个标准：人家拿你干了什么或对你有任何一种评价，都无须向你解释或征得你的同意。“人家”一词指向很多，可以是某一人群，可以是政治机器，可以是黑帮势力，具有很广的阐释性。这里根本不需要担心过度阐释，在我看来，有些问题尤其需要持续阐释，不然容易不了了之，到最后什么问题也解决不了。

小波年轻时候的经历，与许多生于1950年代的人大同小异，被一声号召，奔赴山乡，没有谁来征求他的意见，也没有谁在乎他是愿意还是不愿意，这就是行货。如果说在曾经的阶级斗争年代，政治理想吞噬一切，那在如今的经济年代，金钱已无往不胜，也无孔不入。

小波进一步说：“中国的许多典籍，自孔孟以来，讲的全是行货言论。”这话够决然，也够深刻，行货理论的背后就是奴隶哲学，有货物，就有主子，就有管制过程和折磨程序。行货一词与鲁迅先生当年的奴隶言论有异曲同工之妙。只是先生当年批判的倾向于国民性——奴隶坐稳或者不得的年代，而小波笔下强调的是社会对人的捉弄。行货言论的根本在于统治，在于将人分作三六九等进行约束。

捉弄，源于不尊重，甚至对人的蔑视，这在古老的中国几乎是一个堪称历史悠久的“伟大”传统。虽然孟老夫子说过一些民贵君轻的疯话，但如果他能看到哪怕一小段民被侮辱的历史，估计他自己都会失掉自信。所以我实在很难相信，主人翁意识从何谈起，从何而来？一群行货罢了！我听过很多教授、学者讨论过时下的身份焦虑问题，当然头头是道。可在我看来，这几乎是一个伪命题。犹如还未吃饱饭，就开始做起如何休闲的美梦来！摆脱行货感是一个很要紧的事情。至于如何摆脱，药方在哪里，真是一个问题。

行货一说，在小波这里还意味着另外一层意思，就是对20世纪六七十年代的重新评估。这很重要，因为如今有一些那年代过来的哥们儿，在用一种怀念的审美态势来看待那个年代，比如《与青春有关的日子》《血色浪漫》，不过千万别忘了，他们曾经是"红色贵族"、大院子弟，他们受到的伤害相对于那些平民弟子要少很多，至少回城、招工、考大学时，他们可以依靠父辈的关系，脱离农村，恢复原来的生活。可是那些平民的孩子，青春被腰斩，时光被屠宰，希望被剿灭，无所依靠，等到最后回到家里，有的年已不惑，一切都晚了！我们看到的这些影片与书籍不痛不痒地做一些批评，却美化、装扮着那段该死的岁月，简直是犯浑，是炫耀，是好了伤疤忘了疼。

小波在《人性的逆转》一文中，对此说得更为彻底："有些人认为这种经历[1]是一种崇高的感受，我就断然反对，而且认为这种想法是病态的。……七十年代对于大多数中国人来说，是个极痛苦的年代。很多年轻人做出了巨大的自我牺牲，而且这

[1] 指1970年代的青年人经历的一切。

种牺牲毫无价值。”被逼着为毫无价值的东西做牺牲，就是行货。小波的分析还在深入，他从弗洛伊德心理分析的一个原理入手——“假如人生活在一种无力改变的痛苦之中，就会转而爱上这种痛苦，把它视为一种快乐”，继而认定在忍受了那些痛苦、做出了牺牲之后，说的那些所谓困难崇高的审美冲动，近乎是一种受虐狂的特征，自己骗自己。如果还认为人，必须吃一些苦，受一些罪，才能成长，才算崇高。这种想法不但有害，而且有病。

赞美毫无价值的苦难是犯浑，那是否意味着过去的1970年代就该从我们的记忆中抹去？显然不是。我们至少得从那些把戏中，学习到一些什么，醒悟到一些道理。从这个角度而言，罪恶、噩梦也是另一种意义上的财富。如何看待远去的1970年代，是一个很大很严肃的问题。小波认为，那是一段无理智、无趣、荒唐的年代，它唯一的价值就是告诉我们，什么样的时代是最丑陋的时代。关于什么是无理智的年代，小波做了个简单而精辟的解释：“就是伽利略低头认罪，承认地球不转的年代，也是拉瓦锡上断头台的年代，是茨威格服毒自杀的年代，也是老舍跳进太平湖的年代。”无法否认，小波这样几个例子，很深刻地说明了问题。无理智时代不仅仅反科学，也反文艺，反人道，反智，堪称恐怖。

我们曾经读过一些关于那个年代的作品，在知青小说、寻根小说方面都有一些，比如阿城的《棋王》、张贤亮的《男人的一半是女人》等。小波自己举了两个例子，来说明自己的想法。一个是徐迟先生的报告文学《哥德巴赫猜想》，一个就是阿城的小说《棋王》。他的态度很明确，这两篇作品都写得很浪漫，很煽情，但似乎偏离了小说的原核。陈景润先生未必幸福，因为缺乏交流，没有与同行共享。棋王未必幸福，因为无聊没事干而下棋的生活并不值得过，那和手淫性质一样。大家都是行货，所谓主人翁意识，到底是谁在哄骗我们？当然，小波对这两篇小说的看法，肯定很多人不同意。然而即使文本具有独立的价值，甚至被神化到脱离具体历史语境的地步，依然不能妨碍我们说起此文本的来处。这很正常，看问题的角度不一样，结论自然不一样。

六、刀是副业

用匕首或者小刀来形容一个作家的文章，算是一件很过瘾的事情。多少年真能当此誉者，也只有一个鲁迅先生。才情、思想兼备的大先生，如愤怒的公牛一样，教人胆寒！只是先生余下的火种，没有几人真能延续下去，曾经有一个聂绀弩，文采倒是不错，只是还是受阶级教育太深，火气大了，斗争气息浓厚，难免有瞎说的时候，被框住了一些灵魂。然后，就是王小波了，见识也广，思维没被拘束，底子都还不错。唯一遗憾的就是，小波就像林语堂与鲁迅的双面体，举重若轻，轻描淡写，也爱耍耍嘴皮子，诸多时候点到为止！

尽管如此，读小波还是容易失掉自己的主见，诚如面对最具有才华的主儿，八成要被对方融化掉，心儿随了他。王安忆写过了一部长篇小说叫《遍地枭雄》，讲的就是这档子事。小波的力量场巨大，如果自身没有一点内功，自然也很容易被小波吸住，脱不出来，这是既幸福又麻烦的事，幸福在于充当粉丝的乐趣，就像走夜路，前方有盏灯，像号称王小波“门下走狗”的哥们儿一样；麻烦在于失掉自己，以小波的是非为是非，尤其可怕的是自己的思考方式被潜移默化地影响了。

这个世界上有一个独特的王小波就够了，如果有十个或者一百个小波，满世界说着同样的话，未必是一件好事。倒不是说物以稀为贵，而是像小波自己常常引用的罗素的话——参差多态才是美。我不免又想到现今的文学状况，简直啼笑皆非。一会儿是盗墓年，从《鬼吹灯》到《盗墓笔记》《盗墓王》之类都刮起不小的旋风。一会儿是穿越年，《步步惊心》，《宫》一《宫》二的，把四阿哥累得慌。一会儿又是职场故事，杜拉拉开门，芝麻一堆。这是读者和书商共同制造的一场泡沫秀，结果受伤的只有读者的钱包和口味。

后来的几年，我看了不少王小波的文字，有小说，有剧本，或许是因为我好歹是中文系的学生，专业老师要求看的小说比较多，好的坏的，深刻的肤浅的，先锋的传统的，都有一些涉猎，建立了一些对小说的认识和理解。小波的小说，客观地说，我觉得不是最好的，中国在当代小说这方面可以与小波比的大有人在，但杂文有如此水准的不多，我个人偏好他的杂文，尤其是他的第一本集子《思维的乐趣》，让我差点儿韦编三绝。

或许小波自己不认为他的杂文比小说好，很多读者或许也不这样认为，这不奇怪，因为小波自己也说过，写小说是他的主业，杂文是副业。对于自己下功夫最狠，最钟爱的事情，总认为是最好的。俗话说得好，孩子都是自己的好，哪怕比八戒还要丑。事实上，小波的小说至少在写作探索上未曾提供更多新的东西，尽管他试图反映特殊时代环境下人的异态、尝试从唐传奇中去取得光亮。再说世界上，无心插柳柳成荫的事情多了，小波的杂文实属这类。

若干年后，小波的一些小说即使不被经常提起，但小波的杂文如《沉默的大多数》《思维的乐趣》和《一只特立独行的猪》等名篇，肯定会被还在看书的人记起说起。这几篇文章都收录在一个集子里——《思维的乐趣》，我认为这是小波最重要的作品，从思想价值的角度而言，它的价值超过了小波的小说和其他的集子。另一本杂文集《我的精神家园》尽管收录文章不少，但较之《思维的乐趣》显得灵动有余，厚重不足。

杂文是属于智者的语言，当然那些装腔作势的应景之作除外，小波的文章显然属于这类，他的深刻与有趣让我常常想起鲁迅先生，那个举重若轻的天才。小波的针砭没有鲁迅先生的刻薄与苛刻，毕竟时代不一样，环境有异，没有什么可以锱铢必较的了！何况时代环境也在忽隐忽现地发挥着作用，结果就是说话十分真来七分疯。

七、预言家

预言家，这是一个有点荒诞的词语。可有一些人，经过脑子的正常思索，根据逻辑说出的一些话，确实被后来的历史所验证。历史上最有名的当数《隆中对》，孔明先生纵谈形势，“三分天下”。这些没有主动预谋的预言，小波说过一些，果然说中了，倒是值得披上一件“预言家”的外衣。

稍加注意，会发现小波发表在1990年代中期的部分杂文，有好些篇幅指点社会江山，针砭时弊，热情洋溢。批评之余，也发过一些预言，往往是说某件事情长此以往，便要陷入堕落困境，变得潦倒。或许小波当年也是随口一说，未必有多当真，可事实偏偏应验了小波的预言，还真堕落了，其中最大的堕落者当属香港电影。如果仔细分析，小波对文学、电影等事件都有预言般的说法。或许只是随意说说，却往往一针见血。

先说电影，1990年代，香港电影大行其道，内地电影渐渐抬头。我们从一篇小波的杂文说起，题目是《明星与癫狂》，入题很有意思。小波先从他在美国一段经历谈起，说是一日，在大街上看见一大帮人，喝着啤酒，唱着口水歌，大声吵闹，有的还提溜着睡袋，彻夜等候，目的据说是要等影星墨菲。小波琢磨着这帮家伙，压根不是等墨菲，因为当地体育馆很大，人却不多，不愁没有机会买不到票，哪里用得着如此辛苦排队。他们根本就是找了一个借口，有意识地放纵和疯闹，制造和酝酿一种疯狂情绪，发泄而已。

小波发现，内地的明星崇拜甚至与明星关系不大，而是粉丝们的一种有预谋、自发的、有所寄托的行为，如果某些影星真把这当回事情，以为这是明星制，要起大牌来，粉丝们立马会起哄，掉转枪头，制造一些八卦新闻，把他搞臭。然后，小波无意识地说道："我怀疑所谓'明星制'，是帝国主义打来的一颗阴险的糖衣炮弹……香港的影业已经中弹了。你别看它现在红火，群星灿烂，但早晚要被好莱坞吃掉。"这句话，让我异常吃惊。要知道这篇文章发表于1995年，那正是香港电影席卷亚洲的美好时代，国内大街小巷的录像厅内，播放的全是香港过来的电影，枪战片、武打片、鬼片甚至三级四级片，片片有人看。小波却说它衰败的时间即将到来，不知可否称为先见之明或未卜先知！但估计当时，未必有人真能听得进去，性急者估计要骂小波诅咒好时代。

问题是，这样的好时代果然是昙花一现。居安思危，于顺途中发现颓败的迹象，这是高手。后来的事实证明，小波所言不虚，2000年前后，香港电影就开始遭遇整体萎缩，投资剧减，发片量极速下降，电影从业人员生存维艰，叫座的影片屈指可数，导致后来很多香港影人辗转进入内地，寻找发财的机会。

香港电影的寒冬不期而来，问题的严重性在于，寒冬过后还不知是否有春天！这样的结局虽然不是全如小波所言，完全惨败于好莱坞电影，自身腐朽也是重要的原因，事实是它确实烂了，烂的速度还很快，很彻底，几乎没有重现辉煌的可能。

说完了电影，再扯点文学。文学何去何从？小波生活的1990年代还是文学颇受尊重的时期，市场那只手还没有完全摸上文学的屁股，虽然它已露出狰狞的面孔，但整体上，文学还是蛮纯洁的。作家也还是一群很有发言权的家伙，他们的言论一定程度上也被读者奉为真知灼见。不像现在，作家和经理一样多的年代，已没有多少人在意他们在说什么了。从这个意义上说，小波是一个幸运也幸福的人，因为他本人就是一个虔诚的文学工作者。他不止一次在文章中申明他是一个写小说的人，为此还感到骄傲。

小波在一些文章中写了自己走上文学之路的一些历程，经历过多种政治运动的父亲极力反对他的孩子们去学文科，而是要求他们选择理科中的任何一门，平安度过一生。但小波“相信我自己有文学才能，我应该做这件事”，并且坚持了下来，这和文学能否挣钱没有关系，谁都知道，纯文学从来就不是一个能够挣大钱的行当，哪怕书卖得再多，和畅销通俗小说还是无法相比。说到底，选择什么样的职业，就是选择什么样的生活。

关于小说的将来走向，小波在《从〈黄金时代〉谈小说艺术》一文中有个说法：“小说会失去一些读者，其中包括想受道德教育的读者，想看政治暗喻的读者，感到性压抑、寻找发泄渠道的读者，无所事事想要消磨时光的读者；剩下一些真正读小说的人。小说也会失去一些作者——有些人会下海经商，或者搞影视剧本；最后只剩下一些真正写小说的人。”这里，我们必须要强调一下，小波眼里的小说概念，是纯文学的代名词，是文学艺术。小波的这句话暗合了1990年代以来，文学市场环境下，小说读者和作者出现的分流现象，比如小说可以被分成玄幻、历史、都市、悬疑、侦探、言情、官场、职场等类型化小说，很显然这不属于纯文学的范畴。读者和作者都随之出现了变化。在纯文学方面，也就是真正的小说方面，并没有因为市场化下的小说类型化而面临崩溃。纯文学、通俗文学如今越发泾渭分明，各司其职，虽然也有能跨两栖的作者和作品，但整体而言，市场买账的作品，评论家不怎么看得上眼，批评家在乎的，市场偏又不理会。在小波看来，这是再正常不过的事情。文学本就是一场马拉松，淘到最后，剩下的就是真正的小说家和读者。如今的文学形势，不恰好证明了小波的说法了吗？只是要分辨谁是真正写小说的人，可能还比较费劲。按我的理解，应该是不为名不为利的纯粹写作者，问题是，通常很烂的小说家都宣称他们对文学的至爱，从不为钱，甚至还往里头搭钱呢。卖得好是小说家的功劳，卖得不好是纯文学的罪过。

这种预言在小波的文章里面还有很多，很靠谱，因为它来源于细致的观察和深邃的思考，这两者很厉害，很不容易做到。

倘若做到了，就是看清形势了！我们曾经当了一大段时间的糊涂蛋，别人说啥，我们就信啥。事实证明这不行，容易翻车，容易丧失判断能力，容易犯狂热胡闹，该当个明白人了！

写于2008年7月

大象的生存哲学

初次接触杨绛先生，是在她为《围城》写的后记里，她用平淡而优美的笔调讲述钱锺书的一桩桩趣事，连钱锺书也觉得“文笔之佳，不待言也”，给人印象这是个聪明而又灵巧的女性，而后来果真见识了她的智慧，长篇小说《洗澡》、散文集《干校六记》、译著《堂吉诃德》等更让她从钱锺书的光环里走了出来，然而“人间也没有永远，我们一生坎坷，暮年才有了一个可以安顿的居住，但老病相催，我们在人生道路上已走到尽头了”，“一九九七年早春，阿瑗去世。一九九八年岁末，锺书去世。我们三人就此失散了。就这么轻易地失散了……现在，只剩下了我一人”，于是就有了这本书，书名就叫《我们仨》。

这本散文集分为三部分，分别是《我们俩老了》《我们仨失散了》《我一个人思念我们仨》，这是怎样的一种感觉呢？是怎样的一种孤独的痛呢？一个八九十岁的老人先是送走自己的女儿，再又送走相伴一生的丈夫，然后在一个人的时间里独自默默地思念他们仨走过的每一个日子，这里的每一个文字都是包含了心血的，都是剜人心的情感在心里来回流动而结成的。

一、看着死亡来临

她是文学家、翻译家，然而她说她更愿意做的是一个好妻子、好母亲，于是当她目睹了她的阿圆，她的永远叫她牵肠挂肚的唯一的女儿，在死亡的路上挣扎时，她是什么感觉呢？她在文章中用悲伤的笔调写道："我觉得我的心上给捅了一下，绽出一个血泡，像是一只饱含热泪的眼睛。"她是用"心被捅了一下，绽出一个血泡"这样的词语来形容她心上的痛和不舍得，心是何等柔软的物体，哪里经得了捅，还绽出血泡来？而血泡"像是一只饱含热泪的眼睛"，这比喻说明她早已流泪了。

当病中的女儿述说对娘的思念时，"我心上又绽出几个血泡，添了几只饱含热泪的眼睛"，母亲心上为孩子而生就的血泡是怎样的痛呢？不要说是死亡路上的折磨让她痛彻心骨，就是平时女儿一个小小的摔倒也是会让她心里禁不住受惊吓，当看护了半生的女儿最后抗争不过狰狞的死神终于永远离她而去时，"我心上盖满了一只一只饱含热泪的眼睛，这时一齐流下泪来"，"胸中的热泪直往上涌，直涌到喉头，我使劲咽住，但是我使的劲儿太大，满腔热泪把胸口挣裂了”，这个世界上最让人悲痛莫过于白发父母为先去的黑发儿女在心里流出的浑浊的泪水，她说老人的眼睛已干了，只会心里流血。

先是一个血泡，继而又是几个，最后是心里盖满了血泡，老人一颗的心变成全是血泡，痛苦可想而知。白发人送黑发人这让人痛不欲生！“我的心已结成一个疙疙瘩瘩的硬块……每跳一跳，就牵扯着肚肠一起痛。”她的心怎能不痛呢？女儿这么一个“强父母，胜祖宗”的“可造之才”却只能“上高中背粪桶，大学下乡下厂，毕业后又下放四清，九蒸九焙，却始终只是一粒种子，只发了一点芽芽”，做父母的怎能舒坦？“自从失去阿圆，我内脏受伤，四肢也乏力……（锺书）已骨瘦如柴，我也老态龙钟，他没有力量说话，还强睁着眼睛招待我”。

然而等不到在时间的流逝里慢慢愈合伤口，仅仅一年后，她的爱人钱锺书、她相守一生的爱人，也终于强睁着眼在说完“绛，好好里（即‘好好过’）”后，也离她而去了。一家三个人也只剩下她一个了，她说她愿意变成高山上的一块石头，守望着丈夫和女儿离去的背影。最爱的人也走了，家已经不再成其为家了，“三里河的家，已经不复是家，只是我的客栈了”，客栈总是不能久留的，总是要离开的，留下的也只有思念，可一个八十九岁老人的思念更让人触痛，然而相聚只有在梦里或者那条与生路相反的路上。

杨绛先生将失去亲人心底的痛苦，以及死亡来临时眼睁睁地看着他们离开却什么都做不了的无助感，表达得无比真实、触人心弦，却又没有丝毫的做作。于文学而言，死亡是最难以表达的主题之一，尤其是写死亡带给人的痛，稍有不慎，文字便会显得僵硬，哭声便会像干号，结果只会让人产生排斥。但是杨绛却写得令人动容，这是因为她对女儿和爱人的爱很深厚，深厚到未有文字前便已经占据了人的心灵，这种爱在经历近六十年的人生颠簸后显得越发珍贵，而一旦失去时，痛苦自然是成倍的，加上她的文笔功力深厚，写起来是真情流露，当然能写好！作者将痛苦的心情藏在每一个看似平和的文字里头，而一咬开却又是血淋淋的。

这是一本情感浓烈而又温和的书！

二、回望生的来路

第一部和第二部的文字是痛苦的，而在《我一个人思念我们仨》里，话语虽然一如她平时文章里的温和，却也时常露出一种辛酸和落寞，杨绛写，“剩下我一个人，又是老人，就好比日暮途穷的羁旅倦客；顾望徘徊，能不感叹‘人生如梦’‘如梦幻泡影’？”但是，“我们仨都没有虚度此生，因为是我们仨”。她说他们的生命没有虚度不是说他们一生做了多少贡献，而仅仅是因为他们在一起，于是作者以温情的笔调叙写自1935年至1998年六十来年他们仨的生活。1935年结婚去英国牛津留学，两年后孩子的出生，他们仨的生活开始了，然后是孩子的成长，两夫妇的讨生活，写到孩子时，她的语言极为怜爱温暖，甚至还有做母亲的自得，幸福自笔底自然流露，让人禁不住会心微笑和感慨。

杨绛把一外国人恭维孩子的话“a china baby”理解为“一个瓷娃娃”，因为孩子的肌肤细腻，像瓷，他们很得意，“孩子怀在肚里，倒不挂心，孩子不在肚里了，反叫我牵心挂肠，不知怎样保护才妥当”。将母亲的心态写得动人，“圆圆得人怜，因为她乖，说得通道理，还管得住自己”。为女儿感到欣慰，对于孩子识字的过目不忘和孩子爷爷“吾家读书种子，唯健汝[1]一人耳”的评价更是难掩自得，直到孩子留校当助教，“我们得知消息，说不尽的称心满意……我们的女儿可以永远在父母身边了”，继而写到他们一家人一起过了几年平静的日子。这是全书中难得的温情段落，一个普通母亲与常人并无二致的喜悦，是风雨前的安宁。

然而平静并未维持多久，各类运动便接踵而来，这个家庭又开始飘摇，居无定所，遭受苦难，参加“三反”或“脱裤子，割尾巴”或“洗澡”运动，又是“大鸣大放”“反右”，锺书下放农村掏粪，然后是“四清”，“文革”来了终于成为牛鬼蛇神。

这些运动在当时的社会是如火如荼的，无人不晓，无人不

[1] 钱锺书父亲为孙女钱瑗取的名。

参与，但这在杨绛的笔下并没有成为核心内容，尽管在第二部分中作者也用了较大的篇幅来写，但其着重点不是写运动本身如何，而是将眼光放在了运动中的人身上。频繁的政治运动成了背景，很显然，杨绛的本意在于透过运动来写他们一家人的遭遇以及在遭遇中如何厮守在一起，各类原本狂风暴雨般的运动被她写得很平静，她写的依然是生活中的琐事，比如他们如何完成工作，如何数次搬家，如何离群索居、远离政治运动，锺书如何在工作之余偷空读书，如何写《管锥编》，她如何搞翻译做学术。这本来就是生活必不可少的部分，算不上大事，可正是因为在恶劣的运动环境中还能如此，并且几十年后回望时还能如此平静，就别有意味，透露出他们一家人的生活哲学。生活从来就有天然的自足性，日常生活即便被干扰打断，也不会真的消逝。文学的魅力也正在于此——将生活从表演的历史中摘取出来。

运动都是在或堂皇或隐蔽的理由下推行的，其目的不是改造人就是改造人的灵魂。于知识分子而言，放弃原来的思想不仅是讽刺的更是痛苦的，于是，有的知识分子变不透，有的要变又变不过来反受折磨，也还有一部分偷偷地不变。不变显然意味着拒绝和抗争，可是倘若明火执仗公然对抗，结局只是多几具尸体，世界上多几个冤魂而已，除了增加当权者的恼怒从而生出更多的罪孽以外没有多大的意义。而"偷偷儿不变"则是潜在的拒绝，这是策略，更是智慧，尽管不太光明磊落。磊落也是要分对象的，英雄对英雄可以磊落，可是对待魔鬼的磊落就是对自己的残忍，就是把自己送上断头台，能够做到“不变”已经是可贵的了，可贵就在于不变者是清醒的，看出了当时世界的荒谬，然后坚持自己的想法，没有被压弯。

杨绛夫妇就是这类“偷偷儿不变”的。她说：“我有一个明显的变，我从此不怕鬼了。不过我的变，一点不合规格。”且不说各类政治运动使她“从此不怕鬼了”是否有讽刺意味，单“一点不合规格”这一句就将她的态度表露无遗，明知不合规格而为之体现了她的勇气和韧性，更是说明了她的“人不能改造”的信念，也是对美国式的“打不赢它就加入它”理念的颠覆。

杨绛用动物园中的公象和母象形象地说明了这一哲学，两头大象由铁链锁着，公象耐心地摇晃身躯，站定原地不动，母象会用鼻子把拴住前脚的铁圈脱下，满脸得意地笑，饲养员发现就给再套上，它并不反抗，但一会又脱下了。杨绛说他们最佩服的就是这两头象。然而他们又何尝不是两头聪明而又不外露的象呢！钱锺书戴着镣铐做学问原地不动，杨绛更是聪明，以“今天阿姨放假，我还得做晚饭，还得看着病人呢”的借口拒绝江青的邀请。这等聪明是辛酸的，不参与也好，自保也罢，读来依然让人不适。

钱瑗呢？一个人单干，自称“大海航行靠舵手”，哪派有理就支持哪派，十年“文革”也没有犯错误。一家人总算度过了浩劫，钱锺书总算是写成皇皇巨著《管锥编》，杨绛也完成了

《堂吉诃德》的翻译。近年有人抨击钱锺书夫妇在“文革”那样无人性的时间还只顾自己的学问，不问国事，不关国运。现在看来这样的抨击呈现了他对历史的无知，对中国政治的无知，更呈现了他对钱锺书夫妇的无知，无知者当真是无畏。杨绛说他们是倔强的中国老百姓，真是妥帖！

半生的经历写来笔调平实自在，告诉我们一个读者不知的钱锺书，也同时告诉读者一个不为人知道的钱瑗，更告诉了读者他们“大象”的反抗哲学。文字洗尽铅华，含芳吐秀，有大家风范，看似娓娓道来而情感浓烈，未见一悲字而文字之外哽咽有声，而又怨而不怒，将一家人近六十年的经历勾勒了大概，时而幸福，时而温暖，时而平淡，而最后的“只剩下了我一个”则让人动容。

杨绛说得没错，人世间不会有小说或童话故事那样的结局：“从此他们永远快快活活地一起过日子。”人间没有永远，杨绛说她不知道家在哪里，她还在寻觅归途。

写于2007年8月，不悔少作

观察家和传道者

2013年1月5日，也斯先生因肺癌在香港去世，享年65岁。这个地地道道的香港人，是香港文化界的标志性人物。他身兼多重身份，1970年代就开始写小说，学拉美魔幻写实主义风格，比后来的莫言要早十年。他也写散文和诗歌，题材多与香港文化记忆有关。此外，也斯先生毕生不遗余力地研究和推介香港文化和文学，《香港文化十论》就是一部相对系统的论著。

诸如“香港是个文化沙漠”“香港没有文学”“香港有文明但没有文化”的论调一直甚嚣尘上。也斯先生对此很不以为然，在《香港文化十论》一书中，他就毫不客气地列出了一长串对香港文化近乎无知的误解和偏见，比如台湾和内地来的作家，就说香港没有文学，缺少划时代的巨著，缺乏大气魄，缺少反映现实的精品力作，他们对在香港寻找不到类似他们所有的文学作品表示惋惜。也斯对他们的惋惜同样也表示了惋惜。在不同的文化背景下，用我的标准去判断你的文化，不仅失之偏颇，根本就是偏见。用内地和台湾作为参照去观察香港，就看不见香港文化的独特性和价值。

一、作为都市空间的香港

要更好地理解香港这座城市，也斯先生认为，先要读懂作为都市空间的香港，包括物理空间、政治空间和文化空间。都市是一个包容异同的空间，包含不止一种人、一种生活方式、一种价值标准，而是许多不同的人、不同的生活方式和价值取向混杂在一起。作为一个独特的都市空间，香港呈现出了包容、多元、混杂、拼凑的文化特点，相互依存，彼此对话，也相互质询，乃至相互颠覆和重新建构。

先说香港的物理空间，这个有着百年殖民印记的都市，居民的来路复杂，有英国人、香港本地人，还有内地人和台湾人，成员身份之复杂超乎想象。政治空间更不必说，各种政治观点在此汇集交锋。文化空间也是，现代、传统、东方和西方的各种文化脉络碰撞交融，相互指涉。大众文化和精英文化也相互依存，各种媒体声音同时存在，私人空间和商业空间的界限趋于模糊。明确香港作为都市空间所特有的混杂性和多元性，是我们读懂香港的一把钥匙。从空间着眼，是解读包括香港在内的国际大都市文化的好办法。这对于我们解读北京、上海、深圳这样的外来者和外来文化集聚的都市都有借鉴意义。

如何讲述香港故事？也斯先生总结为三类——讲香港的“大故事”（grand narrative）的、讲述“小故事”，以及如电影《阿飞正传》的“无故事”。讲述故事的角度不同，讲述者和观众看到的内容自然也不一样。外来者通常习惯于讲述香港的“大故事”，或讲述一个作为国际都市的香港，或批判香港是一个失掉民族特色的殖民城市。外来者带着原有的文化基因打量和研究这座城市，不可否认会有新的发现，但这种发现常常难以获得城市原住居民的认可。

当代香港本地文化人更愿意去触碰“小故事”或者“无故事”，通过小缝隙去寻找模糊的文化身份，和像幽灵一样若隐若现的主体性。也斯先生就认为，从描绘城市的“他人”开始，比如城市空间里的外来者，和离开这片土地的各色人等，可概括为“来往者”。香港从来就不缺来者和离人，流放和归来之间，各式人物和各种故事不断涌现，这是寻找香港人文化身份的最佳角度。李碧华的小说和王家卫的电影，就是这方面的典型代表。从这个角度来说，当前的上海、北京的文化建构都面对同样的问题。外来者讲述、倾听大故事，但身处其中的文化人更有意愿的是讲述小故事，如何兼容？也斯先生的论述具有普遍的现实性。

二、怀旧电影的历史态度

文化混血后形成的多元性是香港故事的独特之处，不仅表现在香港电影和音乐上，也表现在香港的文学、美术、戏剧和报纸媒体业等方面。拿香港电影来说，也斯用了一个不同的概念来讲述香港电影的另一侧面，就是怀旧，他认为怀旧电影是一个具有香港典型意义的文化案例。许鞍华的《倾城之恋》，关锦鹏的《胭脂扣》，王家卫的《阿飞正传》《花样年华》《东邪西毒》，刘镇伟的《东成西就》，徐克的《东方不败》《新龙门客栈》等，这些如今看来都是经典作品的影片被也斯先生赋予了一个别致的解读——怀旧电影，化旧为新，颠覆打破，重新建构某一已逝的年代故事。

怀旧一词，我们并不陌生。我们通常以为怀旧就是缅怀过去的某一特定历史时期。不过，这样理解怀旧电影难免会有偏差，我们显然不会笨到把以某段历史为背景的影片都称为怀旧电影，就如我们就不会把《建国大业》和《巴顿将军》看作怀旧之作。按照也斯的理解，怀旧电影包括了某种特殊的对历史的态度、某种风格化了或者美化了的时代风格、某种过去和现在的主题拼凑。从这个稍显宽泛的定义中，我们可以抓到题中之意——历史态度、时代风格、今昔对照。怀旧电影不是为了重建一个过去的时代，也不仅仅是缅怀过去，更重要的是通过过去的风物人情和记忆重新审视现在。所谓怀旧，重点在怀，而不是旧。怀旧不只是情感流露，也是一种历史观，也是表达态度的一种方法。

以《胭脂扣》为例，这部影片就包含了过去和现在两个时空：一是1930年代的风月场景，梅艳芳饰演的如花和张国荣饰演的十二少的奢靡生活和情感纠葛；二是1980年代衰败的毫无生气的琐碎现实，两个时空拼凑起了别样的镜头语言，这就是一种历史态度，即作为生活空间的城市发生了怎样的变化，哪些根深蒂固的精神依旧存在。同样可以深入解读的还有《阿飞正传》，这部王家卫典型风格的影片，讲述的是1960年代的故事，却没有出现1960年代的标志事件和文化符号，张国荣饰演的阿飞形象并不符合1960年代的阿飞定义，影片却通过建构年代风格，由缅怀和想象混搭而成。寻找自己身份确认的阿飞陷入自毁、欺诈、谋杀、逃亡，无依无靠，没有着落，在不同的空间里游走，最后死于火车上，显然有着对香港人现实身份焦虑的投射。"鬼才"徐克的电影则在过去和现在的组合与拼凑上做到了极致，从东方不败的性别暧昧到政治隐喻，拼接了旧时期女性规则和今日的性别意识等对比强烈的内容。

也斯先生的怀旧论，不仅捕捉到了香港电影里的隐形历史观，也是解读香港文化暗角的一个角度。对过去的缅怀与重塑，今昔观念的比照和拼接，由此就成为香港文化的一个内核。

三、商业文化下的公共空间

香港是一个商业城市。不了解商业文化的特点，不了解它在香港文化中的地位，不体会香港文化人对商业的复杂态度，同样无法解读香港文化。作为大众的文化消费品，香港文化同样被商业追得晕头转向，但值得安慰的是商业并没有湮没艺术探索，传统的、实验的和商业的文化在香港都得到了发展空间，香港追逐商业，却也警惕商业。也斯认为这是香港了不起的地方。

最具有说服力的就是香港报刊专栏构建的公共空间。报刊是了解香港文化的一个重点，尽管成了商业化的一部分，但公共空间并未丢掉。且不说各种媒体的声音同时并存，也不说在文学杂志缺乏的时期里，报纸以连载的形式承担了文学作品发布的平台和空间（我们耳熟能详的就有武侠小说的连载），只说媒体苦心经营出的公共空间，其本身就已经是香港文化的极大成果，也是香港文化独立性的不二表征。其中专栏扮演了重要角色，文化评论、时事评论、书评、影评、食评等都是专栏内容，优秀专栏层出不穷又与电视、网络等新媒体的合作，将传统的文化公共空间拓展到了新阶段。

独立自由的公共空间的重要性无须多言，在文学评论和文化评论结合相容的香港，从批判消费文化的现代主义过渡到了对大众文化包容和正视的后现代风格，公开空间下的个人言说还原了文化本质。也斯在书中对香港专栏文化进行了精心梳理，指出了经历商业环境冲刷后，香港文化中未丢掉的珍贵品质——即被鼓励与被尊重的个人独立言说。

也斯先生的《香港文化十论》，是一本教科书式的城市文化专著，有大局观，也有细节意识。对于我们内地学者开展城市文化研究具有借鉴意义。如果说还有所遗憾的话，就是对以TVB为代表的香港电视剧少了一笔解读。作为香港大众文化和日常生活的组成部分，港剧所包含的传统伦理和现代观念的冲突和妥协，显然也是香港文化的一个重要标志。

也斯先生的离去，是香港文化的巨大损失。香港文化失去了一位忠诚的守护者和传道者，我们失去了一位好作家和观察者。

写于2013年11月

辑三

作为观念史的路内小说

在1970年代中国出生的青年小说家中，路内是一个独特而迷人的文学存在。面对路内，穿透他小说中事和情的缠绕，抵达路内的观念世界，是一件痛快淋漓的事情。最让我体会到阅读刺激的不是他的故事，也不是闪着狡黠的幽默段子和残酷的青春情怀，而是透过小说故事的迷雾，去感知路内这个人，去观瞻他狂放外表下敏感而细腻的心，去搜寻他对时代和社会下意识的描述和理解，去发掘路内潜伏于小说中的观念史——关乎社会的、人心的，以及个人精神的观念史，而不是仅仅把他当成一个书写青春工厂残酷物语的作家。

一、社会的观念史

就像德沃夏克在《作为精神史的美术史》中说的——要理解任何一个时期的艺术，关键是要了解这个时期的精神史。同样，要理解一个小说家的作品，关键也是要了解他的观念世界。从观念这个角度去看《云中人》，会看到什么呢？首先会看到“乳沟时代”这个词语组合。这句话能引我们找到路内小说中那被遮蔽的暗处和阴影。何谓“乳沟时代”？小说这样说：“我们生活在一个乳沟时代，乳之风光必然依赖于乳沟，但乳沟之存在则没有任何实际效用，乳沟甚至连器官都算不上，它其实是个负数，是一道阴影而已。从切面来看，乳沟正是典型的非线性变化。二〇〇一年是个衰败与繁荣交相存在的年份，乳沟时代是否存在，我不敢确定，乳沟困境倒是的的确确缠绕着我。”

我不曾见过谁用“乳沟”这样一个充溢着肉感的词语来形容一个时代，这显然是路内式的话语方式，也是他观察生活的独特角度，香艳而别致，深刻而清晰。他对乳沟的解读——负数、连器官都算不上、一道阴影，都是很不一般又别具一格的见识。这是我所见过的对这个时代最妖娆的形容，同时也可以说是郑重的评价，不见戏谑，没有嬉皮笑脸的油滑，以至于路内自己都对此充满怀疑，不能确定是否的确如此，足见其谨慎。一个写作者，不藏匿自己的判断，不以道德伦理去附合虚拟的主流空间，本身就是值得赞赏的行为。生活的复杂、多元和各种随时而至的深渊，毕竟不是一个小说家能分拣出主流与非主流的。小说家的任务也不是贴标签，何况绝大多数社会问题绝不是单纯的站队、一言判定、价值归档就能解决的。

我曾就“乳沟”这个提法和路内有过交流，与他讨论了这种说法的思想来源。路内认为，“乳沟困境”其实是一个角度，是说我们都在用一种极度平面的方式审视着、判断着我们的生活。因为平面，所以你判断这个乳沟的参照物，就是乳沟那道阴影。它和低谷有着迥然不同的意思。然后当你发现自己处在那个位置时，也只会是一道阴影。我追问他关于阴影是否有更深层次的意思，他说这个阴影大概就是当下吧，因为我无法判断出它的价值，这是一种困境。这段话蕴含着较为丰富的信息，显示出路内处于一个思想的焦虑状态，对现实存在的价值走向有着不确定感和模糊感。他一方面准确地注意到了乳沟作为实体存在得益于观察角度和作为参照物阴影的存在，另一方面又对这种认识是否真的具有价值持有自我怀疑，并坦言无法判断出当下的价值，困境更多来自观念领域，尤其是在价值判断上。这就回到了上述的一个问题，就是一个小说家能干什么，特别是像路内这样对自身和外在都持有怀疑的写作者。

且不论路内作为小说作者对“乳沟时代”这一词组的存疑，只说这一说法的文本意义和现实指向，以及路内这样剑走偏锋的思维价值。这首先是路内对当下社会生活的一种认识，其次是一种观察角度和思考方式。这样的观察方式使得路内在构建2000年前后的时代印象中获得了宝贵的独立意识，直指那是一个所谓繁荣和衰败交替同存、希望和虚妄并在的怪物般的年代。基于这样的观察角度，小说中才有了路内笔下那个工厂倒闭、下岗如潮的艰难年代，但似乎又难掩骚动，四处充斥着欲望和接近原始动物本能似的活力。一个藏污纳垢的废城，弥漫着凶猛、无聊、迷茫的消极情绪，却也俯卧着拆迁的冰冷机械。一所绝望的了无生机的三流大学，携带着教改、转制、互联网的泡沫，奔涌着原始的、动物性的欲望。一堆浑浑噩噩、失掉了体面和尊严的年轻人，代表就是毕业前夕留下了一个“做鸭”名声的主人公。特别是小说中有一个具有象征意义的细节，一个录像厅的变迁历史，先是变成皮鞋店、盗版碟店、小吃店、咖啡馆，最后终于变成了洗脚房。变来变去终于变成了洗脚房，犹如宿命一般。洗脚时代，不正是现实写照和精神涣散的症候么！只不过需要说明的是，这些内容不是百货店里的样品，它被揉碎了，散落在小说家的文字深处，需要读者张开敏锐触角去触碰，去发掘和寻找。毕竟，这本小说披着一个连环杀人案的外衣，显然有不少人被这件外衣蒙蔽了眼睛，掉入了一个作者无意设置的叙述坑陷。

关注当下社会生活无非是考验写作者的眼光和思考深度，复杂难辨的时代变化、混乱不定的多元价值取向都是小说家的素材。自我怀疑不会损弱小说的深度，反而会增加作品的厚度。这也是我不赞成还把路内读成青春残酷叙事的原因。可以预见，一个有了这样思考角度的小说家，未来的写作肯定表现出更多的独特性和辨识度，就像我们从来就不用对已经建构好了自身观念世界的小说家失望。

二、寻找的对面

寻找，是路内小说创作中一个堪称母题的关键词。2008年，路内用长篇小说《少年巴比伦》寻找青春的归宿，2009年用长篇小说《追随她的旅程》寻找爱情的归宿。在这部长篇小说《云中人》中，路内在寻找他这一代“70后”的精神归宿，也许这次寻找或许会耗去路内的一生，价值观念的追索从来就难以一蹴而就，亦正因为其漫长更显珍贵和不易。

同之前两部小说不同的是，路内在《云中人》中，设计了一个犯罪小说的躯壳，根据真实的连环敲头案，补以虚构情节，将寻找之旅表现得更为直接。小说开篇，敲头党凶猛出没，某大学女同学小白离奇失踪，是遇害了？还是出走了？小白的同学，即小说的主人公，决定寻找这个叫作小白的姑娘。这是小说的叙述明线，寻找一个可能遇害的女孩。对于寻常的犯罪小说而言，这样的设置可以算是一个充满悬念的设置，但对于路内，我们需要一点“过度阐释”——寻找女孩过程的象征意味，为什么要寻找，最终寻找什么，寻找路途中的所见作何解释，为什么是这个人去寻找，这里面有一些不寻常的东西，找出它们是我们阅读时的工作。至于连环杀人案的外在形式，就像路内自己所言，任何小说的外衣，都不是用来炫耀的，是用来脱掉的，如果炫耀外衣，那就一定是地摊文学，这件外衣包括“纯文学”“悬疑小说”“青春小说”，脱掉了才见真章。如此一来，杀人案和寻凶都不再是重点，重点在于寻找。即便如此，外衣依然吸引人的目光，甚至夺人眼球。

在《云中人》中，这种“乳沟困境”就是不确定、虚空、不踏实的精神感受，是披着情欲之壳，在阴影中漫无目的穿梭时的慌乱和不安定，是不知何去何从的观念上的迷茫和虚无。这种困境来源于对“乳沟时代”的不确定，来自社会价值观念的涣散与多元化的切身体会，更直接来源于社会变动本身的无序、仓促以及施压给人的被抛弃感。了解到这些，再看小说中的那些故事、那些人，才有抬头见天的开朗。面对现实的困厄与精神的困境，怎么办？坐以待毙吗？还是继续浑浑噩噩？或者不再询问为何苟活？小说家路内会做什么？小说家面对这样的问题，所思所想自然与庸众不同。当小说主人公自问：“我也问自己，到底需要一种什么样的生活。找不到答案，这是一个带病毒的文件，打开它，系统会陷于崩溃……我的任务就是维持系统的运作，尽可能地不让病毒发作——辨识，延缓，控制，备份，杀除。我只需要证明自己不是个Bug。”体悟一下吧，你要说这仅仅是残酷青春物语，显然是被挡在了门外，无缘登堂入室。“Bug”的自喻让人心痛，这或许就是死感的一种。

路内选择了寻找小白。小白是谁？一个D罩杯的姑娘，一个被放置了如此戏谑的形容词语的个体，在敲头党凶猛出没时，离奇地失踪了，小说主人公决定去寻找她。这才有了小说中时刻浮现的叙述线索——寻找小白的旅程。有读者竟然认为小白的设置是一个侦探故事，实在是让猪油蒙了心，误读了作者的心思。这不过是一个壳。小白寄托了作者的思想，是一个有寓意的对象。说白了，寻找小白的过程，就是小说中“我”寻思摆脱困厄，寻找出路的过程。且不论出路在哪里，寻找本身就有意义。在寻找这个点上，我想起了自己很喜欢的一部作品——张炜的《九月寓言》，这部散发着灼热诗意的小说，是张炜的巅峰之作，也是他最能表现理想主义的诗意之作。很久以来，这部小说留给我的印象，就是一群寻找的人。这群人不停地行走，不断地寻找，一路披荆斩棘，一路跋山涉水，这是一部寓言化了的跨越历史、现实与未来的小说，哲学般的询问让人窒息，在虚拟的观念和寓言中逆风前进，并不照进现实的历史和生活。

在路内的小说里，在“乳沟时代”的虚幻中，寻找小白成了路内突破“乳沟困境”的现实行动，甚至最后成了一个无关乎结果的仪式。因为在寻找的过程中，他渐渐知道小白是找不到了。在寻找到过程中，又引发了其他的凶杀案。在T市，许多荒诞、乖戾的事情一一浮现，各色人等也络绎不绝，有小广东、斜眼男子、精神分裂的咖啡馆女招待，还有那些个凶手敲头党人，小说中用了一个词来加以定位——按键人。关于这个不常见的词语，小说有这样两段话的解释：“我一直认为，世界上有一种人叫作‘按键人’，他不谙控制之法，他只有能力做到表面的掌控，将某种看似正义的东西作为自己的理由，充满形式感却对程序背后的意志力一窍不通。这可以看做是控制狂的一个流派，弱智界面往往就是为这种人设计的”，“我始终认为，那些通过伤害他人的肉体而获得精神快感的人，就是我所定义的‘按键人’。最微小的权力也能导致罪恶，如果连这都没有，幻想的权力同样可以做到这一点，幻想中的权力被任意放大，他以为自己操纵着一切……不用逻辑，也无须爱或恨。在罪恶行为的两端，动机以及必须承担的结果，对按键人来说都是不存在的”。

这两段话，从起初的揣测到最后的坚定，是在寻找小白起始的两端，这就是寻找的重要收获，甚至小说中说这个城市也被一个“按键人”的手操纵着，在寂静的表面下同样有着疯狂的衍变过程。路内提到按键人背后的权力概念，倒也是解释犯罪的一个角度。这是路内寻找后得到的答案，看似配不上“乳沟时代”的宽宏发问点，归罪于人心中的规则似乎也没有展现出足够的强度，但我以为这恰恰是针对无解现实的解读——路内式的答案，因为这背后还蕴藏着许多的秘密，比如“按键人”怎么产生的，是现实生活的产物，还是道德剧变的化身，或者是空穴来风，再或者是人类精神萎靡的代表？或者说现实生活的变种？可以无限度地往下追问，将是一个庞大的社会哲学问题，比机械化的政治问题要厚重和复杂得多。直接来说，就是现实制造了惨案，却不是直接凶手，永远有替罪羊在代工。你可以找到代工者，却无法惩罚现实生活。

"乳沟时代"，虚妄的阴影下，寻找小白不过是一项工具，"我"的真实想法不过是想肯定存在的意义，但在阴影上建构真实，本来就是荒谬的事情，这就小说的悖论所在。路内除了推出一个"按键人"，难以有别的出路，你可以由此说路内是一个悲观主义者。况且出路云云本不是一个小说家可以解决的问题。但我以为寻找的途中，展现的各色人等，废城里的荒凉，人心的寂灭，精神的虚空，已然趋近于答案。通过上面的分析，也就能够解释为什么最后没有找到小白。怎么可能找得到呢？这本是一个无解的问题，别说是路内，就是陀思妥耶夫斯基在《卡拉马佐夫兄弟》中也陷入挣扎。无论是作为文本的构件，还是作为隐喻性的一面，寻找小白都非常重要，不可或缺。这犹如一根细微的线，牵起作者、现实与理想三方领域，若即若离，又若隐若现。这根线脆弱、易断而又绵长，是一个写作家的精气神所在，也是作者联系现实的工具。如果没有小白，故事或许还在，但那就真的是一个侦探故事了。小白是什么？不仅仅是一个D罩杯的女孩，也不仅仅是老白的女儿，是一个叫作价值或曰意义的代名词，也是一个精神出口——路内的心中还藏匿着希望和理想。

三、摇滚乐的象征

这部小说反复提到摇滚乐，尤其是一首名为"Creep"的歌曲，更是被印在小说扉页上，此为何意？《云中人》出版至今，我注意到对这首歌的评论寥寥无几，只有一个做音乐研究的读者在博客中提到了这部小说里的这首曲子，也仅仅是提到而已。传统的文学评论者通常只在传统的文学审美中活动，音乐、美术等超出传统文学经验的部分介质常常被忽略，这或许也是中国至今没有一本令人耳熟能详的关于中国摇滚乐的文学作品的原因，不是没有这方面的作品，但是狭窄的文学圈缺乏更大好奇心对此进行关注。

为什么是这首歌，我问过路内这个问题。他告诉我说，如果你不了解摇滚，没听过“Creep”，你就很难理解这本小说里的人物。这样的解答颇为不讨好，多少意味着路内在给这部小说的读者下限制。但如果一部小说和小说人物必须要依托文本以外的语境才能获得理解，这未必是读者的损失。显然，路内很在乎这首歌在小说中的精神寓意。那么这首摇滚名曲到底具有怎样的内涵？这首歌被摇滚迷誉为摇滚之王，著名的Radiohead组合首唱，后来被其他很多乐队翻唱，路内还介绍说光他手头就有五十多个版本。Radiohead乐队是一支来自英国牛津的世界著名摇滚乐队，在中国大多翻译成“电台司令”。“Creep”是Radiohead的经典代表作，且看书中所引的部分歌词：

> But I'm a creep, I'm a weirdo.
>
> 但我是只爬虫，我是一个怪物。

What the hell am I doing here?

我到底在这儿做些什么？

I don’t belong here,

我不属于这里，

I don’t belong here.

我不属于这里。

从这些歌词看来，自嘲中又夹杂着质问和宣泄。整首歌曲在放肆的吉他伴奏下，释放着无奈忧伤的情绪，具有相当强烈的感染力。尽管表面上诉说着一个男生对爱情的迷茫，但有多种阐释的可能性，与社会的疏离成了该歌曲的深层次意义。批判现实，咀嚼痛苦，期盼光明，寻求精神解脱，是摇滚之核。“Creep”的词曲里就蕴含着反思，从爱的不对等到人生位置的追问。“Creep”与小说文本的内在关系，在于两者气质上都有一种共通的东西——在痛苦中寻求解脱，前者是作为摇滚精神的衍生，后者是小说内在精神困境的突破口。难怪路内说，摇滚盲可能无法真正读懂这部小说。

“Creep”在小说里的作用，更多在于引出1990年代的社会精神印象，其中就有摇滚音乐的升起和坠落。一个喜欢“Creep”的大学摇滚青年会是怎样一个人？如果说，“乳沟时代”的推想是路内对社会变化的认识，寻找“70后”的精神归宿是路内对人心的关注，那从“Creep”引出的摇滚精神则将成为当时青年人精神世界的写照。再没有什么文化标签比摇滚更能代表1990年代青年人的精神追求和特征了。在很多人的心中，1990年代是中国摇滚的黄金期，是每个摇滚迷心里难以割舍的岁月。除了西方著名摇滚乐队的歌曲传进中国大陆，中国本土摇滚也在短短几年间内获得发展，崔健、唐朝乐队、黑豹乐队、张楚、窦唯等摇滚界的大佬们当年就是我们青年的精神偶像，极大地影响了1990年代青年学生的精神变化。这对我们深入理解小说主人公夏小凡这个摇滚青年有着积极的意义。对了解摇滚音乐史的人而言，理解夏小凡身上的精神困境不是一件难事。但对摇滚精神不了解的读者来说，要理解夏小凡的痛苦就要费劲得多。

小说中这样写夏小凡的生活："我在这里生活了两年半，是一段枯燥无味的时光。平时的娱乐，就是在黑网吧里泡着、抽廉价烟、喝啤酒、半醉着晃回宿舍。周末稍微好过一点，去铁道旁的仓库里看摇滚。"可见，摇滚是他生活的一部分，是打发时间和寂寞的方式。摇滚是幸福的天敌，唯有在苦闷、阴郁、不知何去何从的年代和空间里，摇滚乐才更有力量。当夏小凡们在黑网吧里晃悠，喝酒抽烟，精神迷茫混沌的时候，摇滚乐是他们并未堕落的标志，是他们精神依然活跃的象征。从这个意义上说，夏小凡是当年大学生的一个典型代表，是路内塑造的当年陷入精神困境的青年群体中的某一个。只有考虑到了摇滚的影响力，才可能对夏小凡这个表面上形骸放浪的青年减少偏见，增加理解，不然就会感觉这人物有点扁平，性格不鲜明，特点不明朗，没有《少年巴比伦里》的路小路那般深入人心等。对于人物，读者总是对戏剧化的人物特征感兴趣，比如闷骚，比如放浪下的纯情，这也容易理解。

如果给人物形象定个妆，那夏小凡该是怎样的一个人物呢？一个充满痛苦、迷茫的自我拯救者，或者说他下意识里想成为一个拯救者。从他喜欢摇滚音乐的生活，到他做出的寻找小白的举动，夏小凡就是一个寻求解脱的拯救者。在《云中人》中，夏小凡寻找失踪的小白，就是一次拯救，同时也是通过寻找来完成自我救赎。不过，他这次扮演的是一个失败的救赎者。同其他第一人称叙述的小说埋首于自我叙事的不同，《云中人》的"我"更多像是一个导游，在寻找的过程中不断插入其他人的故事，为别人的故事开辟舞台，是一个模糊的人。小说中有这样一段话："我把大部分时间扔在网吧里，在聊天室向各种各样的人打字，扮演着喝咖啡的孤独男子，或者刚到T市流落街头的帅气民工，或者是百无聊赖的SOHO族，有时狂妄，有时啰唆，有时多情，有时又完全相反。总而言之，什么性格都可以沾点边，扮演着一个连我自己都不知道何去何从的角色。"小说中的夏小凡就是这样一个不规则、多维度、多面具但又不真实的人物，是一个扮演着各种性格的演员，一个模糊的人。这就是这个人物的文学意义。最终，夏小凡在寻找小白失败后，将两箱子摇滚唱片整理出来送了人。其中就有全部的Radiohead

和Nirvana，冷门的Portishead和Cocteau Twins，精挑细选的Smashing Pumpkins和Garbage，经典的U2和Oasis，永不滞销的The Beatles，还有窦唯、左小祖咒、薛岳等。毫无疑问，那是青春痛苦岁月的全部纪念，这一送走，就不仅仅告别了青春岁月，还写出了摇滚乐的萧条，这是小说里压抑许久的情绪。但经过摇滚熏陶过的人，摇滚精神还是微火暗存。从"Creep"引出的摇滚精神，毫无疑问给小说增加了精神质地。

路内的特别在于观念的敏锐，悄悄然就在故事里呈现了一个年代的社会和精神状况，文本的骨子里是批判现实主义的传统，形式上又有着嬉笑怒骂的自由感，路内对精神危机的忧患意识也为小说增色不少。几年前，路内用《少年巴比伦》寻找青春的归宿；用《追随她的旅程》寻找爱情的归宿；在这部《云中人》中，路内在寻找他这一代"70后"们的精神归宿。用"乳沟"形容这个时代，就足够人钦佩。只是，价值追求也许将耗去路内作为小说家的一生。

我有幸成为一个旁观者和阅读者。

写于2012年3月

随波逐流与推波助澜

在一次谈话中，路内谈到自己与时代的关系："我肯定不是局外人。我不是站在外面，不是站在街边，我像是一个不小心闯了红灯、站在路中央观望着这个时代的人……有时候觉得看到的东西很可笑，有时候觉得自己站在那儿也很可笑。"这段略具消解意味的话表明，路内不但敏感于自己的小说家身份，还意识到了观察坐标以及可能导致的两种效果。至于路内是因为不小心闯红灯站到了路中央，还是他有意站过去的，其实并不重要。重要的是，他站到了路中央，并在那个位置打量时代，觉察到了"可笑"。"可笑"在这里是一种指向复杂的修辞，什么可笑？相对什么而言？

一

不做时代的局外人，而是置身其中，路内对观察身份的自我认知，在创作中有较为清晰的印证。路内的多部长篇小说，多少都有他本人生活的影子，更与时代和社会有着隐秘的联系。《少年巴比伦》写的是工厂里忧伤而诙谐的青春岁月，但时空背景是1990年代社会转型期间的国营工厂。《云中人》从一起失踪案写起，像是“70后”这代人寻找精神归宿的一种仪式和表演，作为小说时间背景的2001年“是个衰败与繁荣交相存在的年份”，其时工厂倒闭，下岗如潮，社会上弥漫着凶猛、无聊而又骚动的情绪。《花街往事》写了富有传奇性的家族群像，有着正史的严谨和真实，也有着野史的妙趣和诙谐，叙述时间则跨越“文革”年代、迷狂的1980年代和喧嚣的1990年代三个阶段。

如果说路内这几部小说的原始动机还主要是创造人物，社会意识多少还有些无心插柳的话，那到了《慈悲》，路内则主动正面时代的社会性主题，即计划经济时代环境裹挟下的普通个人，身处具有强制性和封闭性的国营工厂中，如何被动地处理他与自己、身体、家庭、他者、工厂、社会以及时代的种种关系。工厂一方面成就了工人的工作和生活，另一方面也限制着工人的流动和去向。计划经济体制下的国营工厂，既渗透着国家意志和阶层观念，也弥漫着苯酚腐香的行政意识，还融入了工人作为个体人的基本人性和道德规矩，相互交集，彼此融合，慢慢发酵成一整套具有国营工厂特色、有形和无形的规则与秩序。哈耶克在他关于秩序原理的论述中，就以“人为制造的秩序”对此类秩序状态进行过命名和分析，其核心要意在于制造者们能够通过制度、惩罚、道德净化等一套强制性机制，来实现审视、约束和控制整个秩序。路内用小说发现了这套工厂秩序，具有强烈行政色彩的工厂秩序，如何既严苛地捕获、锻造和规训着工人们，又毫不留情地惩罚着那些“出格”的工人。

如何适应这套工厂秩序，是工人们的日常生活，也是他们处理上述多种关系的具象表现。路内对准的是普通工人对工厂秩序的切身感受和理解，以及他们应对秩序的不同方式和随之而来的不同遭遇，用私人家族历史的取材方式，从时代生活中拓印了下来。面对如此庞杂的秩序体，切口在哪里？路内选择了两个颇具时代特征的小说意象——“补助”和“踢阀门”。在困难时期，十块钱的补助可以让一个家庭免于挨饿。“补助”的申请和发放，怎么申请，谁来批准，补助多少，与秩序息息相关。“踢阀门”事小，却是一个陷阱，被人举报就会被冠以“破坏生产罪”的罪名，要判坐牢。与“踢阀门”相关的举报、纠察和惩罚，是工厂秩序中最为森严和残酷的内容。路内发现了进入时代后台的隐秘入口，帘子一撩，看见了做戏前的真实。

二

《慈悲》通过师傅、根生、水生和宿小东四个人物，写出了工人们应对工厂秩序的四种典型方式——遵守、挑战、利用和超脱。这四种态度不仅符合历史真实，也符合社会学逻辑。与现实和逻辑同构，是一个小说家的幸运，也是他的勇气。通常的情况，不是小说家为了显示热情去杜撰某种真实，就是被真实困死变得支支吾吾，言辞闪烁。文学与社会逻辑同构的明显特征，就是人物从被小说家创造出来并放到了恰当位置那时起，其命运就已经定好了。哪怕小说家想中途变卦也无济于事，除非推倒重来。这就是文本自身逻辑的力量。

水生的师傅是个没文化的老工人，技术过硬。老师傅出手，一级成品率百分之七十，师兄根生出手，一级成品率只有百分之五十。师傅应对工厂秩序的方式是遵守和顺从，凭技术吃饭，老实做工，清白做人。师傅接受“踢阀门”是“破坏生产罪”，会被判坐牢，尽管他并未从心底认可这种制度，精神上有自我要求，并不企求补助——“是杆枪就要立起来”。后来师傅女儿患病，加上得赡养岳父岳母，一人工资养四个人，终于到了“现在我自己也累死穷死了”的地步，才萌生了申请补助的念头。被拒后，他用了一种屈辱的方式——长跪在了车间主任办公室门口。后来工厂书记出面，才拿到了生平第一笔补助。得了骨癌后，知道死期将至，他自己向厂里要丧葬费时说：“一个工人，没活到退休就死了，什么福都没享到——丧葬费应该是十六块。”个人还没去世，已开始替自己讨要丧葬费了。

师傅的生存哲学并不复杂，就是期望做个自足的技术工人，努力做一个体面的人。说是体面，不过是一点尊严。工厂秩序没有让他如愿，不仅没有让他死得体面，活着时也没有得到多少尊重。骨癌的病痛，下跪的屈辱，以及随着那一跪破碎了的精神。师傅是一个纯粹的传统工人形象，他的赍志以殁某种程度上也意味着传统工人群体的开始消退。路内带着悲悯心创造了这个人物，所占篇幅不长，从师傅登场到离世，不过三十几页，但人物性格极有张力。这个企图与工厂秩序保持好关系却最终失败的老工人形象，为小说定下了悲悯的基调。

根生则是个“我有我想法”的青年工人，与师傅相对安分守己不同，根生身上有明显的逆反色彩。他吊儿郎当的做派，对权威的满不在乎，显示出他对工厂秩序没有天生的遵循意识，也没有被轻易驯服。工厂食堂短斤缺两，根生吃不饱，就和食堂的人打架。“踢阀门”可能判罪，根生也总不以为然，结果被人举报，加上其他把柄，因此倒了大霉，被保卫科抓住痛打了一夜，打瘸一条腿。但根生死不认罪，不承认“踢阀门”，也不承认与寡妇汪兴妹有关系，结果被判了十年。劳改释放后，回到工厂，试图重新活过，投机做生意，又被骗了个精光。

“踢阀门”可以被判刑，罪名是“破坏生产罪”，看似荒唐的事情的确存在，这是工厂秩序的惩罚功能在起作用，目的在于维持秩序的权威和稳定。值得注意的是，这个罪名一般就判个一两年，何至于根生被判了十年，另一个李铁牛被判成反革命，游街示众？两人都和小说中的寡妇汪兴妹有染。李铁牛被捉奸后，汪兴妹供出了他，以及他对工厂领导不敬的言论。根生踢阀门被抓后，同样有人检举他和汪兴妹通奸。在这里，性关系显然超越了生理本身，被作为道德净化与审判的对象，同样是工厂秩序中规训功能的重要内容。工厂不仅负责生产，还负责净化工人思想，性与思想常被摆在一起谈。在特定年代的国营工厂里，性不仅仅是性。性事可以与身体惩罚联系起来，常常作为罪证被窥视，更有甚者，被上升到政策层面，成为打击对方的工具。

路内意识到，根生与工厂秩序及其所附着的权力意志之间存在一种紧张关系。根生的逆反，与其说是本性所致，不如说是未经工厂秩序完全驯化的青年工人对秩序一种自发的对抗。简言之，这种紧张是强制性的人为秩序与自发性的秩序间不可避免的对抗。结果是根生被施以身体惩罚——劳改，以悲剧收场，他所经历的苦难也显得悲壮。工厂秩序这个大环境一日不瓦解，由此造成的紧张就一日不可消解，根生也只有失败这一个结局。根生的性压抑不过是这种紧张关系的身体表象。只有在“人为的秩序”松解或者彻底崩溃后，根生才有可能获得他期望的自由。

与遵守工厂秩序的常态相比，根生是一个意外，是秩序变奏过程中的小插曲，也是现实生活的某种缩影。当我们说起文学的现实主义时，总是下意识地把小说人物当成现实的人来讨论，会忘记人物是小说家观念的产物。从观念到现实的距离有时不过咫尺，根生的命运就是如此。即使路内努力想让他过得好一些，秩序的重力也会自动发生位移。不守秩序在根生的身上并不能简单地解释为富有抗争意识的主动破局，不过是另一种挣扎罢了。

从“踢阀门”到“捉奸”，工厂秩序的惩罚功能在根生身上得以完整呈现。根生是被罚者，而宿小东就是躲在审判者背后的打手。工厂秩序在宿小东看来，就是恨不能全身心拥抱的机会。一有机会，宿小东就会用推波助澜的方式上位。

这个“坏人”的深刻在于他多种身份的重合，既是这一秩序的参与者，又是利用者。打击异己，排斥他人。宿小东通过告密、举报，引发了工厂秩序中惩罚机制的转动，煽起了工人心里本能的恶。捉李铁牛的奸，抓根生踢阀门，把绊脚石一个一个踢开，然后借此升迁，最终成为这个工厂的主人。

特里·伊格尔顿有个观点：“正常的人物占有美德，而怪异的人物垄断活力。”当工厂生活的常态被描述为工人遵循、顺从工厂秩序时，与此持不同态度的行为就给文学留下了空间。宿小东就是这样的宝贝。这个未见得多有独创性的人物，为《慈悲》构建了一个可见的秩序的代表，从而充满了活力。宿小东不是一个简单的小说形象，而是一个具有多重隐喻的符号。

路内没有用“恶人恶报”的因果给宿小东设置结局，他活得很好，最后还将工厂也私有化了。宿小东这样拥抱和利用秩序者，能在旧秩序中如鱼得水，也能在新秩序中获得新的位置。当计划经济下的工厂秩序变成市场经济的工厂新秩序，宿小东们并不会被抛弃，相反他们还可能占得翻身的先机。在讲政治的时候，他谋政治。在讲经济时，他谋的是利益。无论是从理论推演，还是从现实出发，此类工厂秩序的寄生物并不那么容易被时代删除，他随时可以转身拥抱和利用别的秩序。只有一样东西是他衡量是否转身的砝码——利益。

这类空心人并不会死心塌地地维护这套秩序，宿小东对这个秩序本身并不不相信，人格上也无忠诚可言。此种人并不是某个时代特定的产物。陈寅恪在《读莺莺传》里写："值此道德标准社会风习纷乱变易之时，此转移升降之士大夫阶级之人，有贤不肖拙巧之别，而其贤者拙者，常感受苦痛，终于消灭而后已。其不贤者巧者，则多享受欢乐，往往富贵荣显，身泰名遂。其何故也？由于善利用或不善利用此两种以上不同之标准及习俗，以应付此环境而已。"其不贤者巧者，即此之谓也。当年鲁迅曾嘲讽过的混吃革命饭，不也是一类变种吗？

进一步说，宿小东们不是工厂秩序的最高制定者，他只是秩序之下的作伥者。推波助澜，继而浑水摸鱼，才是宿小东应对秩序的方式和目的。路内注意到了这种存在，他写了一个退休后还一直为工厂奔走的老厂长。与宿小东相比，老厂长才是秩序的维护者。但显然，这个老厂长只占有了一点可怜的美德。

三

与宿小东居心叵测的推波助澜形成鲜明对照的，是水生内心坚守的随波逐流。

水生对工厂秩序的超脱态度像个容器，既有师傅表面上的遵循意识和远离是非的态度，内心也有根生同样对秩序的不屑，但他放在心里，并不说出来。这种超脱的充分条件，就是路内开篇着墨的内容，也是小说需要解决的问题。路内为水生准备了两堂课，先是极端饥饿的家族记忆，如父亲饿死、母亲溺亡和弟弟的失踪等事件，给水生注入了最初的清醒剂，激活了他的生存意念，即最为朴素的观念——得活着，活着终有好事发生。死里逃生的水生不会像根生那样表现出抗争性，因为他首先考虑的是活下去，解决吃饭问题是头等大事。二则是师傅的言传身教加固了水生的自我保护意识，尤其是师傅的遭遇，让水生对工厂秩序的严酷有了清醒的认识，放弃了对工厂的心理依赖，工厂给不了一个工人真正的尊严。秩序的维持可以允许偶有补助之类的善心，但不可能长久地给工人永不变质的优待。

由此，面对工厂秩序，水生的态度是暧昧的，也是复杂的；是清醒的，也是悲观的。水生既在秩序之内，也在秩序之外。他超脱地工作着，也淡定地生活着。这是新的文学物种，一个演员式的人物。他用表演的方式参与日常，因此而演，将真实的自我掩藏起来。

因为水生口才好，成了车间去申请补助的代言人，各种困难经由他口吐莲花的表述，就变得煞有介事。在闹剧般的补助申请过程中，叙述显然也是一种权力。符合工会领导要求的贫穷叙述，即使胡编乱造，也能获得工会主席认同。不符合要求的叙述，就算是真的贫穷，也会被无情地退回。小说写了个荒诞的情节，工人段兴旺老婆要买电视，怂恿他去申请补助。段兴旺的字太潦草，没弄成，央求水生去申请，成了。段兴旺好奇水生说了什么。水生回答他："我说，你因为穷，所以没娶上一个好老婆。你的老婆只想要电视机、电风扇，如果不买就不跟你过夫妻生活。你的老婆贪图享乐是错误的，但这个错误不能归到你头上，最起码这个月不能。这个月你不但没吃上早饭，还欠了很多中饭和晚饭。如果一个男人既没有夫妻生活也没有饭吃，他就会死掉。"

这段话戏谑又荒唐，反讽又蕴含深意。从"没有夫妻生活"到"就会死掉"的奇妙推论，其内在逻辑与惩罚逻辑是同质的。就像指责工人"踢阀门"就是有意"破坏生产"，"破坏生产"就是反革命，"反革命"就该被打倒。因为符合这种夸张的逻辑，如此滑稽的贫穷叙述，能够被接受也就不奇怪了。需要强调的是，作为一种权力叙述行为，对贫穷程度进行预设并获得工会认可的叙述行为，同强加给工人罪名并得到工厂秩序许可的惩罚叙述，其本质是一样的，都是工厂秩序的一种投射。水生扮演了一个与工厂秩序周旋的角色。有趣的是，水生没有为自己申请过补助。论困难程度，他的妻子长期生病，符合申请的硬性条件，他本人又是代言人，完全可以要到补助。用水生的高风亮节显然解释不通，合理的原因是，水生有意保持与工厂秩序的距离。他帮别人申请，更像是一场表演，是对补助制度及其背后的工厂秩序的调侃甚至戏弄。如果他自己也申请，就成了同谋，对秩序的超脱态度不允许他这么干。这种立场使得水生不可能成为工厂秩序的获利者，但也不会成为秩序的惩罚对象，他是安全的。他是一个有态度的随波逐流者，若即若离地安全地跟着时代往前走，不紧贴，也不掉队。水生这样看似无棱角的人物，恰恰是强制性的工厂秩序难以真正约束和规训的人。

被时代裹挟还能独善其身，被秩序规束还能保持立场。除了水生超脱的态度外，还有一个容易被忽略的必要条件，即水生的知识人身份。小说开篇有一个细节："水生从工专毕业，分配在苯酚车间。"工专意味着接受过知识和技能的训练，同没文化的工人相比，算是有知识的人。在人为制造的工厂秩序中，由于空间流动的被限制，知识也随机被遮蔽和隐略，只有在秩序内还能有所作用，"一个工程师，走在街上连条狗都不如，只有在工厂里还有点价值"。而在自发性的社会秩序中，流动机制被激活，凝固的资源才能被释放。流动速度越快，知识就越可能被需求找到，从而产生价值。当工厂秩序崩溃后，计划经济让位给市场经济，国营工厂老秩序被打破，新的工厂秩序重新建立。水生获得了另外的生存机会，凭技术赚了钱买了房，反而过得比以前好。其他被工厂秩序驯服太久的老工人们，已失去了适应新秩序的能力，只能经历下岗这样惨痛的秩序变换。

水生能够做到超脱，工专的知识身份设定必不可少。

逐渐老去的水生变得越发清醒，他对工厂的认识和情感也发生了变化。多年后，一个大学生来到工厂，水生对他说了这番话:“我年轻的时候，很喜欢工厂，觉得像我的家。一个工程师，走在街上连条狗都不如，只有在工厂里还有点价值。但是渐渐地我也不喜欢工厂了，人活一辈子，就活在一个厂里，一个苯酚车间里，三分之一的人退休了立刻生癌，这个比例几十年来都没有降下来过。他们都过得很痛苦。小林，你有机会，要走出去看看。”

为什么面对死亡还能如此淡然，为什么明知会生癌，还要继续留在工厂？为什么过得很痛苦，还要继续忍受？因为无处可去。水生此前没有机会，他的前辈师傅们也没有机会。为什么没有机会？因为无法流动的社会规则与工厂秩序封住了工人们的脚步。挑战则意味着被惩罚，代价是巨大的，根生就是例子。墨守和遵循这种秩序就是常态，是工人们的日常生活。有机会要走出去看看，如此轻描淡写的文字背后，是数十年来秩序所施与人的压抑和无望。与无望打交道，比与魔鬼打交道还要艰难，除了要准备随时付出代价，还要忍受漫长的孤独守望。水生不是一潭死水，他的痛苦、挣扎和自救都表现了“身在曹营心在汉”式的特殊态度，何尝不是一种中国式明哲保身的智慧。然而其妙处更在于水生的清醒，知道若有机会，要走出去看看。

路内在水生身上寄托了更为丰富的精神期待，从某种意义上讲，也是作者对社会秩序的审视。从饥荒中死里逃生的水生，与秩序打交道真如火中取栗，得生存又得随时当心不被火烫着。水生像是社会中某一类人精神的集中体——积极的悲观者。深刻地体味着无力感，又挣扎地求着安全感。他的随波逐流并不是一味颓然躲藏起来，而是保存部分的自我与之周旋。

四

《慈悲》动人的秘密并不仅仅在于路内保存了曾经工厂生活的记忆，从而恢复了人们的历史记忆，更多的在于他构建的文本空间理解了历史中人的命运和选择，对罪与恶、死亡与衰败给予的尊重和宽容。只有洞悉秩序规律的小说家，才不会强加给他笔下人物多余的理想和苛刻的道德诉求。某种程度上说，理解了历史也就看清了当下，某些普遍性的道理真的存在。

用早已嵌入历史墙壁的工厂秩序来看《慈悲》，就能够体会到小说的开阔和深刻，能体悟到路内用小说的方式发现和解读了半个世纪里工厂秩序变换的秘密，以及个人于其中的处境。需要注意的是，路内没有止步于对当年工厂秩序压抑人性的批判，而是就秩序的流动性做出了判断和思索。小说中写到，随着计划经济体制的终止和市场经济体制的开启，封闭的人为秩序逐渐过渡到自发性的社会秩序，工厂秩序所谓净化思想的功能，也失去了原有的载体，被假寺庙代替，建寺庙就成了生意。性也从当年的偷偷摸摸变成暗地里的买卖。且不论寺庙之真假，精神从被动约束到自发寻求安放，身体处置从不自由到相对自由，对于漫长的秩序变更，从历史来说可能算不上新事，但对中国来说，则意味着秩序正在进入一种自发性的轮序中，市场经济不过是一扇门而已。对路内而言，这又是小说写作新的问题。

好的小说作品，并不在于小说家发现了什么，而是在于小说家用小说发现了什么。对小说家而言，平衡这两种发现是个棘手的问题，可能存在两种情况——个人发现走在小说发现之前，或者个人发现落后于小说发现。前者我们会认为是思想型写作者，后者我们会常常称之为敏感型写作者。路内的做法是极力克制言说的冲动，努力使两者并置汇合，让小说发现自然呈现为一座冰山，也留下了大量的小说留白。克制的危险在于，文本接受价值依赖于路内的洞见与读者可能达成协议的程度。从这个意义上讲，路内最终选择相信读者。既然选择了相信，也就意味着要他同样选择了可能随之而来的误解和偏见。

当路内说慈悲是一种信念时，他的意思似乎更应该理解为，面对历史的首要问题该如何叙述它。小说最后，水生遇见了失散五十年的弟弟，一个领工资却也内心皈依了的假和尚。弟弟说，真庙和假庙都是一种虚妄。看似充满悲观的皈依，大概才是路内认为的真的“可笑”。也许只有识破人生不过是虚妄的人，才能够体味慈悲的含义，才能在最绝望的时候也能有怜悯之心。从这个意义上说，小说结束处的皈依，仅仅是路内诸多想法中的一种选择。

写于2016年3月

无处安放的身体和灵魂

当人们谈论“80后”作家的时候，到底是谈论文学，还是商业？或者干脆什么也没谈？作为一个文学概念，“80后文学”如果真成立的话，到底又是什么样的？有无区别于其他代际写作者的显著特征和可以佐证的文本案例？

我所理解的显著特征，首先是创造力，与传统文学创作保持联系也好，与西方文学有着某种牵连也罢，都得有写作者个人明显的创作风格。若是“80后”作家，那至少得有仅属于“80后”而其他代际的写作者未必有的特征。其次是持续的稳定的风格，初心不变，即使历经沧桑，写作风格不轻易扭曲和变异。当然，文学史的判断要远远复杂得多。庆幸的是，时间帮了忙，无意识地充当了筛选者的角色。短短十年不到的时间，如大风刮过沙地，轻一点的沙石早已随风而去，消失不见，唯有稍重的留了下来。这是时间的残酷，也是时间的公平。曾经如过江之鲫的“80后”作家们，还未过江，多数就掉了队，还在坚持写作的已然不多，其中保持自己风格不受干扰的安定者，更是难寻。所谓当时“写作天才”之类的赞语，对时间而言就是不规范的注脚，为难的是后来的检阅者，难以对应起来。

在这不多的安定者中，我关注了周嘉宁近十年。未曾想到的是，这份纯属个人阅读爱好的偶然性的关注，十年之后竟会收获一份结果。周嘉宁能十几年如一日，持续地近乎倔强地写着她中意的文字，终成了今日独特的周嘉宁。

一、路径：真实与袒露

关于周嘉宁，也关于“80后”作家，我这样想：如果真有“80后文学”这个说法的话，它就应该是周嘉宁小说这个样子，不轻易倒向传统的现实主义，不简单地躲到西方文学潮流的面具后面，而是无限向内，勇敢地挺进自己的内心世界，不刻意掩饰，不有意遮盖，坦诚面对过往，即使狼狈不堪，也犹未悔。周嘉宁多年的创作，坚持解剖自己的内心，以袒露自己的态度和决心，展现“80后”女性内心深处对世界感知的成熟与不成熟的秘密和体验，其中包括身体的体验，也包含灵魂深处的思量，甚至阴暗和黑暗的那部分内容也在其中。周嘉宁真正的写作对象只有一个，就是她自己以及其投射形成的影子。她不断地揭开伤疤，放到烈日底下加以烤晒。路人看与不看，她也并不真的在乎，一副若无其事的样子。她似乎不求共鸣，不求分享，只求写出这一个她，和这一份原本就有的独特和别致。倘若这算倔强的话，就连这份倔强也不是刻意而为的姿态，原本就是如此，这才应该是“80后文学”日后作为词条被文学史家撰写时必须考量的必要内容。在书写“80后”女性幽深、隐秘甚至阴暗的内心世界这一点上，同时代的女作家中没有比周嘉宁做得更加出色的了。

真实和袒露，是理解周嘉宁小说的两个关键词，也是考量她小说价值的两个纬度。所谓真实，指的是公开成文的与实际发生的故事存在一致性。真实是指她小说里表现的“80后”女性生活，尤其是她们在身体和心灵两方面遭遇的疼痛，周嘉宁写得很真实，可触可感。除非别有用心的怀疑，你无法否认这一点。在周嘉宁的小说里，作者个人生活和情感都被投射了进去，幻化成小说主人公的种种行动，成为小说肌理的组成部分。读者能轻而易举地感觉到小说与真实生活的近距离，被扑面而来的生活气息所感染。当然，作为虚构艺术的小说创作，真实并不意味着照抄，不可能完全复制粘贴生活，艺术加工必不可少。周嘉宁做的文学加工增强了小说人物的典型性，这个“80后”身上有许多这代女性的影子。这就是为何袒露是周嘉宁的写作态度和方式，做出这个文学选择需要巨大的勇气。将自己袒露给读者，将自身解剖给人看，不是一件容易的事情，需要大勇气，甚至大智慧。袒露自己就像揭开伤疤，爽的是看客，痛的是伤者。袒露越多，也就越痛。文学常常偏爱痛者，我想这大概是周嘉宁这么多年一直坚持这种写作方式的缘故吧！由于窥私欲的作怪，但凡涉及身体经历的小说总会被某些好事之徒认定为作者的自传。文本与作家生活的距离常常被漠视。这给作家带来了困扰和诸多顾虑。写自己的经历，还是写别人的故事，常需要被重视和选择。对文学而言，写作对象不一样，写作的出发点就可能不同。叙述视角的不一样，更能产生千差万别的结局。周嘉宁的选择是自己。这个看似不难的选择，在上海文学漫长的文学史里却意味着更多，甚至完全称得上是一个新开始，一个具有某种价值延续和形式重启的新起步。

在上海女作家中，能够做到袒露内心这一点很了不起，值得好好书写一笔，具有文学史意义。作家陈村先生曾经在一条微博中这样写道："上海女作家在张爱玲之后，多半回避这样的命题，不揭露自己内心。假言他人，浅浅划过。袒露是伤害，我理解。"这句话的确说出了一个文学现象。陈村嘴上说是理解，到底还是没按捺住疑惑之心，先是调侃似地发问："我发昏多说两句别见怪。女作家出门跟所有女人一样先照着好自己身体，一再顾影自怜，怎么写作就少了身体？"紧接着，又以欲说还休的方式扯了点闲话："这世界从表面看，很端庄雅致。文学就是揭露不雅，写不幸的人和家庭，诲淫诲盗，将于连和安娜等都亮出来，让人比照自己内心。写和谐秀小资，何必要作家？"陈村机巧又直率的几段话，信息量很大，有许多意思可以分析出来，比如女性写作与揭露内心的关系，内心袒露从哪里开始呢？陈村的答案是从身体。那该写怎样的身体经验呢？且看他的提示——不雅和不幸。陈村层层推进，意思渐渐明朗。书写不幸或者不雅的身体经验，才是上海女作家揭露内心世界的理想文学。陈村所言的确在理，打捞上海文学史，还真有不少假言他人的现象，敢于揭露自我内心的当代上海女作家的确少见，太强的自我保护意识对文学创作的确是一层壳，撬不开，也就见不到底，就无法展现深不可测的魅力。但我也在想，陈村先生看了周嘉宁的《荒芜城》会有怎样的触感，兴许会改变主意，并且感到高兴的。周嘉宁的小说完全符合他的想象和要求——揭露内心世界，写出了“80后”女性的情感“不雅”。我们完全可以加上这么一层意思——直到周嘉宁的出现，这个令人难堪的命题终于不用再回避了，她续上了这条断了许久的路——袒露自己，从身体的颓唐到灵魂的黑暗，两样都不放过。即便这样，她将迎来更多的质疑和挑剔，周嘉宁还是一开始就准备好了告诉了读者，她将把自己袒露出来，一如后来她一篇小说的书名——《我是如何一步步毁掉我的生活的》。展示毁掉，意味深长。长篇小说《荒芜城》以及她之前的创作就是很好的文本案例。我们可以从中搜寻到周嘉宁袒露真实内心世界的幽微路径。

二、梦境：过往和向往

看到周嘉宁贴在豆瓣网上的一篇文章，介绍了这部小说成型前后的一些经历，特别提到《荒芜城》之前曾有过另一个名字，叫《做到难过的梦，也不要难以相信》。字很多，名字很长。初一看，意思明白，再看又有些晦涩，字里头的细微思量经得住分析。可惜，这个颇含深意的文艺腔式的长名，最终还是被弃用了。周嘉宁用了更加直接的“荒芜城”作为书名。从个人的阅读趣味来说，我更喜欢《做到难过的梦，也不要难以相信》这个名字，感觉它更加符合小说的整体气质。小说中有一个形容梦境的词语——灰茫茫——特别适合形容这部小说的气质，灰茫茫的心境，灰茫茫的故事，灰茫茫的人物，非常贴切。这个名字不仅有周嘉宁的叙事风格，更有明显的点题意味。当然，关于小说改名的细节，除非周嘉宁自己出来解释，不然我们关于荒芜感的猜想多是一厢情愿。但我相信，梦这个字，以及梦境这个词，显然在周嘉宁脑中盘桓了许久，定然有着别样的或许更深远的寓意。

小说里有不少与梦相关的内容，有主人公自己的，也有她朋友的。周嘉宁对梦境的迷恋在这本小说里一览无遗，显得非同寻常。小说开篇没多久，主人公就感觉“自己正在从一个冬天漫长的梦境里渐渐醒来……我甚至想要走得更快些，想要把那些旧梦甩在身后，不再让它们有机可乘”。就像电影的第一句旁白，轻轻启开了小说的一扇门，门里头的故事们趁机探出头来，东张西望，逗人注意。你可以轻易地感觉到这句话里藏有不少疑问和信息。比如，漫长的梦境到底有多漫长？为何是冬天？旧梦又究竟是怎样的旧梦？为何要将它们甩在身后，还要以防它有机可乘？是过去有不堪回首的往事吗？是因为旧梦经常回来侵袭吗？等等。如果再刁钻较真一些的话，完全可以提升到小说之眼的地步来看待这段话的价值，一则说明梦在小说里的重要性，二则方便讨论周嘉宁作品中对梦的应用能给小说增加什么新的体验。

> 我浸泡在迷雾里，无能为力，没有任何事情可以去做或者值得去做，所有的努力都是徒劳，惟有等待时间慢慢过去，梦境总有结束的时候。

> 我无法知道梦是怎么开始的，当我意识到自己在做梦的时候，就已经身处梦境里了，梦没有来龙去脉，因此也几乎没有退路可寻。……那片迷雾总是突然消散，又再次出现，所有难过的梦都是如此，它并不是总在那儿，它又确实是总在那儿。

> 我没有告诉她说那段时间里噩梦连连，有时候在梦境里大哭，醒过来却是没有眼泪的，只能说是，做了难过的梦，也不要难以相信。

这些关于梦境的句子，像诗一样，有着极美的韵律，冰冷的情感基调，却又饱含热度，适合读出声来，才能体味到句子与句子之间的衔接，以及叙述者“难过”的心情。平常的“难过”二字，连接上“梦”字，就有了别样的情绪，主体多了一层，“难过的梦”便成了这部小说的劫。

小说里出现的梦境场面，稍有耐心的读者显然无法忽视。何况这些梦境与环境如此协调，没有半点强加的感觉，象征的意味又忽隐忽现，似有似无。问题是象征着什么？逃避过往还是告别？躲避现在还是绕过？或者是麻痹知觉？若是逃避过去，写小说不是一个止痛的好办法，反而容易勾起往事之痛。若是躲避现在的俗世纷扰，又能躲避到哪里去呢？这些似乎都可以说得通，可似乎又都有些牵强。这让我颇为纠结，我用红笔标记下了小说中关于梦境的段落，然后尝试进行拼接和组合，期望能够理出一幅有内容的心理地图。感谢这个笨拙的办法，功夫不负有心人，从拼接起来的这些散落段落里，我找到了我需要的答案。一个女人灰暗的过去被岁月风干之后像水渍一样慢慢变得清晰可辨。惊恐、害怕、胆怯、孤单等浸染着负面色彩的词组渐渐随之浮现在我眼前，穿梭跳动，放射出暗绿色的光。这是怎样的一段过往呢？噩梦这样的字眼出现了好多次，“难过的梦”也被小说家单独款待。

除了这个女人的过往，还有她对未来的向往，即小说中对“新的生活”的一种迷迷糊糊的向往。灰暗的过去，迷蒙的未来，即是梦境传达给我的关于这个女性角色的信息。值得一提的是，关于“新的生活”这个问题，小说里被问起过几回，但都没有答案，小说人物在对话中轻巧地就变换了话题，让“新的生活”的追问滑了出去，消失无踪。如果是作者故意而为之，大抵是没有回答的必要，要不就是作者自己也没有答案，不知道如何回答这个主旋律的命题，与其挤出一个滑稽的标准答案，不如空着，等待日后的醒悟，也等待读者的回复。我倾向于后者，关于“新的生活”到底是怎么样的，谁又能说得清楚呢？尤其在这样的现代社会中，这样繁杂喧哗的城市里。小说家自己说不清楚，你我这样的旁观者也未必能够看得真切。小说并不必然地要求小说家给出答案，意识到可能存在新的生活就可以使我们停步反观自身的生活。于是，当小说人物在梦境里进进出出，在噩梦中号啕大哭，在梦中寻找退路，我们能够做的只有等待，等待梦境和现实缓慢趋合，等待时间慢慢过去，也等待作者自己停顿下来，或许那个时候，关于“新的生活”会有一些依稀可以看见的轮廓。问题是，那是以后的事，与现在这本书无关。此书提出的问题，像是周嘉宁故意留下的空白，成了小说的缺角，注意到这一点，就读懂了一半周嘉宁，至于另外一半，唯有等待未来，再来谈论何为“新的生活”。

这像是在为周嘉宁的选择辩解。一个评论者不应该抓住“新的生活”继续追问吗？一个职业的小说家同样不应该就此挖掘吗？故意遗留的空白，是混沌和含糊的同行者。期望有新的生活，却不知在何处，也是人生的灰暗。一边是灰暗难过的过去，一边是迷蒙不清的未来，两个时间纬度在梦境里得以交叉伸展。而过去和未来之间的现在，正在沸腾中煎熬。周嘉宁如此迷恋的梦境，道出了这份灼人的煎熬。

三、身体：贴近与疼痛

作为一个文学意象，在当代文学不断变换大王旗的历史中，身体也一度扮演过主角。20世纪八九十年代，就有那么一会儿，“身体写作”闹得挺欢腾，被拨弄醒来的身体和性，幽灵一样地潜入了一批女作家的小说中，在那里兴风作浪，释放欲望，述说癫狂，展览肉体器官，很引人注意。今天重新去看，尽管有些作品粗糙简陋，简单地图解身体，其机械程度不亚于曾经的图解政治，但这场文学热闹还是留下了一些有价值的遗产，身体的被唤醒就是其中最重要的部分。

从身体的被藏匿，被遮蔽，甚至被消灭，到重新被注意到，被唤醒，被尊重，中国当代文学史走了很长的路，有弯路，也有岔路。不过，只要文学存在一日，与身体纠缠的这条路就得一直走下去。之所以提起身体，因为在周嘉宁的小说中，我看到了文学与身体之间产生了新的联系。周嘉宁关于“80后”女性身体的书写，与之前所谓的“身体写作”留给我们的印象和经验相比，有着巨大的区别，不仅没有停步驻足，而且努力地往前推了一大步。在卫慧、棉棉等女作家对于身体的书写中，身体往往被直接视同为性，被还原为原始的身体欲望和生理快感，一场场纯粹的肉体盛宴肆无忌惮地放纵着，犹如性爱狂欢一般，似乎与爱情无关，与生命存在无关，更与社会批判无关，性就是性本身。周嘉宁在《荒芜城》中也写了性，写了身体纠缠和暧昧，但值得特别注意的是，周嘉宁笔下的性与欲望，两者的联系不再那么紧密，甚至无关，性似乎变得可有可无，变得并不那么重要。问题在于，性的无关紧要，并不意味身体被无限期地废置了。恰恰相反，身体充溢着与人无限靠近的渴望，身体接触建立于情感基础。这份超越了生理和肉欲局限的渴望，让小说变得复杂，变得深刻，也变得具有代表性。关于这一点，小说这样阐释“做爱”：

> 做爱对我来说并不是最重要的事情，我渴望的无非是人与人之间无限的贴近。简直可以说为了这样的贴近，就连做爱都可以。

必须承认，这几句话震到我了。让我吃惊的不是作者的大胆，而是坦诚，以及对人与人的贴近如此强烈的渴望。这样谈论做爱的角度和观点，都足够耐人寻味。这是周嘉宁对她这代女性的身体经验作出的独特描述和概括。完全可以从她这一个标本，上升去窥探“80后”整代人集体性的孤独和精神渴望。“80后”们身心空乏，疲惫不堪，失了魂落了魄，精神萎靡，心理荒芜，彼此陌生而疏远。因为这样，“人与人之间无限的贴近”才显得如此珍贵，如此被苛求。因为渴望贴近，就连做爱都可以。这里的做爱超越了单纯的性，成了相互贴近的一种方式，成了一条摆渡船。性一边被弃置，一边又被还原。当性已不再是身体必不可少的馈赠，也无法带给人足够的安慰时，我们需要追问的是，如果得不到身体的无限贴近，作为贴近方式的性会是怎样的一个样子？实现了身体贴近的性又是怎样另外的样子？周嘉宁在小说分别作了展示，小说中有这样一段关于性的描写——

> 我能感觉到他的手指进入我的身体，指甲没有修剪过，弄痛了我。不过我也没有吱声，像是要感谢他。然后他问我说，用嘴好吧。我说好的。我弯下身体，又抬眼看他，他的脸上混合着奇怪的表情，接着随手撩起一块毯子盖住了我的头，使我陷入白茫茫的黑暗。只有一会儿的时间，他就射在我的嘴里。

请注意字里行间的情绪和温度，那是一种关于性、身体和情感彼此分离的冷冰冰的状态。不见性感的字眼，没有情色的氛围，连一点点激动热烈的情绪也没有。这是怎么回事？一场性爱，即使不够狂放，好歹也有一些热度，何至于这样冷静，如此不见欲望的踪影，甚至还有些索然无味的感觉呢！这显然不是一场欢乐的性爱体验，即使真做了爱，也没有实现“无限的贴近”。看来小说提出的“人与人之间无限的贴近”，不仅需要身体的投入，还需要情感的到位。只有两者同时到场，这场爱才可能做得热烈，贴近才有可能完成。不妨这样说，不是所有的做爱都可以导向贴近，也可能导致没有温度、机械、僵硬的性爱体验。而性爱变得如此无味，根本原因是爱缺位了，身边的人不对。倘若身边的人对了，感觉自然就有了，贴近就得以实现。再看下面的段落：

> 而这场爱做得无尽无止，我终于感到有些绝望，甚至想要哭泣，因为我觉得黑暗中淌着汗的阿乔，像是个快要死去的战士。我知道那个快乐徐徐升起的过程已经到了尽头，随之而来的必定是跌落时那种会淹没我们的情感。

当爱人出现了，身体的贴近便也完成了。相比上段引文的冰冷，这段文字充满了热切，情感极其饱满。相对于身体在肉欲层面获得的快感，精神上的安慰显然更加重要。“只有做爱时，我们的情感是真的，除此之外，我们几乎无法辨别。”然而，这两段话又透着一股绝望，欢愉过后的绝望和虚空。循着这段绝望，可以发现这两个人的情感简直一团糟，分明相爱，紧紧拴在一起，却又无法相互理解。

> 在我们的世界里，全部都是误解和词不达意，却又偏

偏想要费尽力气去说话。……去说，为什么事情会变得越来越复杂，往艰难险阻里一路滑过去，终于到了不可收拾的地步。

现在横亘在我们之间的问题不再是那个来势汹汹的外部世界，而是我们本身。我们过分小心地面对我们的情感，我们始终生活在封闭的空间里，我们习惯于谎言、欺骗、隐瞒。

她内心的荒芜和精神的不安，来自情感的无法确定，即使异常努力仍然抓不住。爱的不确定，爱的无处安放，彼此不信任，欺骗与谎言，才是小说人物内心疼痛和不安的真正来源。这种情况下，性所能带给人的是复杂的情感，有短暂的停留，也有长远的奢望，有欲望也有绝望，有热切也有冰凉，有温柔的也有残酷的。“性所唤起的是我身体最糟糕的一部分，黑暗、残酷、无情。”这也才是小说的丰沛之处。

身体在周嘉宁的笔下，不是欲望的通道，不是张扬身体自主的工具，而是渴望沟通与交流的载体。即使周嘉宁选择将问题缩小至个人情感来进行申辩，试图避开外部世界的压抑和干扰，依然无法掩盖身体在她小说中具有的意义。如上文所言，身体的退去，欲望的消退，性的冷置，原因是渴望无限靠近而不得，性才唤起了最糟糕的黑暗、残酷和无情。但真正的女性疼痛，不全是性事使然，还是为情所困。汹涌奔腾的爱找不到安放的身体，真切的爱在对方眼里成了“随时都会崩溃的疯子”，无处不在的误会，随处可见的死结，彼此不断试探的不自信，永远欠缺的安全感。渴望爱，却得不到爱，即使暂时得到了，又担心会跑掉，充满不确定，未来灰茫茫。周嘉宁将女性内心的疼痛坦陈了出来，超越了性所能象征的暗示和批判，这是具有文学史意义的。到周嘉宁这里，关于女性身体的文学书写，经由1950年代的遗忘和回避，到1970年代的压抑，到1980年代的复苏，1990年代的放纵和夸张，到今日终于回归了正常，即身体不是单纯的性，性与身体之间有距离，即使通过性，也未必能够完成身体的贴近。这个贴近显然指向更高的精神层面，情感要求更高。因为不容易达到，才有痛苦和孤独。周嘉宁所关注和寻找的，就是可以互为依存、彼此信任的爱情，还有不再迷茫的生活。这也正是周嘉宁小说的魅力所在：表现这些东西的不确定性，尤其是女性的心理世界、身体意识。“归根到底，成年人的世界里，谁都没有孤注一掷的勇气，谁都孤独，谁都迷惘，谁都有自己的防御机制来抵消一切。”

四、安放：寻找与回家

“我知道自己内心深处有些根本的问题，那么多年里都无法得到解决，其他的难过也好、悲伤也好，与之相比，根本不足挂齿。”从母亲家出发，从北京到上海，小说里的这个女孩一直在寻找某样东西，某个地方，可以安放好身体，也可以安放好灵魂。你完全可以把这本书看作寻找主题的旅行笔记，旅行途中，遇见了许多孤独的人和一些伤心的事情。

我对“安放”这个词有一种特殊的钟爱。寻找总是期望有结果的，当伤痕累累的女孩回到上海，重新开始生活时，依旧还是灰茫茫的世界，看不见出头的方向。直到小说结尾，我突然豁然开朗，有了意外的收获。这是一个很有意思的结尾，“我”回到了妈妈家，跟她去给大姨上坟。母女俩的关系似乎得到某些改善。如此辛苦的寻找，最终似乎也告了一段落。尽管结局似乎并不美好，“我”依然没有找到好的爱情，事业也谈不上起色，按照世俗的观念来看，依旧是一个失败者，一个失魂落魄者。但是，请注意，“我”回家了，回的还是母亲的家，与母亲终于聊上天。当“我”说自己在咖啡店里做过事，会给客人煮咖啡，会做三明治和意大利面，在三明治里多放两片酸黄瓜，在奶油面里加双份芝士，打烊后就看妻丝，和朋友们喝着温黄酒吃螃蟹，谈笑风生，是最好的时光。母亲征询地问了她一句：“以后在家里做一次？”“当然。”她如是回答。就是母亲的这一句询问，女儿的这一句当然，彼此间达成了一种妥协和理解。语言在身体里面膨胀，剧烈的情感一时间难以自控，她们尽管没有再说什么，但已经足够。这一段描写，很温和，很安静，却夹着一股力量。被人懂得，被人理解，的确非常重要，哪怕这人是母亲，尤其是在主人公从北京回到上海之后，还处于“疗伤”的关键时期。如上文所言，她和爱人双方无法理解，爱情注定没有结果。寻找了千百回，最后发现，竟然是妈妈理解自己，听得懂自己，也可能就是日常生活的应答，使得小说人物重新回到了现实中。与母亲的看似和解也是意外的收获。

这个简单的小说结尾，有着怎样的魔力，绝望之余，却又隐藏一种世俗的传统的温暖。当我们的小说人物满面风尘地跨过北京和上海双城的空间，与各类男女兜兜转转，我能清晰感受到周嘉宁注进字里行间的各种心酸和疲惫，而当她终于回到母亲身边，相互取得了理解，就像回到了原点。

> 秋天的太阳真好，我不得不用手遮一遮眼睛。有风，有云朵，有青绿色的小虫胡乱撞到我们的衣服上。那些爱情、迷惘、梦，此刻都退得远远的，像个淡淡的水渍。仿佛不会再跟随于我，仿佛不过是些幻觉而已。

这是小说的最后一段，描写很美好，寄托也很美好。这是全书当中最温暖的句子，有着明媚的希望在。作为小说的结尾，再好不过了。虽然寻找还会继续，迷茫还在，但蜕变已经悄然完成。就像周嘉宁自己写道：“完成它的整个过程消耗了一年半将近两年，这是一个自我价值观渐渐建构的过程，直到现在粗具轮廓。”接下去怎样，她也许会更加迷茫，更加挣扎，更加痛苦，遭遇更多的质疑和口水，就像有人批评周嘉宁一直没有“进步”，就像有人误以为周嘉宁写的是中产女性。于写作者而言，只要在写的路上，这些不准确的辨认都是宿命。

写于2013年11月

她的心里长着一头巨兽

一

周嘉宁的长篇小说《荒芜城》出版后，我写过一篇书评，提出了一个问题式的观点：如果真有“80后文学”这个说法的话，它就应该是周嘉宁小说这个样子，不轻易倒向传统的现实主义，不简单躲到西方文学的面具后面，而是无限向内，勇敢地挺进自己的内心世界，即使那里有许多阴暗和不堪，也不回避，不躲避，不隐藏。

读完周嘉宁刊发在《收获》的长篇小说《密林中》后，我更加坚定了这个看法。从《荒芜城》到《密林中》，通过开掘“80后”女性生活，周嘉宁成功地建立了自己的小说风格。

这个观点的冒险在于，所谓代表之类的表述总是难免有漏洞，难免给人争辩的可能。所谓建立小说风格的说法也有沦为标签式虚词的危险。或许是同为“80后”的缘故，我对“80

后”文学有一种情结，认为最终会诞生一种不同于前人的独特文学。在文学面目越来越模糊的今日，其独特性会闪耀出光芒来。独特就意味着一种清晰，也意味着一种辨识度，更是小说创作生态进步该有的样子。对小说家来说，建立个人风格就像攻占山头，针对一个题材，需要不断地冲击它，每一次冲击都会留下痕迹。建立的过程，也是探索和不断成熟的过程。当她终于登上山头时，回头看过来路上的无数痕迹，肯定会有不少弯道。能够占山为王的毕竟是少数，更多的人都挺进了弯道越走越远而不自觉。从这个角度上说，周嘉宁是幸运的人，她毕竟走了过来，当中历经的磨难、坎坷，受过的伤痛，以及走过的迷路，都是成长的代价。

周嘉宁的小说山头，就是“80后”女性世界。在正面书写“80后”女性世界这件事上，可以说没人比周嘉宁走得更远了。从长篇小说《荒芜城》到《密林中》，我们可以看到一个勇敢而执着的女作家。周嘉宁的勇敢，是向内的勇敢。她对自己动手，毫不留情。回观过去青春的生活与感情，她选择的是直面和袒露，在怎样表现过去灰暗的生活时，她考虑的不是该不该和盘托出，而是怎样才能袒露得更加彻底。周嘉宁的执着，是对纯粹文学的坚持。这个成名很早的“80后”女作家，在世俗的现实生活面前，以及在同样现实的文学圈面前，不曾做过什么“聪明”的适应与转型，而是为了内心对纯粹文学的坚守，以自己的方式，不管不顾地写到了现在。这种态度，看着像小说家的任性，又何尝不是她的天性所在。

在《荒芜城》中，周嘉宁写一个“80后”女孩寻找爱的故事。她通过在北京和上海的兜兜转转，与异性间的对峙与缠斗，完成了情感救赎和身体安放。令人印象深刻的是，作为文学意象的身体在周嘉宁的笔下，升腾出新的文学价值和意义。身体不再是性和欲望的通道，不再是张扬身体自主的工具，而是女性渴望沟通与交流的载体。身体靠近是为了和世界接触。在这一点上，周嘉宁的小说将当代文学史中的身体叙事往前推进了一步。更为重要的是，她将“80后”对于身体和灵魂在现实生活中的寻找与安放的过程记录了下来。长篇小说《密林中》则从身体再进一步，向精神世界发起了冲击，直面一个女性写作者的精神困境和内心痛苦。灵与肉的纠缠尽管是一个古老的文学命题，但在“80后”作家的眼里和笔下，被赋予了新的特征与意义。

从身体到精神，这一步跨越，对周嘉宁个人来说，是提升，也是挑战，她早晚都得面对，在而立这个年纪开始，不早也不晚，刚刚好。周嘉宁要描述的精神困境，简言之，就是一个有理想的女青年该如何独立地生活和写作。她采取的发问方式是正面强攻，不回避，不取巧，而是努力回答问题，比如，最终她想成为怎样的写作者？困境具体是什么？困境又是怎样出现的？她个人会如何抗争？怎么面对女性作家被附加的性别意识？这是一个好作家该有的胆识。《密林中》塑造的几个人物，如叙述者阳阳、摄影家大澍和作家山丘，就像一幅答卷，藏有周嘉宁的思考轨迹和答案。

二

阳阳是整部小说的眼睛，也是小说重点塑造的女性人物。透过阳阳的观看和描述，我们得以阅读到混迹于文艺圈的各色人等。阳阳有着一双过于毒辣的眼睛，它极具穿透力，能轻易分辨出一个作家的成色，且容不下庸俗的沙子。阳阳是一个纯粹的文艺主义者，坚持相信这个世界有绝对纯粹的文学。显然，阳阳是一个富有理想主义的角色，小说中就说：

> 她对一切的极端有着本能的抵触，她中性、冷静，正在为长期停留在灰色地带而做准备。以后她会成长为一个过分理智的人，绝不抛弃自我。

请注意这些词语——抵触、冷静、理智、独立、不抛弃自己，这些特征都集中到一个女人身上时，她的气场之强就可想而知，况且她还准备长期停留在灰色地带，遭遇人生痛苦是肯定的，不可避免的。

在阳阳身上，当自我与爱情发生冲突，必须有所取舍的时候，爱情也得让步，成全她的“自我”。小说中写了一段阳阳与摄影师大澍的恋爱。关于大澍，小说不吝溢美之辞，说他有才华有抱负，敢与全世界决一胜负。大澍知道自己早晚会功成名就，可他偏偏对此又毫不在乎。光是才华，就让阳阳倾心，加上自由不羁的艺术家人格，更让她痴心不已。关于他，小说有一段评价："他不再像那些上了年纪的艺术家一样试图用温和的方式提醒人们正常的秩序，也无意于用私摄影的手法满足观众的窥私欲。大澍的作品呈现出绝对的粗暴，将人们避而不见的东西直接放大，戳到他们的眼皮底下。"阳阳深爱着这个人艺术思维的直接和粗暴，为此忍受了大澍许多荒诞不经的生活方式，直到大澍的摄影展大获成功，俩人的矛盾开始爆发。阳阳"万万没有想到，为了他人的梦想而奋斗并没有带给她丝毫的成就感，哪怕这个人是大澍，甚至正是因为那个人是大澍，她才加倍地，三倍地，感觉到痛苦"。两个人都不愿意为对方改变，尤其是阳阳，她做不到像一个女粉丝那样失掉自我地去追随大澍，尽管她跟着大澍之前过了许多落魄穷困的日子。她得开始为自己的梦想而奋斗，即使这看上去多少显得有些矫情，但阳阳对此的较真，足以说明问题。

这段爱情故事写得情深意切，挟带着青春荷尔蒙的气息，也充溢着理想主义的张狂，穷困潦倒中还孕育着某种希望。值得怀念和祭奠的青春，总是或多或少地藏着某种希望，如果都是一败涂地，也就真的无聊乃至乏味了。大澍摄影家形象的独特在于，他天资过人，放荡不羁，但熟悉起社会规则来也得心应手，天使和魔鬼的双重属性在他身上并存。这种随时可以转换的双重属性由于无法把握，让纯粹的阳阳觉得并不舒服，同样无法掌控的还有日常生活，阳阳和大澍恋爱的失败不在艺术观念的摩擦，而是输在日常生活。在艺术感受方面，他们相互理解引为知己。但在日常生活中，大澍的随心所欲，在阳阳看来就是自以为是。他们之间有一段对话："日常生活。总得有一个人在乎。""问题在于我们谁都不想改变。"冲突的根源还是在阳阳的自我——不想改变，不愿成为大澍成功的附属者，即使为爱情也不行，在这一点上，阳阳没有丝毫妥协的余地。

尽管从感情上看结局是悲伤的，但毫无疑问得承认，关于大澍的这一段写得真好，不仅很畅快，还有一股激昂的精神在，富有超强的感染力。阳阳与大澍能够冲破常规与世俗的约束，在困顿中自由飞翔，在规则与反规则中穿行，阳阳是很开心的，哪怕有上顿没下顿，一直坚持到大澍终于有所成就。周嘉宁写得气韵充沛，令人赞叹。可以感觉到，周嘉宁情之所至，她内心中似乎有一团火在燃烧，就像有一头巨兽在生长，在痛苦中挣扎，在绝望中奔跑，在希望中冲撞，试图从迷茫中突围。之所以用"巨兽"这个词来形容我所感受到的周嘉宁，是因为从大澍身上，感受到了周嘉宁内心蓬勃的灼热和难以抑制的激情，以及隐约间要冲出束缚的自信。由此可见，大澍这个角色对周嘉宁显然有着非凡的意义，他是一种才华的象征，可偏偏是那种她难以把握的肆意变化的才华。大澍是理想的化身，以至于阳阳和他分手的理由多少都显得有些虚弱。在大澍那里，阳阳就是一个女人，可她找不到一种像世俗生活中女性需要的安全感，而且她的那点才华被大澍衬托得渺小。总之，这种情感非常复杂，有爱有恨，还有一种微弱的自尊和沮丧，甚至还有一些自卑的成分，具有相当丰盈的文学空间。

三

一个女人自我意识觉醒的路上，伴随着许多男人的出现。如果说大澍的存在为的是突出阳阳作为女性的独立意识，那小说家山丘的出现就是为了彰显阳阳更为深刻的文学天赋和洞见，令她更加确定自己身上的文学天赋，以及坚定自己可以靠写作出头的自信。

与大澍不同，山丘则是一个失败者形象。这个落魄的中年作家正在为写不出好作品而焦虑不安。在阳阳的眼里，山丘的短篇小说“像是村上春树和塞林格杂交之后的赝品，又夹杂着调侃味，再撒上一点点卡佛的落魄中年气”。此等刻薄又深刻的评语，除了一展作者的睿智和见识，也不免让人猜想，山丘会是现实中哪个倒霉蛋的投影！无法负担自己的人成为作家简直就是灾难。这种刻薄劲十足的论断有着摧毁一个人信念的魔力：“他最糟糕的地方可能只是在于，他的野心和自负无法和他有限的才华达成平衡，他自己无疑也饱受折磨。”阳阳所有的睿智和洞见，被山丘的失败与妥协给激发了出来，尤其当山丘听从女编辑，顺着所谓自己的内心世界，成功地写出一套陈词滥调，并且终于获得了他所期望已久的世俗的掌声后，阳阳对他的轻视达到顶峰，即使他赢得了庸众的胜利，这个中年男人最终还是丢弃了文学的纯粹。

山丘这个角色的讽刺意味在于不断提醒读者，文学不但有其终极价值在，还是一场比才华比天赋的残酷游戏，这场游戏的裁判不是读者，不是评论家，而是同为写作者的同行。写得有多好，或者有多烂，能到达怎样的高度，是否已经坠落，同行很清楚，也很在乎。能够真正理解一个作家的，是另一个作家。能够准确赞誉一个作家，也是另一个作家。当然，能够精准嘲笑一个作家，也是另一个作家。山丘所有的狼狈不堪、才华逝去、迷失于鲜花掌声，突显了阳阳对文学最纯粹的爱和坚持，也给他自己插上了文学叛离者的标记。在这条看不清远方的路上，掉队实在太容易了。掉队的方式有着千百种——赢得庸众的胜利，就是其中最为光鲜和残酷的方式，所谓灿烂的死也不过如此。当代中国文学的路上，这样的妥协和死亡真是比比皆是，几乎年年都在上演，山丘就是其中一个。让这样一个“男作家”形象得到如此结局，除了可以体会周嘉宁对这个人物性别的重视，似乎还蕴含着她对男性作家更多的指摘，尤其是那些经历了梦想熄灭与欲望勃起的中年男作家，终于意识到了才华与野心的差距，只有选择更为现实的降落方式。

中年男人危机是弥漫文学界的一层雾霾，这群人正在以一种“装”的方式参与文学的毁坏过程。周嘉宁关于中年男作家的精准描写将会成为一个文学案例，将会在未来被提起和引用。这群几番挣扎、才华流逝，最后弃械投降的男作家们，就是现实人群悲剧般的投影。关于才华复苏、写出伟大作品的口号，都不过是他们中年以后自我安慰的麻醉剂。只有在一种情况下他们的身体才可能部分复苏，就是在长着“小鹿一般的腿”的文学女青年投怀入抱时。但那只会是身体意识的复苏，也与文学完全无关。正如小说中说的，他们是一群“无法负担自己的人”，也自然就无法负担别人。这是一群不可靠的人，阳阳原本期望从他们身上获得支持的期望以破碎而终。

日常生活并不是阳阳的命门，爱情的缺失也不是，丢失自我，失去正面强攻的文学信念，才是阳阳最为痛苦和恐惧的事情。为了守住这两点，她付出了爱的代价，连退路都没有留一条。大澍这样说她：“别总是想着小说的事情，别那么倔强。你始终坚持一种单一的价值观，而且你根本没有其他通道，你把自己的路都堵死了。”文学之门是留给偏执狂的，阳阳这个人物身上显然有着周嘉宁自身经验和观念的投射，而且情感非常饱满。在回答为何如此执迷于写作时，阳阳说因为她所经历的痛苦、困境和不适，只有在写作中才能得到回馈。她渴望成为一个了不起的女作家，她有着一种与性别看似不匹配的野心勃勃，野心勃勃地想要与世界连接。她的痛苦来自哪里？来自女性身份，来自她需要通过男人与这个世界发生关系。她渴望能够直接面对外面的世界，以自己个人的名义，而不是通过大澍、山丘等其他男性。

这就是周嘉宁作品的独特，她关于女性意识的认识和书写，进入到了另一个层面，即尝试超越女性面对社会和事业时遭遇的社会的性别偏见，她笔下的女性角色期望像男性一样，直接与世界发生联系，而不必通过男性渠道，或者依附于男性。这种观念在“80后”女性中开始占据一定的比例。一方面，从阳阳自己的经验可知，通过男性并不能实现她的想法；另一方面，男性并不都是英雄，相反，不是英雄的占大多数，即使是英雄也不总是完美无瑕，也有许多弱点。

四

阳阳用什么方式来证明自己呢？

在小说里自然唯有通过写作。于是阳阳去参加了一个写作比赛，因为其中一个评委是自己曾经的老师，她获奖了。

在一部并不讽刺的小说中留下一个略显反讽和消解意味的结尾，是否是作者周嘉宁的深思熟虑并不可知，但从小说整体来说，这个看似无意识的结局显然值得商榷。结局并未如愿让小说扬起来，反而把阳阳之前的诸多努力和满满的自信消解了，她依然是通过一个男性评委获得认可，尽管那是她的老师。它更像是小说未完成时的退场仪式，暗示着接下来会有更加别致的桥段。

在阳阳的身上，消解不是最合适的办法，毕竟这并不是一部关于失败者的文艺之歌。阳阳选择写作的最初原因，并非在于她有多热爱文学，而是她发现写作让她的痛苦得以消散，或者进一步说，在阳阳的身上，作者只能通过写作这种方式让她得以找到自我存在的感知方式，她无非是在寻找一种通过自身努力能够生存下去的方式，即使这个想法多少显得天真。不可否认，阳阳是一个迷人的小说形象，这个人物与当下时代的女性有着某种关联，哪怕用女权主义的某些观念来谈论她，其复杂性和代表性同样有话可说。即使在现实生活中，这样的人物也会散发着耀眼的光芒。

阳阳的“绝不抛弃自我”成就了这个小说人物，但这里我想讨论的是这份自我意识。谈论自我须有一个前提，就是意识到并建立了清晰的自我。阳阳的痛苦就在这个自我意识萌发、渐渐强化并最终初步建立的漫长过程之中。很难说，这个过程的文学意义是唯一的。

关于女性自我意识的萌芽不是当代文学才有，在过去的现代文学中，在被涂抹成黄金时代的现代文学那里，就已经有不少女作家在女性自我这点上，做出了许多探求和书写。丁玲笔下的莎菲女士，便是一种象征。到了20世纪八九十年代，关于女性自我意识的作品就更多了。“每个年代都有莎菲女士”，这看来并不仅仅是一句戏言。革命年代也好，开放年代也罢，当周嘉宁选择这样书写一个女性角色时，她得准备好面对来自文学史的近乎迂腐的挑剔。根据历史的经验，文学上可能出现的“新意”只会与具体时代相关，阳阳塑造得怎么样，不仅仅取决于周嘉宁对这个人物的把握，更关键的还在于周嘉宁对阳阳所处的时代与社会的把握到了怎样深刻的程度，这是衡量一个小说人物是否同时具有个人经验的独特价值与社会普遍性意义的绳尺。

阳阳不是凭空而来的，她到底还是从社会中生长出来的。打个比方，小说家是种植庄稼的农夫，那对于土地环境的评测数据说不上最有发言权，也至少会有清醒的认知。显然，这是作家的功力所在，也是责任所在。从这个角度上来看，我所看到和想到的是周嘉宁的饱满与缺失。周嘉宁需要对阳阳所处的世界给予精准描述和呈现。换言之，周嘉宁需要对“80后”所身处的世界进行归纳，需要提升出具有普遍性意义的观念，即使她是主张书写自己内心世界最坚定的人，也得先成为一个对身体所处的外部世界无比了解的人。如果你觉得这是个无序的世界，请告诉我们它是怎么个无序法。所有判断式的言辞，都需要做出足够的解释，这是小说家的义务，不然小说家所选用的这些词语就只是词语，没有说服力，甚至会自我消解。

“面对这个即将失序的世界，大澍用他的创作扮演了一个目击者和一个介入者，最终是一个抵抗者的角色。”小说中有个评论家这样评述艺术家大澍的作品。这句话，用在哪个年代都不无准确。失序，不正是文学的契机？一切正常的有秩序的世界，需要介入者吗？关于对时代的整体认知，周嘉宁有判断，也有体会，需要以小说的方式整体放入小说。

其实，周嘉宁面临的情况又何尝不是如此，在已然无序的文学世界（我也用了无序，多么轻易就能被使用的一个词语），她是目击者，她看见了大澍的才华，记录了山丘的失败。她也是介入者，她介入了艺术家与作家的生活，期望用写作获得认同和成功。但最终她还得是一个反抗者，反抗庸俗，反抗妥协，反抗投机取巧，并最终成为一个坚守者。

写于2014年12月

捕风的人

永远是这样
风后面是风
天空上面是天空
道路前面还是道路

——海子《四姐妹》

死，作为一种逃离，一种隐喻，在文珍的小说里出现过不止一次。寻死，等待死亡，割腕自尽，文珍都写过。寻死（自杀）比想象中的要困难很多，要死成预想的样子，得同时满足多个条件。等待死亡也没有想象中那么绝望和难堪，人之将死，终归于平静。

“我们”中的一些人，被文珍用名为小说的法术，赶入了“虚拟现实”般的生活绝境，在那里经历种种兵荒马乱，相生相厌，再与死神擦肩而过，或者正式短兵相接。写几种死法，写爱的几类覆灭，自然不是文珍的终点，她念念不忘的是人与人之间是否存在理想的关系，为此逃离又归来，过了保鲜期的爱，又是怎样走到了它的反面——不爱。

一

在短篇小说《普通青年宋笑在大雨天决定去死》中，文珍写了“去死”，一个男人寻死的过程。普通青年宋笑，做了七年助理律师都没转正，个人事业陷入困顿，夫妻彼此嫌恶，婆媳关系又生出缝隙。焦虑又绝望的宋笑，想结束这一切，彻底逃离，决定寻死。很多次在深夜里，望着窗外的车来车往，宋笑就想象过各种死法：

> 从落地窗跳下去粉身碎骨、被汽车碾过身体、吃安眠药、割脉、卧轨……每当他觉得被这个世界忽视了、欺侮了、碾踏了，他都要想上这么一次，表面上却完全看不出来，他就是这样一个普通到乏味的男人。

小说家用了“普通”二字，来形容被这个世界忽视了、欺侮了、碾踏了的“80后”青年。普通、“80后”、青年，这几个世俗的标签组合在一起，生成了反向的张力，成为一类有预设立场的叙述限定，像一种反讽，似乎模糊，却又可意会。对普通青年面临的普遍处境，叙述者抱有温和的体贴和审视的无奈。生，已如此艰难。死，何尝不是解脱。不过，连解脱也可能是臆想，又谈何容易。所谓“普通”，就是没有意外，没有冒险，没有冒犯，更没有破釜沉舟。

为了死后不遭人非议，不给孩子增加心理负担，也避免不必要的飞短流长，他不能留下自杀的痕迹，一定要死得自然，死得意外，死得正常。于是宋笑决定，在下暴雨这天去死。大暴雨天死人很正常，没人会觉得奇怪，何况暴雨也会冲刷掉痕迹。想死，但要死得合理。这个看似荒唐的纠结与冲突，有着深层的复杂性。畏惧人言，连死后都还要畏惧，足见宋笑对外界评价何等在意。这既可以说明他的善良，也透露出其性格中的怯懦和软弱。

> 死在雨里也不错……王丹凤会以为他是赶回去吃那块蛋糕的；苗苗也不必因为拥有一个因为怯懦而自杀的父亲而羞愧；他母亲会怨恨这个城市的良心被狗吃了……而不是一辈子恨自己生了这么个不负责任的儿子；而岳母会庆幸女儿总算有机会改嫁一个靠谱的人。皆大欢喜，大团圆。

文珍的“狠”，在于不让“普通人”得到解脱。想死，死不成，即便暂时性地悬置了难题，度过燃眉之急，并不意味着从此就一片安然。“从此幸福快乐地生活在了一起”，那是童话结局。现实应该是，也只可能是宋笑还得继续活着，事业还得继续，随之而来的困顿随时重新冒头，夫妻关系未来还可能继续恶化，乏味而焦虑的生活还得继续。结局只有一种，眼见着生命渐渐衰败，慢慢腐烂，直到凋落。不仅宋笑这一人，更多的普通青年们，恐怕都得重复这样的生活。不普通的青年又能怎样呢？也未必能逃脱得掉。“死”不止于肉体的消亡，更像是结束当前生活的一种方式，甚至是一种告别仪式。

表达不满，宣泄愤怒，应对某种秩序，有一种方法是不顾不管，放弃呼吸，放弃生命。“去死”不是反抗，而是反抗的反面。“自杀”是一种自我毁灭，更是一种被毁灭。“自杀”的完成需要个人与社会的合作。当然，“去死”解决不了根本问题，只是单方面搁置了问题，把难题留给了他人。杜十娘捧着百宝箱跳了河；安娜·卡列尼娜卧了轨；包法利夫人吞下砒霜；乔峰在雁门关以断剑穿心。他们的自戕，没有解决根本问题，只是让纷争、流言得以暂时停歇。死路，是他们命运到此的必然结果，是人物无路可走之后的路。在他们所处的绝境之下，最好的解脱就是毁灭自己，除此以外，别无他途。

加缪在《西西弗神话》开篇就说：“真正的哲学问题只有一个，那就是自杀，判断人生值不值得活，等于回答哲学的根本问题。”那“去死”，算不算是一种自我判断？把一个人物写到走投无路，显然既是一个文学问题，也是一个哲学问题。在

《给青年文人的忠告》一书中，有一篇题为《异教派》的文章，波德莱尔不无忧虑地提醒：“任何拒绝和科学及哲学亲密同行的文学都是杀人和自杀的文学。”判断人生值不值得过，这需要写作者胸中有极大的悲悯之情和出类拔萃的写作才华。一个人选择去死（自杀），等于承认自己跟不上生活、理解不了生活，也间接袒露了不值得继续过的生活是什么样子，又何尝不是反面地揭示一种理想的生活？对此写作者须对人世的苦难了若指掌，对微弱的希望之火都抱有敬畏的心。

不过，虽然文珍写了死，但她并没有准备在小说中深入讨论这个话题。相对于一个人如何去死，此人心中“死亡”念头的发酵过程，以及这种念头最后的消解，才是文珍小说的秘境所在。

> 这一切宋笑闭着眼睛都可以想象：他看上去如此普通到乏味的一个人。组成了一个同样普通到乏味的家庭。没有新鲜的可能性，没有突然改变轨迹的希望　　除了世界末日。

> 和大多数普通家庭一样，宋笑和王丹凤经常吵架。柴米油盐酱醋茶，开门七件事样样都得甩脸子，磨嘴皮，干架，彼此嫌恶。

形容两性关系的糟糕，没有比“嫌恶”更冰冷且富有穿透力的词了。指责宋笑懦弱也好，没担当也罢，有一点得承认，他累了，从里到外地累了，先是身体的渐渐疲倦透支，接着是现实的困难蜂拥而至，最后便是无意义和虚无侵入日常生活。宋笑们的疲倦，是“70后”“80后”人群的普遍处境。在“70后”“80后”开始越过和奔赴不惑的年纪，将无法避免地遭遇人到中年的所有问题。

“我们”的生活已经发生变化了，那些看似光怪陆离的、热烈的、物理的、表面的城市变迁，不应该再是小说家们的志趣所在。失范的日常生活已经打开，等待被探究，等待被言说，也等着被质疑，甚至等着被唾弃，从而被打乱再归置，抑或被创造，被再次命名。小说家完全可以由此获得重新叙述生活的机会，甚至重构生活，已经写出来的就是被遗弃的，理想的、值得过的、被审视过的生活，就在现有作品的反面，那些未曾说出口的话，以隐藏的方式存在，少有被意识到和读到的机会。被生活现实驯服太久的小说家们，何时能反戈一击，牵起生活的鼻子，将它吊起来，或者放逐，逼它说出未知的，不管是真相还是假象，然后邀请读者一起想象事实，重构一个想象的世界。如果未知被言说，那所谓的事件就不值得再花心思去重复了。冒犯生活，需要一些勇气和一点不管不顾的鲁莽，更需要一种才华——耐心，用福楼拜的话说：“才华就是缓慢的耐心。”

二

大雨里的宋笑，为死得自然大伤脑筋。夜车上的老宋，根本不需要谋划。没打招呼，死神自己就上门来了。

七年之痒，老宋婚内出轨，准确地说是老宋误以为他老婆出轨了，为了报复，他也出轨了。这个多少有些幼稚的情节，让人感慨：到底是年轻人，过家家一样。两人分居半年后，老宋被查出肝癌晚期，余日不多。为了“过好”剩下的日子，老宋邀请“我”一起“去远方”。两人上路了，赴一场死亡的局。

开往飞地的《夜车》上，文珍向前逼近了一大步，近距离写起死亡来。一具被判死刑的身体，日渐松弛的肉身，用尽全身力气才能挺起的欲望，正在灰败的脸，衰败的气息在漫游，死神幻化出种种具象，如影随形。老宋对死亡颇为洒脱，似乎不忌讳谈论，还常自嘲，死了好，剩下生者煎熬。叙述者显然知道，所有从将死之人嘴里发出的感慨，说出的哲理，即便是真的，也毫无说服力。

这个远方真的很远，没有诗意不说，还是个非常古怪的城市。从理论上来说，是一块巨大的飞地，“明明在内蒙境内，却隶属于黑龙江”，两头都没着落，都不搭理。这个具有消解意味的远方，自然是文珍的有意为之，将死之人，背叛之人，两头都落空。都说远方和诗在一起，但这里有的是荒凉，寒冷，没有诗情画意，没有郎情妾意，却有一个癌症患者，和一个患者家属，两人来之前还在闹离婚。

进入飞地之后，文珍的文字自由了起来，死亡的气味弥漫在句子间，好像死神随时会跳出来，打断老宋的话语，把他带走。与“80后”宋笑的求死不同，身患癌症的老宋是在等死。一个主动的求，一个被动的等，本该区别很大，但在文珍笔下，死在两人看来都是解脱。相比宋笑的沮丧，老宋虽然伤感，但是态度更加超然，“老等着，也挺磨人的，又疼。有时候就想，活着这么累，还好我不用一直活到老了。你还得继续熬着。”这两种人物心理，指向一个共同点，不论是主动结束生命，还是等待生命结束，都是可以被讨论的，这是小说里的意思，也是作者的想法。只不过，小说显然不止于讨论死，而是借死追问，婚姻中人，何至于连死都不忌惮了？死掉的仅仅是肉体吗？那爱呢？曾经新鲜、饱满、充足的爱又是如“死去”的？

不出意外，老宋当然还是死了。在2015年11月号《上海文学》杂志的首版上，两个女人在老宋的追悼会上也见面了，彼此达成了和解，并说了一些老宋到底爱谁的场面话。如此相敬如宾的和谐结局，成功地冲淡了老宋离去的悲伤，也卸掉了小说家好不容易装上去的负重。也许是因为同期《上海文学》杂志跟发的几篇评论，对小说结尾提出了一些意见。文珍在编入小说集《柒》时，对《夜车》的结尾做了修改，重点放在老宋最后的日子和病房里来来往往的探望者。在最后的追悼会上，

“我”也试图寻找老宋出轨的女人，但不知道她来了还是没来。这样的结局自然更为工整，若有若无的虚妄与执念相互抵消。老宋去世之后，所有关于爱、忠诚和婚姻的争执和吵闹，也就都烟消云散了，即便不依不饶也无济于事，因为没有对手了，对手死了。从这个角度讲，与其说小说是在和解，不如说是死亡带走了怨念，留下了一些曾经有过的美好，仅此而已。

老宋去世了，下雨天寻死的“80后”宋笑自然没有死成，还得继续“熬着”。关于怎么去死，宋笑想太多了。加缪说：“世人极少深思熟虑而后自杀（但不排除假设）。激发危机的起因几乎总是无法核实的。”有很充分的理由去自杀，就会有理由把他拉回来，这种事情天天在发生。除非有冲动，譬如突然受辱了，绝望的人得不到安慰，反而受到了嘲笑，加缪就此说过一句无比透彻又戏谑的话，“应当弄清楚出事当天，绝望者的某个朋友是否用满不在乎的口气跟他说过话。此人罪责难逃。因为这足以把他逼上绝路：所有未了的怨恨和厌倦统统促他坠入绝境。”宋笑没有被死神眷顾，到底还是说明他盼望生活有意义这回事，不然，寻死就太奢侈了。

暴雨中，宋笑还救了一个孩子，最后助理律师转正了，老婆也理解了他，雨后阳光，一切都很好。这种具有消解性的结尾，犹如好不容易搭建起来的沙堡，最后被一个浪花冲走了，好的坏的都是上帝干的。评论家李敬泽说，限于“80后”自身的世界观，文珍还过于小心，过于文雅，不够强劲，不够广阔。

有一种可能是，在文珍看来，文雅和小心只是一种个人选择，顶着上，硬碰硬，固然是好，但那也会失掉一些别的惊喜和乐趣。就像老宋说的，达到不了才叫远方，林中的小木屋是这样，婚姻中身心安放的理想状态也是如此。况且，死不过是文珍写作的垫脚石，她要仰望的是头顶上的物质。

> 现在万事皆休，终于只剩下我和他两个人，在一个没人知道的飞地，一个无人入住的小宾馆，没有小孩，没有第三者，没有过去，没有未来，只剩下一只孤零零的蛾子盘旋往复。我很少想到永恒，但这一刻，我的确希望时间可以停止。

这是《夜车》中我最喜欢的段落。我愿意在这里多停留一会儿，体验句子的节奏之美，让小说多盘旋一下。语言节制而内敛，情感渲染的分寸拿捏得恰到好处，不至于让读者感觉到矫情，也没有刻意的痕迹，整段文字蕴含着安静却又隐忍的力量。

这两个人，正在表演着独特而又普遍的人性，与那只孤零零的蛾子一样，盘旋往复，欲言又止，终趋于停止。看那芸芸众生的群戏，只是热闹，唯有两个人棋逢对手的对手戏才迷人——爱到极致，也厌倦到极致。两个人，从相爱到相厌，曾经合力建成的爱的楼宇，如今一点点坍塌下来。眼看他起高楼，眼看他宴宾客，眼看他楼塌了，最心酸的事，莫过于此。

“希望时间可以停止”，在这一刻，蛾子盘旋着，时间已经停止了，语言从中获得了活力，所有的死寂沉沉全压在蛾子的盘旋上。试想，曾经爱过的这两个人，如今男的将死，女的早已心死，躺在一个遥远的破败小旅馆里，是不是应该做点什么，一起回首往事？不合适，也没有必要。畅想未来？不，没有未来。只有现在，只有沉默的此时此刻，只有万事皆休的此时此刻，也只有尚未结束的此时此刻。这就是文学时刻，你不翻页，静默的时间就会一直停留在这一页，停留在这一刻。这是文珍的法术，不知不觉间绽放文学才华的法术，将某个场景，某个时刻，从现实生活中，乃至从虚构中，自然地抽离出来，并悬空而置，变成一只在盘旋的蛾子。即使是短暂的片刻，悬空起来也会释放出扰乱人心的力量。好的文本不都是扰乱人心的吗？

这里的“扰乱人心”四个字，语出美国天才编辑珀金斯。欧内斯特·海明威写出《太阳照常升起》后，一些人对这本书怀有敌对情绪，这让敏感的海明威很不舒服。珀金斯写信给海明威，试图安抚他：“艺术上任何一种新生事物必然会招致大量敌对势力，因为它扰乱人心……人们就是看不懂，因为他们只看得懂自己习惯的东西。”珀金斯的安抚的确有用，海明威平复了许多，心情一好还答应珀金斯不再使用粗俗字眼。珀金斯的话，道出了一个文学真理，即扰乱人心的力量源自新生的事物，那些对习惯的审美范式造成冲击和瓦解的艺术追求，常常一开始都让人不舒适。

从这个角度来说，文珍关于人之生死以及婚姻变形的书写，就让人不舒服。试想，一个将死的癌症患者，装出一副“做一次，少一次”的豁达，在冰冷的小旅馆，用尽全身力气，流着虚汗，一次又一次地释放着身体最后的欲望，直至消耗生命最后的能量，差一点就客死他乡。一个对待婚姻宁为玉碎不为瓦全的女人，因为不忍心，因为曾经爱过，才陪同他“胡闹”，她内心的复杂可想而知。如此语境下的欲望书写，完全过滤掉了欲望该有的身体悸动，只剩下了冰冷和虚无，犹如房间里那只蛾子的处境，知道有两个身心疲惫的旅人在观看着它吗？知道他们的处境都一样：死神就在门外吗？

抽离，进行悬置，这种文学能力，让我想起詹姆斯·伍德在《小说机杼》中讨论细节时举的两个例子。奥威尔在一篇写绞刑的随笔中，写了一个受刑人走向刑场，路中间有个小水塘，他绕了过去。即便马上要死，他也不想弄脏鞋子。另一个例子，是托尔斯泰写的一个死刑犯，被蒙着眼睛，即将脑后一枪，但他要求松了松眼罩，绑得太紧了，不舒服。抽离，悬置，就像是没有请柬的计划外的来客，给酒宴增色，像是突如其来的“闲笔”，看似可遇而不可求，但对一部分小说家来说就是自觉。勤奋的，不断磨砺的，具有缓慢耐心的那部分小说家，常常会收到来自缪斯的这份礼物。

是的，文珍的笔下不只有盘旋的飞蛾，还有一千只开口唱歌的肺鱼。在小说《肺鱼》的结尾，她们终于爆发了。

> 刚拉开窗帘，无数银币就大量地慷慨地倾洒在她身上，几乎能听到互相碰撞的声音……月亮的光是那么冷硬，那么耀眼那么亮，月光里的她是他法定的妻子，其实完全是个陌生人，如此沉默，却又比任何时候都坦白……就在此刻，一千只肺鱼在遥远的北京的月亮地里开口唱起歌来，满嘴泥涂不成声调。这就是我们的生活。肺鱼生活。雨一直下但真正的雨季永不会来。不必再唱了，他蹲下身子头痛欲裂。我知道了。我都知道了。不必多说，我一切心知肚明。

肺鱼，生活在非洲的一种鱼，传说可以在没有水的恶劣环境下，坚持生活四年，最终等来了雨季，肺鱼获得新生。以肺鱼比喻生活，比喻女人，多么残忍。一千只肺鱼开口唱歌，是集体的怨曲吗？情景的抽离，空间的悬置，情感的升腾。如此结尾，让小说的多义性变得清晰可辨。法定的妻子，成了彻底的陌生人。冷硬的月光，月光如银币相碰发出声来，小说意象隐约中不受控制地出现了变异。那一千只在奋力唱歌的肺鱼们，在诉说，在否定，在控诉，也在揭露，更在耻笑那些把她们看作肺鱼的男人们。歌声骤然响起，文学的抒情得以飞扬。如此有活力的堪称震撼的场景，连续多个句号的截然，“我知道了”向“我都知道了”的逼近重复，在这一刻扑面而来，直击人心，“我一切心知肚明”。

三

死亡，作为一种逃离方式，当然不会是文珍虚构之旅的终点。死亡作为一条船，作为文珍传输观念的工具，送上岸的另有其人。只要我们越过“死亡”的表象，再越过绵绵不绝的船桨声和河流声，就会听到足以乱耳的众声喧哗，会看到两个人的日常战争——爱情已枯萎、诗意被祛魅、情义被驱赶的日常，凉薄的，荒凉的，又隐约带着些许不甘，和尚未耗尽的热切。

《夜车》里多次提到了婚姻的疲乏和危机。两个人，在爱的蜜月期过后，开始吵架，闹别扭，相互挑刺，或者冷战，彼此消耗，挑剔又嫉妒，刻薄又固执。《普通青年宋笑决定在大雨天去死》里的吵架没完没了，为工作吵，为孩子吵，为老人吵，那点本不牢靠的情感，在吵闹中越发岌岌可危。《你还只是一个年轻人》为要不要生孩子也吵，隐怒于面具下，摔门而去，也是用尽机巧。《开端与终结》中，丈夫忙于事业，奔波劳累，应酬众多，早已不把妻子的梦想视为自己的梦想，因此她“渐渐习惯了一个人去看电影、话剧、粤曲、展览和听音乐会……实在找不到人可以聊这些”，由此夫妻的心灵终于形同陌路。《肺鱼》里是冷战，“沉默便渐渐占据更多的时间，也许任何话题都已熟稔，彼此爱憎也早经熟知”。一点都不让人意外，在小说《肺鱼》中，文珍写到了婚姻危机和出轨。

作为小说情节的“出轨”，像一个刺眼的幽灵，游荡于文珍的小说里，不时散布诡秘的情欲消息，表面上不受人待见，暗地里从不缺少关注。如此符合大众趣味的情节，是一种不值得多谈的意外，甚至是一种对婚姻生活的陌生想象。看似闹腾的出轨情节，并没有让文本对婚姻生活的反映更加复杂，更加富有深度，反而是一种简化，乃至消解，它转移了作者和读者的关注焦点，也成功遮蔽了婚姻中其他难以名状的不堪和复杂。一旦面具太过撩人，面具背后的秘密就会被视而不见。就像克尔凯郭尔提醒的那样：“最可靠的缄默不是闭口不言，而是张口说话。”“出轨”就像是“张口说话”，一旦发生，婚姻的“缄默”也就变得不太可靠了。如此密集地书写婚姻的破败，不像作家一时兴之所至，不免让人推测，作为小说家的文珍，是否对男性及其责任意识有着某种成见，或者对婚姻生活并不信任，再或者与伍尔夫一样对“屋子里的天使”耿耿于怀？在文珍的作品中，少有善终的婚姻，开始有过的或长或短的蜜月期，在进入日常生活以后，普遍遭遇了问题——吵闹、冷战、消耗、分手，要么鸡飞狗跳，要么一潭死水，总之，婚姻的艰难，让人无望，乃至绝望。

既然说到了日常，那就索性多说几句。对这个平常的词语，真追究起来具体所指并不容易。我们习惯意义上理解的日常，不过吃饭穿衣、生老病死等具体的日子。什么是日常的核心精神？德国哲学家本·海默尔在《日常生活与文化理论导论》一书讨论过，他认为现代日常生活的核心要义就是两个字——无聊。日子的重复，日复一日，年复一年，百无聊赖。按照规则行事，一板一眼，工业时代流水线的忙碌，体制化的约束，崇高价值的被消解，百无聊赖感油然而生，加上生活中云遮雾绕的难以洞悉，无聊和虚无常常随之产生。“无聊”二字初看消极，实则意指理智、刻板、规整、琐碎，无话可谈，没有惊喜和意外，日常与精神困境的联系由此变得紧密。关于日常生活的核心精神是无聊这一说，布罗茨基在《颂扬苦闷》一文中持有相近的看法，他认为：“现实生活的主要方式，不，其主要风格，就是乏味。”风格的乏味，与精神的无聊，指向相同。这样一来，总有艺术家试图破解日常生活、社会的乏味与无聊，重新唤起新鲜的对话。小说家王安忆谈到，日常生活就是劳动、生活、一日三餐，世俗人生自有其庄严性。这种庄严性不妨看作是日常时间的线性，无论悲欢离合，还是生离死别，时间都不痛不痒，逝者如斯夫。生活的河流，大多数人都会顺流而下，逆流而上就不是日常，而是对抗日常了。

爱与日常，近乎天敌。爱的乐趣，与日常的无聊；爱的新鲜，与日常的乏味；爱的激烈，与日常的平淡规整；爱的冲动，与日常的犹豫不决。越是热烈的爱，与日常触碰，就会生出越大的敌对关系。“婚姻是爱情的坟墓”并不是一句玩笑话，婚姻就是最大的日常。爱根本上不属于日常生活的现实世界，甚至排斥刻板和理性，拒绝无聊和乏味。斯拉沃热·齐泽克在《事件》一书，对此有着精妙的解读：“无怪乎在对话《斐德若》中，柏拉图把爱比作癫狂与着魔的状态——这难道不正是我们坠入爱河时的感受吗？在这个意义上，爱难道不是一种永久的例外状态吗？在爱中，日常生活的所有平衡都被打破。”根据齐泽克的观点，爱本质上就是“事件”，是日常生活中的意外。在恋爱中，一种绝对性的干预打乱了日常事务的节奏。因为爱情，爱的对象就从日常生活中的普通经验对象，上升成为超过日常他者的“独一无二”，应付日常的办法显然不够面对“独一无二”。以性为例，婚姻期间“交公粮”的笑称，与恋爱时期不舍昼夜的身体缠绵，岂可同日而语，这不正是爱与日常的粗浅对照吗？爱与日常存在着无法调和的根本冲突。不要用日常考验爱，最现实的可能就是承认并接受日常中的庄严性，就是遵守婚姻的规则，恪守自心和自身的慢慢分离，那些被称作佳话的所谓恩爱，更应该叫作相敬如宾。

由此观之，文珍写出了爱与日常的敌对关系，如《开端与终结》里，结婚之后，爱好不同，妻子渐渐活回了“单身”，一个人看电影，一个人看戏，听音乐会也是一个人。（为什么是电影、戏剧和音乐会？而不是其他的生活段落，譬如打麻将、跑步？是否暗示精神生活的层次不同？她先生只会看电视剧！）

吵闹、消耗、冷战，对爱情中人对抗爱变成日常的反应。文珍发现了这些，并尝试写出这些爱与日常的战争。这些直揭城市人心的作品，不是太多了，恰恰相反是太少了。爱与日常（婚姻）这个母题的缠斗，能幻化出无数的形态，犹如红玫瑰和那一抹蚊子血，白玫瑰和那床前明月光。婚姻的破败与爱情的折旧，不是婚姻本身的问题，恰恰就是对爱的保护与爱本身之间难以避免的冲突。现实生活的困境当然要为无休止的争吵负责，至少应负一部分责任：《去Y星》里一对恋人被房东赶了出来；《西瓜》里的国企女员工被领导暗示走人；《我们究竟对不起谁》中爱情与宗教的对撞；《夜车》里老宋得了癌症；《普通青年》宋笑被逼得走投无路。借由一件世人熟悉的外衣，譬如婚姻，展示日常怎样被现实生活的困境咬得千疮百孔。

身处日常（婚姻）中，爱与日常的纠缠进退，使得文珍的小说人物呈现出了交流焦虑的症候。渴望交流，渴望爱，渴望时续不断的热情，渴望拥有绝对的信任。交流变得如此艰难，好像是现在才有的事，交流方式的虚拟、即时和便捷，让交流者根本无处藏身。在生活节奏处于加速度的今日，人人都要应对多线程的即时交流，身心消耗极快，时间一长就会无话可说，可自觉又在警醒自己，于是继续说话，无话找话也要说，只有在不断的言谈中才觉得安全，才觉得爱的存在，甚至生活的意义才存在。文珍就带着一群“缺爱”又对爱满怀期待的现代人，寻求爱的回音。

四

文珍对青年人生活的困乏和婚姻危机有着不一般的洞悉和敏感，也在多篇小说中处理过这个题材，技术和经验都游刃有余，堪称熟练工。恰恰是这种熟练，可能给了文珍一种心理惯性，或者为了制造某种安慰，也可能仅是心慈手软。总之，出于一种原因，文珍不愿意添加必要的残忍。在需要屏住呼吸时却流下眼泪来，需要残酷时变得温情，需要生活逻辑时，却是情感逻辑在掌握方向。

在题为《敏感病人在飞行中》的后记里，文珍讲述了她养的一只猫被活活饿死的故事。她对这只猫有感情，偷偷切肉给它吃，为此爸爸大怒，把猫送还给了二伯。很快传来噩耗，二伯全家出门了，这只猫被拴在后院忘了喂食，活活饿死了。临死前爪子在地上刨了很深的两道坑，可见有多饿。伯父描述这幅惨状时的冷漠和嬉笑，给九岁的文珍留下了心理阴影："因为这件事，我终生痛恨毫无必要的残忍，和对其他生命无意义的漠视与消耗。"

文珍说得够明白了，如果没有必要，残忍不是她想要的，漠视和消耗更是她痛恨的。问题是，有无必要的界限在哪儿，如果有必要残忍呢？我愿意相信，多数小说家对有无必要，有着起码的清醒和写作道德的自我要求，如果不是必要，谁都不会添加毫无必要的残忍，除非哗众取宠的念头依然在作祟——你想讨好谁？从小说家和叙述者的分工来看，文本的残忍不残忍，不是小说家能够决定的，小说有其自身逻辑，虽然逻辑本身提供不了权威性，但又不可或缺。文珍说的残忍、漠视和消耗，我更愿意理解为一种写作态度——诚实地面对自己的窄门。在奋力尝试表述那些难以言说的生命秘密，哪怕那些复杂又多义的内容充满着诱惑力，但过不去就是过不去，硬要过去也不是不可，身法就吃力，就笨拙了，这是一个人的局限和边界。文珍选择的是驻足边界之内，这是安全的做法，至少不会让人不适，譬如，如果真让宋笑暴毙于暴雨中，文珍大概就无法接受这样的“残忍”，那意味着小说与事实越走越远，她需要重起炉灶，讲述另一个故事。

知道自己的边界在哪儿，接下来就是看好边界。托马斯·福斯特在《如何阅读一本小说》一书里有个观点：“重要的不是小说家发现了什么，而是如何以小说的方式发现了它。”这句真知灼见，经常被我们的小说家读反，乃至忽略了，下意识地质问，如果小说家没有发现，那小说怎么发现？当然，这话没错，但说的不是一件事。小说家需要干的，是想方设法让小说去发现。小说如何发现？首先在于小说家懂得从文本中退场，其次才是具体的言说和表达方式。真实生活遍地都是偶然性，直接搬到小说可信度太难保证。小说文本的可信度，依赖于细节，也依赖于长此以往的习惯，而不是偶尔为之的偶然行为。

发现生活和表现生活是两回事，本来就有区别。

就像《夜车》的老宋，患癌症之后的岁月，固然写得令人嘘唏不已，但关于婚姻相处的困难，显然更加真实。两个人，从相爱，挑剔，到吵架，相互折磨，和好，再吵架，又冷战，周而复始，终致冷淡，婚姻里的各种状态，总与身心的安放有关。只写两个人，把两个人的战争写到极致，这便是写作的难度，也是写作者认知的边界。张新颖在第200期“思南读书会”上，讲过一个观点，说他讲课时愿意讲到讲不下去，写作时写到捉襟见肘，他不喜欢把自己放在安全而舒适的领域，而是愿意直面让自己不舒适的困难。问题就是，越过安全的边界和舒适的领域，不是每个人都愿意去做的，那么，作家能做到吗？

文珍是仁慈的，残忍让她充满警惕。在紧张关系的沙盘里，她放进来了一个第三者，让充满张力的两角关系，变成了三角拉扯。让爱之双方的碰撞、试探乃至厌倦，陡然变成了婚姻里的背叛与惩罚。游戏规则被改变了，胜负也就失去了意义。老宋的出轨，是不是必须要写的段落？没有出轨，就不能呈现情节之外的思想？没有出轨，婚姻就能够继续？就能起死回生，重新焕发生机？富有道德审判意味的出轨情节，不仅削弱了小说的纯度，也影响了小说的复杂性，尤其是在可以挑战文学难度的前提下，用出轨作为人物的驱动之罪，更像一种有所考虑的写作策略，乃至自我妥协。

现实生活中的确充斥着许多匪夷所思的龃龉和苟且，也存在许多毫无逻辑的意外事件，但并不意味着小说家需要照搬生活的逻辑，就像特里·伊格尔顿在《文学阅读指南》里反复强调的那样："所谓的文学文本最重要的意图并不是提供事实。相反，它邀请读者'想象'事实，即用事实建构一个想象的世界。也就是说，一部作品可能既是真实的，又是想象的，既是实在的，又是虚构的。"我始终保持疑问，为什么文珍会做出这样的举动，让好不容易积累起来的冲突轻易被消解。或许，"出轨"桥段是最经济的小说策略，对小说家来说诱惑太大，读者也喜欢。又或许，小说家们总是想着解决问题，至少尽量提供一种答案，那正确的符合伦理批判诉求的"出轨"自然有着先天优势。前提是，小说家必须忠诚于自己的内心法则，否则面具和谎言将一起出现，那就混乱了。

五

如果可以，我们暂且撇开道德一小会儿，出去透一口气，从爱的角度来审视"出轨"这个脱离日常生活的"事件"，则会另有一番"不正确"却灼人诡秘的内容。感情"出轨"的人，客观上我们不得不承认，大抵都自认为遇见了爱情，并且深深陷入了爱的泥淖。这种难以见光的"非法"的爱，犹如久违的精神激素，激活了他们身体中和灵魂里沉睡已久的温柔之歌，唤醒了人们重新爱的能力，激发了人类身体内那汹涌澎湃难以抑制的欲望，也即从日常抽离了出来。换言之，爱的感觉全部回来了，只不过爱的对象换了。

在我们能读到的譬如翁达杰的《英国病人》、刘恒的《伏羲伏羲》等小说中，人物无不被爱燃烧的情欲灼伤，却又如飞蛾扑火，不顾一切地一次次靠近，一次次灼伤，在靠近和灼伤的反复中，迸发出生机勃勃的原始活力。道德的边裁，绝不允许人们毫无顾忌地享受这一切欢愉，将这份越位的“爱”命名为“出轨”，其实就是不合法、不合规、不道德的明确指认，于是必然地要遭受他者的围追堵截和流言蜚语，其中不乏看笑话的围观者。如果我们的小说家，同样撇开道德一小会儿，穿越去道德的反面，观察这暗中的爱火，又会萌生怎样的感受，能否给予同样公正的叙述，至少不该是模糊的样子。

所谓道德，就是克制，就是对自己狠心施行专制。没有克制是不痛苦、不压抑的，囿于约束和放纵之间的爱欲，如困兽般地来回撞击，此消彼长，煎熬加倍。偏偏克制还是一种能力，有人天生就克制能力强，即便忍受再大的煎熬和折磨，也可以应付自如，还能克制出一个差强人意的岁月静好。可怜那些生来就克制能力不强的人，注定就是悲剧性的人物，无法如意地克制自己，结局就是为爱焚身，落得化为灰烬的悲剧下场。相比较而言，那些为爱粉身碎骨的都是惹人可怜的弱者，都是克制能力不强的人。除此之外，还有更多中间状态的人——面目模糊的普通人，也值得挖开面具一探究竟。

在《牧者》中，文珍写了一段极尽克制的“师生恋”。一位长着“两条笔直白皙的长腿”的女学生，爱上了一位“有能力对自己说的每一个字负责”的明星老师。她心目中“谦谦君子、温润如玉”的这位老师，当然是有家室的——有成功的太太和可爱的孩子。小说写到这里，我们眼里所见的都是熟悉的套路，漂亮的长腿女孩，才华横溢的老师，接下去是否就该是灵与肉的纠缠了？没有，文珍让故事在原地打转。道德起作用了，利益得失的计较开始了，克制开始了庄重的表演。老师长久没有给出回应，暗地里又帮女学生争取去国外留学的名额，显然也是动了情意。在一次有意无意的身体触碰之后，她触电般的后退，给了老师一记警醒。一旦接受这份爱，那就坐实了出轨的道德背离。“我反复想过，彼此之间什么都没有，更纯粹，也更长久。”这是老师最后的话。

且不说爱的表达方式，与身体欲望有多少关系。无法否认的是，欲望本身就是爱的一部分，爱的表达从来就离不开身体语言。某种程度上，爱慕一个人的容颜，就是爱慕一个人。在第一次被拒绝后，男老师开了一条门缝的心门，瞬间就关上了，并不是出于嘴上所言的爱，而是出于顾忌，出于旁人的看法，还有未知的不曾发出声音的其他人，如妻子和孩子。经过充分权衡和计算后，老师选择了克制。如此克制，或许回应了文珍的题记“我好奇的事情就在于人在何等情况之下动心起念”，仅仅是动心起念，而不是真要怎么样。

顶，打算从生活秩序中逃跑。到了拉萨后，与一群熟悉的“拉漂”兜转之后，“就在这一刻我才终于看清楚我的内心：原来我仍然还是渴望安定的。在安定和动荡之间，我终于可悲地承认了我比较适应的是前者”。

《肺鱼》，习惯红颜知己前赴后继的年轻教授与年轻女学生的感情，终于引起了妻子的出手反击，意识到自己是孱弱的，期待被驯养的，到底变得恐惧起来。“才真正意识到自己是精赤条条站在两个立场截然相反的女人之间。终有一天将被发现，被撕裂，被审判。而每一天都是劫后余生。苟延残喘。”

《开端与终结》，依然是两个爱人，逃离各自生活，在一起昏天黑地，疯狂生活了六天，还是回归正轨的生活。“不撒手呢，结果大概也是一样俗气的。最多不过就是各自离婚重组……真在一起会不会过几年同样结局遗憾……这次回去后，如果一切依旧无法改变，也许她会考虑生个孩子，此后不再相见。”

这样的例子够多了。

想自杀的人实现了自救；私奔的恋人回去了；出轨的偷欢者回家了；面临失业的人获得了自我安慰；爱与宗教发生冲突时，爱人选择了退却；情欲悬崖勒马了，颓唐适可而止了。看上去，一切冲突都自有法度，都获得了暂时的和解，没有更多的意外，没有解决不了的困境，就像宿命一般。正如提前写好结局的剧本，过程再如何激烈、反复，结局就是如此“正确”，即便付出转折不自然的代价。

与世界和解，与家庭和解，与过去和解，与爱人和解。我们的小说家宽容了一切的罪和恶，让所有的残忍都变成了善意和温和。没有回不来的破坏者，没有浪迹天涯的旅人，犯规的人都被宽容，被出示了红牌仍然可以留在场上。宽容者展示了匪夷所思的大度。扰乱的人心得以安宁，犯错记录将被抹去，文学最后成了中年人特有的治愈和疗救，天真的归于天真，感伤的却无从感伤。结局的改写不免意外，就像杜十娘没有跳河，捧着百宝箱回去了；爱玛将吞进肚子的砒霜吐了出来；安娜没有卧轨，离开渥伦斯基，回到了丈夫身边。

逃离是真的，归来也是真的。逃离与归来之间的空隙，就是文珍的安全领地，不过于触犯道德，又有一定的锐气。正如爱的匮乏者，也是爱的渴求者。小说家这样写，自然有她的道理。评论者是否需要理解她的坚持，不是必须履行的道德要求。毕竟，同情作为一种小说人物关系的结构伦理，其目的不该只满足于助攻读者完成移情。如果一个小说家有能力去触摸更高的天花板，而囿于自身的性情放弃最后一跳，的确是很遗憾的“事件”，这多少让人诧异，也很意外！

七

逃离，是文珍小说的主题之一。

归来，也是文珍小说的主题之一。

逃离又归来，才是文珍小说的完整主题。

文珍在小说中，提出了很多问题，也留下了很多悬而未决的问题，这都是文珍的价值所在，提问的与答题的人是平等的。文珍提到了人在困境下的自杀冲动，写到了爱与日常的天然对抗，写到了对日常的逃离和认输，还写到了和解的无可奈何，与此相对应的暂未写出的那些事件的反面和暗处，我更愿意相信，文珍留给了她自己。真正的安慰是不存在的，不借助别的人，不需要虚幻的保障，成为她自己更加重要，就像《风后面是风》的结尾：

当发现爱完全是我自己一个人的事我便彻底得着了自由……

这时忽然有人敲门。笃笃笃。笃笃。

我问谁啊。门外长久没有回答。过一会儿又开始敲：笃笃笃。笃。饱满的红椒切成薄片再细细切成丝。案板上还有蒜、牛肉和香菜。我想人世漫长不必慌张。先切完手头辣椒再说。再说。

写于2017年7月

年轻的告密者

“80后”的生活，有很多都是“90后”不懂的，比如早恋。如今的“90后”恐怕已不太把早恋当回事儿了，连这个词都不太提起。而对于“80后”，特别是1980年代前几年出生的那批人，早恋是让人无比纠结的词语，往往意味着甜蜜和羞涩，不安和紧张，甚至还有一些伤痛和屈辱。“80后”们倘若回首那段岁月，心中的那片懵懂的恋情和那个人，恐怕依旧还在心底。

1996年前后，最早的“80后”差不多在念高中，没有手机，固定电话也不多。如果喜欢上了一个人，表白的方式多是写封炙热的求爱信，或者请熟悉的同学递一个深情的纸条，然后紧张万分地等待回音，比较经典的动作就是看着窗外，痴痴地等，任课上的老师口若悬河。倘若表白成功，则爱的书信和纸条往来不断，年轻的两颗心焦灼碰撞，畅谈理想和未来，那份纯粹是“80后”一代人不多的心灵财富。倘若表白不成，被无情拒绝后就落下了单相思，至今都有未愈的。

青涩的恋爱虽然甜蜜，如果不幸被老师发现，或者被某个同学打了小报告，说搞早恋，结局就比较悲惨。老师教育，家长恼怒，不断的谈话，持续的思想工作，不搞得双方感情破裂是不会罢休的。就算地下爱火再怎么熊熊燃烧，也耐不住老师们的天盖地陷。那会儿的老师也实在负责，拿早恋当洪水猛兽，在班级分布眼线，随时观察，一旦发现风吹草动，就直接叫进办公室，旁敲侧击，讲讲学习，谈谈未来，聊聊生活，非问出个一二三来不可。被逮住的同学不在少数，年轻人爱的苗头被狠狠掐灭，其痛苦也只有当事人知道。

一

想起这些，是因为一本长篇小说《尾巴》。《尾巴》讲述的就是如何扼杀早恋的故事，很能勾起“80后”读者的回忆。小说时间设置在1996年，正是“80后”们刚刚成熟的年纪，情爱暗自滋生的豆蔻年华。与当时的老师们打游击的情境，想必很多“80后”还有深刻的记忆。想方设法传递爱的告白，又要防着被老师抓住，故事之多，可大书特书。《尾巴》就是一篇讲述青涩爱情被扼杀的墓志铭。

书中写到，一个家境不太好的男孩林博恪，被老师挑中选进一个组织——“尾巴小组”，这是学校为了掌握学生早恋情况而设置的秘密机构，负责根据学生眼线提供的情报，跟踪有早恋嫌疑的同学，以掌握证据便于老师们棒打鸳鸯。林博恪先是挖空心思，成功抓到了一对爱河中的学生，因为表现不俗，被老师提拔进入学生会，有希望获得高考加分。但在被分配跟踪自己好友时，他心理起了变化，背叛朋友，让他觉得有负罪感，他开始尝试挣脱。小说通过林博恪的视角，描述了一批“80后”高中生的早恋故事，如何避开耳目传递爱意，如何通过书本约定见面时间，被“尾巴”发现了又如何被老师们审讯，还有的学生因为被打小报告，从而心生恨意，报复性地举报其他同学。这样的故事有点苦涩，相对于渲染青春期美好的青涩爱恋，将之扼杀固然显得残酷，但这样人为折断造成的残酷，如今看来，至少比爱情主动消失要美好一些，被扼杀尚且还留下一些遗憾。而当年那些成功躲过老师眼线的地下恋爱者，如今能成眷属的又有多少呢！年少的青涩爱情早被那世俗的现实、生活的无奈压得支离破碎。

作为一个经历过小说中事件的“80后”，它让我想起了十六七岁时的青涩时光，对异性的渴慕，对爱情的懵懂向往，以及收藏在抽屉的学生感情，也想起了当年老师们的粗暴和语重心长的教诲，那是压抑的代名词。青涩的那份爱情被阻隔，《尾巴》就是它的墓志铭，是一份记录。校园恋情之所以美好，在于单纯，没有物质的过多干扰，没有生活的斤斤计较。或许小说里的情节略显夸张，或许小说中的“尾巴组织”不是每个学校都有，但相信早恋的那份不敢、不安和紧张，被老师们盯牢的窘迫，都曾有过。

但愿更多像《尾巴》这样有创新意味的校园题材小说，能够在争议声中走出新路。从那些柔弱的病态的“小我”中走出来，从不经历风雨的卿卿我我中走出来，从絮絮叨叨玩弄文字技巧却又表达暧昧的错觉中走出来，保持警醒，保持批评，展现校园之非常，写出校园人成长之痛，在主题的力度和叙述的速度上更上一层台阶。

校园小说之骨有轻重之分，骨轻者玩味残酷青春，为赋新词强说愁，用忧伤的姿态谈谈恋爱，多写给同龄少年看，属于阅后即可焚一类；骨重者则反向行使，在阳光后的阴影里寻找故事，在校园的体制内发掘缺口，揉作小说的素材，不仅给少年看，也给成年人阅读。《尾巴》属于后者，这是一部写给成年人的校园小说，它对当代中国教育制度的反思，注定了这是一部或许会让很多人吃惊甚至不舒服的作品。

青年作家王若虚创作势头相当好，是一位值得文学界关注和期待的青年作家，他在小说内容和形式上的探索，同样值得被网络出版追赶得顾头不顾腚的小说写作者认真参考。内容的特别是衡量一部小说优劣的简易标准，只是怎样才算得上是特别，并无统一固定的答案。但一看《尾巴》就可明白一二。这是平常的校园小说不曾有过的，是一个全新的尖锐的视角，一部为校园小说注入全新视角和内里的作品。

小说内容的别致，说到底在于写作者想建构一个怎样的文字世界，这取决于作者观察世界的角度和叙述方式，是45度仰望天空呢？还是驾驶赛车和这个世界谈一谈？又或者躲在蜗居里面回忆山楂树之恋？不同的方式产出不同品质的作品。但有一种视角，是弯腰从两脚间倒看这个世界。视点的颠倒和非正常化使得入目的是一个和常人相反的世界，这往往会成全一个作者的深度和独特之处。王若虚在处理校园早恋这个本已俗套的题材时，没有落入窠臼，而是换位到作为管理者的校方。视角一转换，戏剧效果立现，所有的矛盾冲突瞬间就升级到了人性善恶与管理体制的博弈层次，小说也由此有了质的提升。说是校园版潜伏也好，学生间谍也罢，这都无关紧要，重要的王若虚笔下的世界确实在现实生活中存在过、发生过，不是作者刻意虚构的。猜忌，告密，打小报告，背叛，邀功请赏，权力分配，人性中恶的花朵被过早地浇灌过。

经过诸多短篇小说的磨砺，王若虚已经形成了独有的思维方式、观察角度和故事架构，这是一个有作为的小说家必备的素养。他总是能够捕捉到常人容易忽略的细节，透过细节对社会病象进行诊断，并写出病情报告。他的第一部长篇小说《马贼》通过一个大学里的偷自行车的人，写出了一个大学地下的学生状态。《尾巴》关注了扼杀早恋的教育方式、学生间的权力争斗。第三部长篇《限速20》在《收获》长篇专号上发表，关注的是大学生有车族阶层遭遇车祸的故事，在当年“70码”事件和“我爸是李刚”的呼喊声中，这种关注实在值得加以赞赏。

一部好的小说应该经得起多种阐释。《尾巴》所表现的生活尽管发生在高中，目的也止于扼杀早恋现象，但“尾巴组织”的构建过程，挑选组员时的威逼利诱，控制组员时的交叉监控，及“尾巴”行动过程中采取的跟踪、盯梢、报告等方式，就是活生生的校园政治。小说的这些情节具有丰富的隐喻，直指人性丑陋的一面和校园制度的某些荒谬处。要知道，这些手段都是战争年代或者残酷的政治斗争所采用的，出现在校园中老师的身上，继而蔓延至学生中间，令人深思。我甚至认为这部在语言上有一些简陋的小说，是当年中国最值得关注的小说。因为，只需要将故事场景——学校进行置换，就会惊讶地发现这部小说所述的“尾巴”现象，其适用性几乎可以遍及各个角落。它以校园小说的方式，提炼出了一个残酷的中国逻辑。这也是《尾巴》之骨重的根本原因。

1996年已经过去，如今早恋现象已司空见惯，但这并不意味着尾巴式的教育已经绝迹，校园政治依然可见，依旧还会有不同版本的尾巴故事在学校和青年人身上上演，只是他们的代号不再叫作“尾巴”而已。

二

过山车所以好玩，除了有速度之外，还在于翻越，有瞬间节奏的变化。倘若一部小说的叙事速度能像过山车一样，又快又跌宕起伏，瞬间给人上天入地之感，带领读者体验风驰电掣的阅读感觉，不失为当前传统小说突围网络小说包围的一种尝试。

我们需要明确一个问题。文学，尤其是文学形式的突变，取决于传播方式的更新。小说的大规模传播，离不开印刷技术和造纸业的迅速发展。今天数字出版、网络阅读等新传播方式的出现，势必推动文学形式发生剧烈变化，留守在传统出版媒体的二十万字以上的长篇小说，如何应对？讲故事的传统如何嫁接新鲜的经验？独特的想法如何通过易被读者理解的方式得以传达，不至于只让读者沉迷于故事？

独特的思考和体验、新颖的故事人物、直接有效的叙事方式，才可能是未来传统小说与网络小说相抗衡的出路。作者的思考必须原创又独特，是别人没法复制，或者至少不是轻易就能复制的。小说的故事必须通晓流畅、可读性强，玩概念和技巧的做派怕是很难引起多数人注意。叙事呢，要尝试进入高速轨道，尽可能多地借鉴其他艺术形式的推进方式，比如电影、电视、话剧的起承转合，慢条斯理咿咿呀呀、一个心理活动得写两页的做法已经不适合这个年代的大部分读者。不破则不立，小说叙事可以作为第一突破口。

小说的速度感不是平铺直叙、一泄到底，而是讲究变化，越是曲折、越是有节奏变化的速度，才让人回味无穷，在惊出一身冷汗的同时，也大呼过瘾。作为作者，调好小说的结构是首要任务，结构要是不牢固，速度一快就得翻车。《尾巴》所以能给读者带来阅读快感，除了小说本身题材的独特性，小说形式上的探索也帮了大忙，故事结构、节奏安排、人物塑造方面都颇有讲究，大胆地借鉴了影视剧的结构方法。

在《尾巴》故事结构上，小说采取了成功上位——陷入困境——反戈一击的结构模式。“尾巴”成员在执行第二次任务，即跟踪自己的好友时，戏剧冲突便出现了，一边是好友，一边是往上爬的好处——甚至有可能是高考加分的奖励，他陷入了矛盾之中。由于他的犹豫错过了几次良机，老师决定再派了一个“尾巴”去盯。为了摆脱“尾巴”，好友出了车祸。受到良心责备的主人公决定予以报复，在协助检查同学们的信件时，将尾巴组的消息放入了信封，由此全校同学都知道了这一监察事件，甚至连新闻记者都惊动了。这种模式使得小说的矛盾中心维持在一个较为均衡的状态，而不是始终集中于一点。有得来不易的成功，也有友谊与利益的纠缠，还有最后看似勇敢的反抗，三个层次使得小说的兴奋点相互串联，颇具有好莱坞电影在故事结构方面的范式。

速度感的另一要求就是节奏，其重要性不言而喻，连古话都说“文似看山不喜平”，何况一部长篇小说。在安排小说节奏方面，王若虚在调动读者的阅读兴奋点上很有经验，知道什么时候该给读者来一针强心剂。欲擒故纵，一波刚平，一波又起，快速切换，犹如过山车一样，小说中设置了许多危情和悬念，不断地让主人公遭遇暴露的危险，又能在关键时刻脱身，加上不时出现的跟踪场面，致使小说节奏感跳跃刺激，令读者目不暇接。在叙述语言方面，王若虚选择了利落简洁的文字，行文绝不拖泥带水，更不沉溺于所谓体现文学性的繁复描写，整部作品叙述风格干脆直接。有效是他小说叙述语言的第一要求。在人物设置上，作者始终注意一个原则——人物骨子里的性格不曾变化。书中主人公林博格在选择成为“尾巴”后，尽管生活处境因此有所改善，但他内心深处对这种方式充满抵触，尤其在面对好朋友时产生的背叛的罪恶感，也是后来他破坏这个组织的心理解释，是这个角色的亮点。

小说形式的特别是一部小说成功的一半因素，仅有形式的特别当然远远不够，还得有内容的别致，内容和形式相辅相成。内容上有创意，叙述形式上有创新，才是一部好作品。尽管形式上何谓特别并无一个标准答案，但只要在故事结构、叙事推进方面出新，至少不让阅读变成思维障碍，就是好的尝试。试想，如果把制造阅读障碍等同于文学性，等于是自绝于大多数读者，是纯文学强迫症行为。小说毕竟不仅仅是写给评论家们看的，也不仅仅是写给自己看的。有特别的内容，又能制造流畅的阅读效果，同时在形式上有所探索的小说，才是今天我们所需要关注的。诺奖得主奈保尔就曾表示，再独特的想法也得找到易被读者理解的方式来表达。他们说的方式，我想大概就包括故事的讲述方式。

三

当前的校园小说多耽于写言情，或曰“残酷青春”，叙事简单，故事煽情，挑得动少年男女的初开情窦，却挑不开评论家们的法眼。在他们眼中，当今校园小说根本乏善可陈，不值得关注和研究，甚至斥之为“冰淇淋文学”，好吃但毫无营养。至于被评论家忽视的原因，不外乎这些：作品不少，但叫好又叫座的代表作难寻；写手不少，但获得圈内外认可的代表作家不多；题材狭窄，不是年少爱情的伤感故事，就是残酷青春的打架斗狠；贪恋市场，迁就读者，原创力不断下降，雷同现象越来越多；小说技巧粗陋，叙事简陋，人物概念化等。校园小说几乎就是流行读物、阅读快餐、文学的“阑尾炎”的代名词，恨不得剔出去才好，怎能入其法眼。

唯有提倡革新，倡导升级更新，校园小说才有可能引来新的关注，才可能出现真正的校园小说代表作，而不仅仅是一堆轻飘飘的流行读物。如何革新，方向在哪里？有无合适的范本？《尾巴》让我看到了校园小说一种新模式产生的可能，我称之为“新校园小说”——以批判和反思的眼光关注校园内部的非正常情况，以及学生被压抑的真实状态。王若虚开创的新校园小说风格将会丰富校园小说的内涵，在努力保留读者阅读兴趣的同时，在文学性上也有所提高，这将会改变人们对充满弊病的校园小说的看法。

新校园小说要敢于在题材上追求力度，开掘反思和批判的主题，远离故作深沉和忧伤的校园爱情故事，关注校园中的暗处或常被人忽略的地方，关注校园环境下的学生身心状态，以求独特的视角和深刻的思索。校园小说想要提高地位，作者要获得评论家们的关注，要赢得他们的尊重，就得重新构建新校园小说的路径，就得想办法建立批判风格，直抒胸臆，直指其要害处。

新校园小说在叙事上建立起一种干净利落、迅速有效的具有速度感的行文风格，向被青春写手淡忘和不屑的叙事大师海明威靠近。试想，如果还用先锋和实验制造阅读障碍，以表示具有文学性，那是纯文学强迫症患者自绝于大多数读者的行为。一个小说作者所有的思想，就得通过故事本身传递给读者，而不是采用插入式的叙述画外音，过分投入，以至于作者跑出来，自作聪明地感叹一番。

写于2011年2月

迷恋虚构的女人

前些日，蹭了朋友两张票，冒雨去看芭蕾舞剧《简·爱》。光看剧名，我原以为会忠于原著，歌颂简与罗切斯特的爱情。没有想到，编剧大开脑洞，将小说中阁楼上的疯女人，即罗切斯特的原配伯莎，请下楼来，成为舞剧的主角。为了表现伯莎疯了，她跳的是现代舞。

一边是跳着芭蕾舞的简，一边是跳着现代舞的疯女人。沉静克制的芭蕾舞，在简的身上，倒是恰如其分。自由的现代舞，摆脱身体限制的奔放，用来表现歇斯底里的疯女人，也是相得益彰。许是现代舞的爆发力更有气场，感觉其感染力完胜了芭蕾。不免就想，如果剧目就叫《阁楼上的疯女人》，或许比《简·爱》更为合适。

看剧时，我就想起了黄昱宁和她的文学随笔集《假作真时》。如果黄老师在，她会怎么看待这台戏？兴许会肯定它的大胆虚构，又兴许会反感它背离原作？吃透原作是黄昱宁谈论电影的基本原则。关于电影《刺客聂隐娘》，她就直言不讳，批评侯孝贤导演只顾做旧如旧，根本没有花时间去吃透原著，把聂隐娘拍成了抽象化的王佳芝。对吴宇森的电影《太平轮》，黄老师更是毫不留情，说这部电影的吃相太难看，且不说艺术到底怎样，单说故事就不过关。90分钟之内分明就能讲清楚的故事，硬生生分成了上下两部，不能不让人想到是为了票房的缘故。如果故事好，长也就算了。偏偏电影的故事，就算按照罗伯特·麦基的一般故事定律来分析，也属于自作孽不可活，票房砸了丝毫不奇怪。票房如紧箍咒一样控制着吴宇森，问题是谁在念紧箍咒？

当你开始期待一个人的看法时，说明已经形成了对她的信任。信任不是一两天养成的，而是根植于她长期的从业经验和批评业绩。对小说家的信任，由一部部小说构成。对评论者的信任，由一篇篇评论文章形成。对译者的信任，由一本本译作形成。有了信任，就会以她的观念来度量自己。倘若与她的观感相同，便感到英雄所见略同。若有不同，则不免疑惑自己。

黄昱宁有多重身份。作为资深的外国文学编辑，编了为数众多的好书；作为颇具号召力的评论家，推介过不少著作，刷过许多良心电影，也对不少缺心眼的电影大动肝火。此外，她还是视野开阔的翻译家，伊恩·麦克尤恩的不少作品，以及扎迪·史密斯的新作《使馆楼》都译自她手。黄昱宁还写小说，发表了《呼叫转移》《幸福触手可及》等中短篇小说。作家苗炜有个说法，说黄昱宁是最近崛起的“微胖”小说家新星。如今写作者的身上，多数都叠合着多重身份，黄昱宁也不例外。作为一个案例，黄昱宁的成功在于处理好了多重身份彼此拉扯的压力。作家小白这样描述黄昱宁的身份变化：先做外国文学编辑，精读了很多好小说。接着做翻译，把读过的好小说用中文重写了一遍。然后写评论，把好小说的价值细细解剖、提炼出来。一个有趣的问题由此产生，当黄昱宁都储备好了，她还可以去干什么？写小说。小白打了个比方：“就像她把写小说看作当CEO，在正式担任之前，先要到各部门挂职实习。”

就算是挂职，还未全身心踏进虚构的河流，讲故事的才华还是藏不住，不想方设法把事情讲得有头有尾，讲得有声有色，就手痒难耐，就像段子手上了饭桌，哪能做得到不声一响。在《假作真时》里，我便读到了一个迷恋虚构叙事的黄昱宁，一个叙述与评论同体的写作者。小说与随笔的界限，或言虚构与非虚构的界限，在黄昱宁的笔下变得模糊。作为赋形意义的虚构，被黄昱宁有意地置放于文本中，置于写作中，足见虚构对她的吸引和诱惑。

先看代表性的“黄三篇”——《听着听着就老了》《写着写着就散了》《吃着吃着就淡了》。这三篇有怀旧气息，带着忧伤，有一种令人猝不及防的感染力，轻易就把读者引入往事。文章的关键词分别是当年听过的歌、写过的信和吃过的美食。《听着听着就老了》里，黄昱宁叙述过去听歌的经历，第一句就有小说味道——“是要到了地铁里的每只手机都会飘出神曲的年代，才会突然想起，以前听歌可真不是一件如此轻便的事”。加一个人名进去，把句子稍作调整，就是一篇小说的开头——“地铁里某只手机飘出神曲，黄昱宁就突然想起，以前听歌可真不是一件如此轻便的事”。《吃着吃着就淡了》写的是“舌尖上的黄昱宁”。十一二岁时，零钱丢了，怎么办？为了能吃上金黄的油墩子，黄昱宁毅然提前两站下车，走路过去，省下了车资。走了两站路，换来的油墩子，来得如此不容易。据黄老师回忆，那天的油墩子好吃得可歌可泣。在其个人的吃货史上，油墩子就这样写下了浓油重彩的一笔。黄老师总结道：“相比爱情，除了悄悄地为你积攒脂肪，食品总是忠诚可靠的。”我便揣测黄昱宁的“油墩子赋”就有虚构的成分，何况相比爱情不如食物可靠的感叹，更像是言外之意。

《海外关系》这一篇获赞很多，虚构也如影随形。黄昱宁以第一人称“我”的视角，侧面写了一个舅公的故事。他是撑船的水手，后来上岸定居在香港，算是家里的“海外关系”。舅公航船途经上海时，来看过两回亲戚。退休了，舅公就有些不知所措，不知道以后怎么办，毕竟在海上漂久了，怀念起船上的岁月。“还是船上简单啊，他想。头上是天脚下是水，没旁的地方可去，也不会突然心里空下一大块，想以后怎么办。”一句“他想”，在第一人称开展叙事的文本中，这便是虚构的标准姿势了。亏了有这些虚构的“心里独白”，舅公的形象才变得立体起来。除却亲戚孩子对他的想象，这个舅公就像是生活在虚实之间的人物。“我”见过几面真切的样子，但关于舅公的水手岁月、婚恋生活，以及水手同事们的生活，都是黄昱宁想象和虚构的，比如有的水手，找准机会上岸后，就不再上船了，找个洋女人混到定居身份，也不顾老家还有一个老婆。舅公不做水手之后的孤独，同样可能是黄昱宁的虚构笔墨。从虚构的赋形功能而言，即便是舅公的讲述，又何尝不是一种自我虚构呢！借着舅公的身影，黄昱宁写的是水手这个群体。一辈子撑船，偶尔上岸，回归家庭，过不了许久，又坐立不安地想上船，这便是水手的生活。然而，限于舅公的真实身份，还有一些叙事空间没有装满，黄昱宁故意留了空隙。就像黄昱宁自己所言，舅公1993年后的生活她不清楚，其实舅公在这之前的生活，她又何尝称得上熟悉！唯一重要的是，借助舅公的形象，黄昱宁完成了一篇关于水手老了以后的虚构作品。写作的过程中，只需喂上一点点信息，虚构便会立即获得合法位置，便会主动捕捉生成新的文学细节。这对黄昱宁是一种诱惑。其实，对其他的虚构写作者来说，又何尝不是诱惑，乃至写作的意义呢！通俗的说法是虚构一个自我世界，虚构人物，虚构生活，虚构意义，虚构简直无所不能。

如果说虚构是一种文学叙事方法，那非虚构则不是。我更愿意把非虚构理解为一种分类，区别于虚构作品的作品。非虚构对写作者会施加一种暗示，甚至是自我压迫，即力求真实，且对是否抵达了真实，常常惴惴不安。好处是会让写作者变得克制，继而常怀警惕之心。这又与技术的熟练程度有关。技术不到，克制会变成笨拙，不断试探虚实边界的笨拙。技术到了，就知道边界所在，克制就是自由，在有无之间游弋，在虚实之间顾盼。非虚构作品越来越有读者缘，与这份有若无、实若虚的叙事魅力分不开。不把非虚构当成一种方法，就能理解在文学创作的世界里，并不存在客观意义上的纯粹纪实。

生活的真实和文学的真实，说来都够漫长。只要落笔成字，写作者就在发声，无法藏匿，这就是虚构的特质。虚构的目的不在于虚构本身（当然也有乐趣），也不在于呈现某种文学真实（与现实比可能失真），甚至不在于用虚构的方法暂时悬置现实困境，而是一种观念通过虚构觅得文学的肉身，得以完成赋形。这就像黄昱宁笔下的舅公，可能就是她关于水手老了之后的想象。只不过黄昱宁多少还被真实羁绊，对于是否让“我”撤离现场还有着顾虑。当然了，不考虑“海外关系”的历史性和时空等细节的准确性，虚构就是另外一件事情了。从这个角度讲，黄昱宁批评侯孝贤“把聂隐娘拍成了抽象化的王佳芝”，意思更像是，侯孝贤导演错在误读了文本，出发点就不对，虚构错了对象，赋形又怎么能好。

黄昱宁在随笔中只是偶露叙述才能，在评论中就是有心为之了。《第十四个故事》一文，讲述了安·比蒂与《纽约客》杂志相互成全的故事。在二十二个月里，安·比蒂给《纽约客》

投了十三个故事，都被退稿。直到第十四个，终于打动了编辑，由此开始与《纽约客》的既是甜蜜又是折磨的漫长合作。在黄昱宁讲述这个看似励志故事的过程中，小说家的笔法和视角，时隐时现，恨不得据此写一篇小说作品。黄老师的妙笔在于，通过那些退稿信清晰地勾勒出《纽约客》的小说栏目需要什么、排斥什么，绘出了《纽约客》的文学主张。这就是小说细节。试想，以这些退稿信作为线索，写出比蒂与编辑的来往，写出比蒂的十三次失望，以及编辑在每次退稿信中有意无意添加的鼓励，就是活脱脱一篇小说。要知道，因为有了比蒂，《纽约客》还屡次拒绝了卡佛。在《纽约客》看来，写吸着大麻过群居生活的青年，有比蒂一个人描写就够了，其他人就算了，哪怕他是卡佛，那又怎么样呢！

黄昱宁的小说情结，是对虚构的迷恋向往，是对打乱素材重新放置的兴趣，即使在她写评论的时候，我们依然可以感觉到这一点。虚构的魅力，并不在于凌虚蹈空，而是从已有的真实素材、记忆或者道听途说中开采提炼，去虚构出一组清晰的镜头，创造出新的文本，也就完成了文学赋形。在小说家而言，叙述就是精神的造物。对“三体”式写作者黄昱宁而言，造物更有着堪称致命的吸引力。

写于2017年3月

国王与抒情诗的边界

关于科幻小说与现实生活的关系，科幻作家夏笳引用过科幻大师A.C.克拉克一句话，他说："我写科幻小说，因为科幻是唯一关心现实的文学。"夏笳认为，这里的"现实"，是指全体人类的共同命运。从这个意义上说，科幻文学与经典文学在关注人类命运的主题上不谋而合。在今天的文学创作中，大概只有在地球文明遭遇外来文明入侵的想象中，才会谈论起所谓的人类共同命运这个严肃命题。

一

当李宏伟的《国王与抒情诗》被作为科幻小说谈论时，我首先想到的便是人类的共同命运这个古老的主题，其次才是科幻小说的认知边界，以及科幻文学以科幻的方式对现实问题作出了回应。科幻作家星河在一篇关于克拉克的文章中，提出了一个有意思的观点，他认为克拉克的《2001太空漫游》和乔治·奥威尔的《1984》是当年度最优秀的硬科幻和软科幻作品。这自然是星河的一家之言，也是一个科幻作家的一厢情愿，但这个观点的有趣在于，将《1984》这部带有某些幻想色彩的纯文学作品视为软科幻文学，倒真的是建立在软科幻约定俗成的定义上，即这部文学作品是以人文社科和哲学为思维基础进行幻想创作的。显然，将《1984》视为科幻小说会让人大吃一惊。不过这很正常，许多人并不能很好地区分软科幻和硬科幻，甚至对科幻这种文学分类本身就缺乏理性认识。

从科幻界定的角度而言，《国王与抒情诗》被纯文学研究者视为科幻文学，和《1984》被科幻作者列为软科幻，这两件事有着某种相似之处，即科幻文学的界定标准不是大家都熟知的常识，恰恰相反，人们都在根据自己的观念进行理解和判断。问题在于，从科幻这个角度，去谈论这部2017年长篇小说创作中最独特的《国王与抒情诗》，是不是一个值得信赖的角度？在纯文学领域，李宏伟的名字值得信赖，他的小说集《假时间聚会》以其哲学思辨、想象力和富有探索性的文体意识引起了很大的关注。

一部文学性很浓厚的虚构作品，同时被人看作是一部优秀的科幻小说。这本身就是一个值得关注和探讨的事情，就我的理解而言，这多少与我们对科幻小说的定义有关。科幻文学素来就有硬科幻和软科幻之分。问题在于，软和硬如何区分？在科幻小说里面，到底是以什么标准来区分软硬。我们通常会下意识地，以书写科学技术的多寡作为评判的一个指标。那些技术多的，我们会认为它是硬科幻，而技术涉及面少的，我们会认为它是软科幻，那么事实上是否是这样呢？关于科幻小说如何界定，面对李宏伟的长篇小说，我们应该有这样的疑问，如果《国王与抒情诗》能够被称作科幻小说的话，那是不是意味着，关于科幻小说这种文体，我们忽略了一些元素，或者说，我们以往的理解出了一些偏差。从专业的理解来说，以什么学科出发为基础，决定了什么才是硬科幻和软科幻。从物理学、化学、机械学、太空等领域为基础进行幻想的小说，叫硬科幻。从语言学、心理学、社会学以及其他的人文哲学类的角度出发，进行想象和幻想，才叫软科幻。这基于一个前提，即我们对什么是科学有着彼此接受的定义。

李宏伟《国王与抒情诗》的思想基础，显然不是通常意义上的硬科幻文学所关注的理工科层面，而是人文社科类层面。需要强调的是，这里提到的人文社科类和人文主义是两个截然不同的概念。李宏伟的文本是在探讨一个问题，即国王与抒情诗这两者的象征意义，分别代表什么呢？国王代表一种秩序以及秩序的制定和维护者，同我们谈论的政治秩序和经济秩序等现实的秩序不一样，在李宏伟的文本中，国王面对的是一种新型的、面向未来的文明秩序。抒情诗代表的是一种被碾压和弃用的人文精神，一种难以被计算、被量化且允许游移并充满不确定的关怀，即作为人的一部分特征。

二

《国王与抒情诗》有几层丰富的文本。第一部分，就是目前被我们看作是科幻小说的内容。李宏伟虚构了几个概念，如意识共同体、意识晶片和移动灵魂。在未来的人类世界，人们可以将自己，通过某一种技术，进入到一个意识共同体。这个共同体由人类所有意识组形成的一个网络。这当然是对未来的人类生活、思考方式以及社群特征的一种想象，即一个人的意识是可以独立使用的。李宏伟感兴趣的并不是技术本身的发展，而是这种技术对人类意味着什么？他虚构了一个小说家获得了2050年的诺贝尔文学奖。获奖是一次精心演算的结果，一次被过去预测的“偶然”事件，因为小说家的所有作品都是通过意识共同体进行了多年无形的影响、渗透和培育，就连他的获奖发言提纲，很多年前就已经写好了。这样的意识共同体意味着什么呢？人的抒情本能，也就是独立的、自由的发自内心的创作渴望，是否还可能存在？李宏伟以文学的方式来讨论这个问题，国王和抒情诗作为两种文明的代表和象征，他们彼此争执、暧昧，又相互纠缠不清。作为技术的发展趋势，意识共同体值得肯定。抒情诗作为人类文明的一种象征，特别是作为人类文明区别于机器文明的独特存在，作者不愿意看到它的衰落和被取代。

如果到这里为止，《国王与抒情诗》的确是一部科幻小说。有意思的是，李宏伟还在小说后面附加了两个文本。一个文本是12首抒情诗。这部分内容看上去有些凌乱和率性，叙事不规则，词语不断跳跃，行文混沌暧昧，逻辑带着缝隙，但是又充满激情，还蕴含着叙事。这部分内容，文学性很强，如果不是作为这部小说的一部分，我们完全可以把它作为一首独立的长诗来看待。作为抒情功能的例证，如此富有诗意且含意混沌的文本是机器做不出的，也是“国王系统”也写不出的，它不符合机器计算的准确规则。第二个附加文本，关于人和人类意识共同体之间的连接方式，文中提到在更早时期，“国王”就曾经制造过一种富有原始意味的硬件设备，以此来链接人和他人的意识，以及众人意识聚合而成的人类意识共同体，这个硬件像就像今天的“手机”一样。

我对这个像“手机”一样的硬件充满兴趣，且不说此物件在当下的对照和隐喻。李宏伟先是解决了一个“技术”变化问题。从个人意识到意识共同体的发展过程，得有一个设备进阶过渡，从硬件制造到软件升级，从类似“手机”的外在链接，发展到晶片植入身体的内置模式。其次，这是虚实之界，链接现实和虚拟的桥梁，犹如齐天大圣孙悟空使用金箍棒，需要“晃一晃”，金箍棒就会变得如碗口大小，也正如“摇身一变”的“摇身”，就是联通虚实之间的渡口。“手机”为实，“晶片”为虚，过了“手机”之后就进入虚拟，从实到虚，从现实到虚拟，文本由此变得更加可信。

这是我对科幻小说的一种理解，想象不是空穴来风，科幻不是胡编乱造，所有的可能都是真实的。即便是软科幻，也不意味着我们可以不顾逻辑和技术限制。在现实的可能和未来的可能之间，必须千方百计搭建互通的桥梁，好的科幻小说都做到了这一点。

三

这些年，中国科幻文学获得了更多的关注，在国际上也获得了一些奖项。得感谢一个人，就是刘慈欣。刘慈欣的科幻巨著《三体》，帮助中国科幻文学在国际认知层面实现了弯道超车，使得中国科幻作家和世界科幻作家站在同一个层面谈论问题，即人类文明的未来困境。我们需要看到的是，不能因为这个弯道超车，就盲目自信起来，真的认为中国科幻文学和世界科幻文学已经平起平坐，从而忽略中国科幻文学，特别是在硬科幻创作方面存在的不足。换言之，我们需要更多的扎扎实实的硬科幻文学，而不仅仅是一部《三体》和一堆跟风之作。即便是像《三体》这样取得同行认同和折服的优秀作品依然被人认为其文学性有问题，比如语言显得粗糙，人物形象单薄，不够立体和丰富。与其说这是科幻小说的问题，不如说我们一直在期待能够将科幻和文学性结合得严丝合缝的理想作品。从科幻性而言，这部作品应是顶级的，从文学方面来说，又经得起挑剔。这种期待让我们面对科幻小说的时候，会情不自禁地变得苛刻起来。面对所谓纯文学创作的时候，我们又会对作家缺少知识积累、科学认知，缺少对现实生活的洞察和未来生活的想象而变得忧心忡忡。硬科幻依赖于我们目前的科学程度，从技术的可能出发，寻找新的超生活可能，这和一个写作者所在国的科技水平息息相关，这也就是为什么20世纪最伟大的科幻作品，基本上都出现在欧美国家。中国缺少好的硬科幻作品，某种程度上讲，一是我们国家的科技缺少“硬作品”，二是国家的硬科技没能进去科幻作家的视野。当年克拉克就认为，保持科学的精确性对科幻作品的创作是至关重要的。

当然，科幻文学的问题，归根结底还是文学问题，不是科普问题。如何将最尖端的科学发展成果写入文学作品当中，不仅是植入科学技术的问题，而在于最前沿的科技本身就代表着想象力。从作者来说，这不仅仅是科幻作家面临的问题，其实也是很多作家同样面临的难题。譬如，金融知识如何进入文学，工业知识如何进入文学。披着纯文学外衣的写作者，回避了这些问题，不断地往后退，退回到自己内心世界，退回到个人生活层面。在我们挑剔科幻作家缺少文学性的同时，我们更需要对纯文学作家缺少现实关怀、缺少未来关怀同样保持挑剔。

《国王与抒情诗》的出现，恰恰呼应了我们的这种焦虑。这部作品让我们看到了，如果这个写作者足够优秀，不但有很好的文学方面的技术训练，又在人文社科有着相当深厚的积累，科幻层面的内容和文学性追求是可以合二为一的。这就是理想的科幻文学，也是理想的文学，从这个意义上来讲，科幻文学和文学的分界，可以变得不那么清晰。我们既可以谈论其科幻性，也可以谈论它的文学性。不会因为贴着科幻文学的标签，就降低了对他们的文学要求。这对科幻文学不公平，对其他的文学创作也不公平。

从硬科幻的角度来说，我们不妨把它和非虚构进行一定程度的比较。在谈论非虚构的时候，我们会习惯性地把它看作一种叙事方法。非虚构讲究生活的真实，这对写作者构成一种压力。如果我们把硬科幻对应的科学基础视为一种现实的话，硬科幻写作同样要求写作者在虚实之间保持一种自由。如果没有足够的写作技术作为保障，无论是科幻文学，还是我们熟悉的非虚构创作，听上去美好的克制都会变成笨拙。只有在技术的保证下才能够让写作者在虚实之间、有无之间自由地游弋。正如虚构的目的不在于虚构，科幻文学的根本目的恐怕也不在科幻，而在于将人类命运的思考通过一定的文学肉身得以完成虚构。如果说在科幻文学创作当中，关于科幻的部分，算是非虚构的话，那科幻之外的叙事，就是虚构，从这个角度来讲，优秀科幻小说，其实就是虚构和非虚构的完美结合。

越是优秀的科幻小说，在这一方面，就会提供出卓越的令人惊讶的创造性，正如李宏伟的《国王与抒情诗》，如果缺少第二部分和后面的附录，这个文本的丰富性就会因此而大打折扣。李宏伟最令人称道的，就是将虚构和非虚构进行了结合，这种结合是巧妙的，也是有匠心的。如果李宏伟缺少足够的文学训练，《国王与抒情诗》也就不会显得这么独特。从科幻的角度来说，李宏伟关于未来人类意识的想象，放在科幻文学创作当中也称得上是独树一帜。从文学性而言，李宏伟提供了很多科幻小说作者做不到的纯粹。

李宏伟这部作品的出现，让我们重新对科幻文学在软科幻和硬科幻的分类上，有了更为清醒的认识，甚至对科幻文学的定义产生了兴趣。这个分类之所以重要，在于提醒我们，科幻文学，首先得是文学，其次才是科幻，而不是相反。只有这样我们才能够在文学的角度上来讨论科幻文学，而不仅仅是站在科幻的角度上来讨论科幻文学。《国王与抒情诗》是一个范本，它一方面告诉我们科幻文学可以做到什么样的程度，另一方面，也强调纯文学和科幻并不是水火不容。重要的是，李宏伟提供的文本，给了我们讨论问题的样本。这个样本足以让我们对科幻文学在今天的表现形式和内容进行思考。

写于2017年7月

一道浑厚的光

黄德海的文章，不仅仅在于总能准确抵达目的地，更在于他的认识方式和思维方式，予人启迪和醒悟。毫不夸张地说，他以主力前锋的身份，发起了重新定义青年批评家的身份意识和建立自觉的批评文体意识的一场冲锋。

黄德海不止一次地申明，文学批评不是创作的附庸，评论家更不是只为讨作家欢心的阐释者和鼓掌的人。和创作一样，评论也是一种写作。文学评论和文学创作面对同样的世界和生活发言，批评家甚至要比作家想得更多，考虑得更多。黄德海有过一个生动的比喻，说批评家并不是岸上的裁判，只是看着作家在水里奋力前行说三道四，而是同样身处水中的选手。只不过对于批评家来说，除了自己要奋力向前游，还得留出一只眼睛关注身边的作家游得怎么样。不是吗？批评家得顾忌作家的感受，而作家可不会想这些。

一

因为从写作角度定义了文学批评，黄德海的写作就变得更为自由和独立。在他的笔下，具体的文学文本当然要谈，但由文本荡开去谈的更多是对写作、写作者和写作对象的思索与靠近，正如金克木先生说的“读书·读人·读物”。在《书到今生读已迟》中，我们可以读到黄德海作为批评家敏锐的一面，更可以读到他作为写作者、思考者，或如伍尔夫所言的“普通读者”的整体性的思考，他重申了一个批评家对文学价值的信仰，即如何面对一个人、一颗心灵、一个文本和一段历史，以及伴随其中的精神生活，继而坚决地拨开迷雾，越过被有意无意设置的层峦叠嶂，真诚、克制而又准确地谈论他们。

不妨先从《涉及一切人的问题——〈哥本哈根〉的前前后后》这一篇开始读。1941年，负责原子弹项目的纳粹首席科学家、德国物理学家沃尔纳·卡尔·海森伯前往哥本哈根，面见当年的老师、哥本哈根学派的创始人、“量子力学之父”尼耳斯·玻尔。黄德海在讲述玻尔和海森伯师徒二人的恩怨时，并不刻意追问两人在哥本哈根到底谈了什么导致两人友谊戛然而止，他也不纠缠于海森伯为什么没有给德国纳粹造出原子弹。黄德海猜测，在原子弹这个涉及一切人的问题上，两颗卓越的心灵并没有本质上的不同。黄德海认为，无论他们做过什么，需要体贴和理解那些被历史和命运选中的人物，而不是给予道德上的机械谴责和探秘式的追究。真正的体贴要求我们必须尝试重回历史情境。只有在具体的历史语境下，才可能理解玻尔和海森伯的不同选择，他们的纠葛并不是个人恩怨，而是在个人如何承担历史责任的选择上出现了分歧。

当一个人被历史挑中时，他不是不可以后退。问题在于，一旦后退，就有其他人补上，确定其他人能比海森伯做得更好吗？最终的结果，是在海森伯的手里，原子弹没有被德国纳粹先造出来。如果换作其他人，一旦造出来了呢？世界将会出现更大的变局，酿成更大的悲剧。历史已经无法假设，原子弹没有被纳粹先造出来的，这难道不是最理想的结果吗？选择不参与，离开德国，明哲保身，是容易的。选择站到正义的一边，同样参与原子弹的研制，是大多数科学家的“正确”选择。有没有主动站到邪恶的一边，与黑暗为伍，所谓“我不入地狱谁入地狱”的人？海森伯是不是这样的人，我们难以断定。可以确定的是，选择参与纳粹的原子弹计划，就是选择了与罪恶待在一起，主动站在阴影里，注定将背负骂名，世人如何解释海森伯这样的选择？更实际的问题是，如果是我们中的一个被选中呢？热爱命运的唯一方式，便是接受命运的选择，然后承受所有可能的指责，乃至终身陷入争议。

黄德海谈论海森伯的困境，以及老师玻尔和世人对他的反应，本质上要谈论的是如何处理人与现实和时代的关系。任何人都无法离开他所处的时代单独存在，特别是被历史和命运选中的天才们。设想一种可能，海森伯加入纳粹，为的是拖延了原子弹的研制进程？客观上他的确做到了。如果这种推测成立的话，那海森伯显然做出了最合适的“选择”，并承受了随之而来的各种指责和猜疑。问题是，天才如海森伯，难道不知道这些吗？

二

面对同样困境的还有张新颖笔下的沈从文。沈从文后半生转业文物研究，是一个文学天才的中途退场。从《沈从文的后半生》一书中，黄德海读出了张新颖对沈从文后半生的体贴和理解，并清晰地提炼出了沈从文的选择缘由和张新颖的寄托。

沈从文选择放弃写作进入文物研究领域，文学的星空从此失去了一颗灿烂的明星，文物研究界就此收获了一位“业余”的研究者，日后释放出了浑厚的光。在当时的艰难处境下，“他不写，他胡写，都完了”，沈从文别无选择，奈何眷恋文字，就只能写别的。黄德海注意到，张新颖辨识出了沈从文选择研究物质文化史的主动部分，并认为他在用自己的生命和情感来“还原”各种存留形式的生命和情感，依旧用富有沈从文风格的文字撰写着论文。如果说张新颖体贴地理解了沈从文，由此走进了他的心灵世界，那黄德海同样体贴地理解了张新颖，由此走进的就不单是沈从文的世界，还有张新颖的精神世界，并留下了自己的声音。此种传递，不仅完成了沈从文研究的递进，更是两代学者之间的精神传承，是一种真诚的可以消化焦虑的“影响”，这才是最为动人之处。

“死去活来”的沈从文最终是一个时间胜利的故事。正如黄德海注意到的，在沈从文不再写作、疲于应付种种无奈的日子里，张新颖插入了海外对沈从文的研究和翻译进程。我们感觉到了“时间不同寻常的力量，以及它壁立千仞的冷峻”，这便是世界规律的一种，时间是平等的，能断事，能识人。那沈从文的物质文化研究，到底有多重要，又有多难呢？不妨从黄德海谈金克木的文章中寻找答案。金克木先生说，读书不易，读人更难，最难的是读物，“物比人、比书都难读，它不会说话；不过它很可靠，假古董也是真东西”，“到处有物如书，只是各人读法不同”。沈从文读古物，自然也如读书，写文物论文也如写作一般郑重，虽说文物研究比不了文学作品的社会影响大，可哪一个真正的作家是为了影响大而写作呢！正如沈从文渴望写的是“一些平凡人物生活的‘常’与‘变’，以及两相乘除中所有的哀乐”，写作的快乐一定程度上延续到了做学问上。

沈从文见到难得的文物时，会兴奋地给朋友写信，情不自禁地抒发内心的赞叹和欢愉。一如张新颖所说，做学问并非是一种消耗，如果学问做得足够好，就会滋养人的生命和精神。关键是做得足够好，才有滋养的功效，那需要老天赏赐的天赋、个人持续的勤奋，以及如蒙田所言的“爱命运”。关于“爱命运”，对蒙田来说，生活里虽然满是诱人跌落的深渊，恶灵时刻在旁守候，但日子还得照样过下去。黄德海继而阐发，爱命运，就是不论发生什么，都泰然任之，对一切不完美都接受。从黄德海这里，我们获得了与这些不同时空的杰出心灵接头的暗号，就是爱命运。

三

体贴和理解，并懂得我们自身的局限，这是黄德海文章中传递出的全部善意，也成为他谈论历史、人物和文本所秉持的鲜明态度，乃至辨认方法。黄德海从金克木先生的言语中，取来了“读书·读人·读物”，既是他谈论金克木、阿城、金庸、张五常、张新颖等人的内容，也是黄德海体贴和理解的方向，包括时间、人物和历史。

明确了这一点，再进入黄德海对唐诺和《左传》的解读，就会变得清晰而温暖。唐诺写了九篇文章谈论《左传》，不知是否是巧合，黄德海同样用了九篇文章来谈论唐诺对《左传》的解读。唐诺仿效的又是谁呢？是博尔赫斯的《但丁九篇》。这无疑是接近一颗心灵的最佳途径，就像布罗茨基为了接近他心中20世界最伟大的心灵奥登而改用英语写作一样，以最有效的方式进入他的文化脉络。黄德海的九篇文章显然也是进入唐诺思维脉络的途径，更是对唐诺和《左传》的一种致敬。对唐诺的发现进行再发现，又何尝不是“影响的焦虑”的当下版。接着唐诺，黄德海往前推进对《左传》的发现。这是写作者之间的对话，往大了说这也是文明的意义，是“影响”的一种持续。就像黄德海谈论海森伯和玻尔一样，他将理解和体贴最大限度地给予了唐诺，以及他笔下的《左传》世界，当然还有包括《左传》中人，比如子产们。

黄德海直言不讳，唐诺的《眼前——漫游在〈左传〉的世界》一书，是他最近读过的近人著作里极好的一种。他甚至不无夸张地说，期望有高人持此一卷，对人讲解，勾勒此书的闳深、阔大、沉郁、博学，提点其中的误会、企图、枝蔓、芜杂，引出更进一步的向上之路。可见黄德海对唐诺此书的钟爱。逐句讲解经典，引人发现自己的局限缺陷，不断向上溯游，取得精神的火，照亮自己。此世有这样的高人吗？照亮自己，客观就可能成为他人的灯。黄德海用写系列文章的方式完成了讲解。对黄德海来说，要紧的便是破解信不信的谜局，用不着急匆匆表明立场，也不必非要即刻给出结论，“自愿把不肯轻信的念头高高挂起”，不让无谓的怀疑分神，对所有未经证实为误的东西，使人沉静的蕴含着最有意思的东西的那整块灰色地带，先别急着怀疑，先收起那肯定的语气。这不仅让我想起黄德海所谈论的蒙田——蒙田的犹豫不决，他很少下判断或者决定，他最爱使用“可能”“也许”等谨慎的词语。结果并没有因此就变得模糊，反而是启发人们继续思索、审视自己，从而不断认知自身的局限，甚至缺陷。

必须说到郑相子产。子产执政之初，郑国内忧外患，国家小，内耗大，七支大族，把持郑国权柄，内乱迭起，外部又面临晋楚相夹，可谓腹背受敌。这个不幸的小国，几近沦为别人战场的国家，如何生存下去？在子产的励精图治、精确筹划和严密计算下，郑国不仅没有被消灭，也没出现什么存亡危机，夹缝之间求得生存，甚至还争得了不少国家利益。这一切，子产居功至伟，对内严苛执法，哪怕被人诅咒断子绝孙也不退让。对外谨慎斡旋，步步计算，尤其是他左支右绌的外交手段，可谓是救国之重器，以至于有人说，子产太能说了，诸侯都信赖他。只是因为能说吗？说什么，怎么说，说到怎样的分寸，弱国无外交，哪一样不考验执政者的反复思量和谨小慎微？一步都不能错，错一步就可能给国家引来灭国之灾。可曾想过，日夜思之、朝夕行之的子产，忍受了多少委屈，顶住了多少压力，经历了怎样的煎熬？唐诺形容子产“满身才华又勤苦认事”。黄德海感叹，一个冷静、准确、精密计算又勤于练习的人，往往会让人忘记了他的才华，人们只感觉到他的乏味，只记得一个苛刻、无情，甚至该被诅咒的子产。这就是那些被历史和命运选中的天才做事者的宿命。

在子产身上，黄德海同样给予了体贴和理解的敬意。才华如子产者，如果“识时务”，完全可以不收拾这个烂摊子，就能成为比肩同时代最优秀头脑的杰出人物，而不只是一个事毕就被可能遗忘的事臣，一个整日如履薄冰的事务性工作者。黄德海特别提到，孔子就没有忘记子产，因为子产做了孔子想做却没能做到的事情。其实，岂止孔子，后世还有很多人没有忘记子产，譬如韩愈、王安石、苏东坡，甚至包括胡适，都留下了赞赏子产的话语。这些人物的身上，有一个共通的特点，都是“满身才华又勤苦任事”的人。大如一个国家，小如一个集体，有这样的人，就有正气，就有希望。就像鲁迅先生在《中国人失掉自信力了吗》说的那样：“我们从古以来，就有埋头苦干的人，有拼命硬干的人……这就是中国的脊梁。”

作为一部读书论集，《书到今生读已迟》是广博又谦逊的，如一道浑厚的光，探向那些堪称伟大的心灵和最优秀的头脑。贯穿全书的“体贴”和“理解”又一脉相通，所谓读书、读人的乐趣和价值就全在里头了。阅读感的获得不就是让自己趋于清晰和清醒的吗？或者说让自己变得更加柔软，懂得体恤、体谅和敬重那些历史中的和现实中的兢兢业业的人们。读过这本书，对黄德海作为一个写作者、批评家所获得的认同和尊敬，就丝毫不会觉得奇怪了。

写于2017年11月

逃离的方向：小说能走向哪里

鲁敏《奔月》开篇就是一起“事件”，用齐泽克的话来说，事件就是日常生活的意外，是对日常的一种对抗。[1]意外的车祸发生了，一个叫小六的女人失踪了。紧接着，又是一起“事件”，小六没死，她是主动失踪的，躲起来了。一个人看似“完美”地失踪了，成了鲁敏这部长篇小说的起点。作为小说起点的初始想法，其重要性恰如翁贝托·埃科所言：“其一，我从一个核心意象出发，那是我小说创作的起点；其二，叙事世界的建构决定了风格。”[2]埃科的表述可以理解为：一是小说从哪里来，二是小说到哪里去。小说从一个核心意象出发，慢慢变得清晰和开阔起来，并为接下来建立叙事世界准备材料。叙事世界的建构，要解决的就是小说到哪里去，这一过程必然地会决

[1] ［斯洛文尼亚］斯拉沃热·齐泽克：《事件》，王师译，上海文艺出版社，2016，第2页。

[2] ［意］翁贝托·埃科：《埃科谈文学》，翁德明译，上海译文出版社，2016，第322页。

定小说的整体风格。像鲁敏这样创作经验丰富，并且对个人写作所能到达的边界具有清醒意识的小说家，小说从哪儿来和能到哪里去，同样是她无法回避的两个关键问题。

从通俗的意义上加以区分，小说从哪里来，看上去小说家更为操心，涉及长篇小说的必要性，即为什么要用长篇的形式来写一个题材。小说到哪里去，读者显然更为关注，这事关一个故事是否完整。完成后的文本效果和最初的规划存在多少距离都是正常的。小说到哪里去是一种向导，是指向虚构与真实的边界与融合，指向虚构可能走多远。正如特里·伊格尔顿在《文学阅读指南》里反复强调的那样："文学文本最重要的意图并不是提供事实。相反，它邀请读者'想象'事实，用事实建构一个想象的世界。也就是说，一部作品可能既是真实的，又是想象的，既是实在的，又是虚构的。"[1]从《奔月》来看，鲁敏毫无悬念地让小六离开了她原有的真实的生活秩序，但是小说家又无法将她送去真空，从原来的轨道脱轨，生活并不可能就此变成无轨列车，还是得建构一个平行的时空安放小六。这会是一个怎样的世界？《奔月》正在发出一种邀请，邀请读者共同想象，那个可能的世界是什么样子。当然，有一种可能就是鲁敏目前笔下的文本世界。除此之外，自然还有其他多种可能。可以确认的是，鲁敏做到了伊格尔顿所强调的理想状态，在提供了部分事实的同时，集中力量

[1] ［英］特里·伊格尔顿：《文学阅读指南》，范浩译，河南大学出版社，2015，第111页。

制造了一个有许多岔口的始发站，往前就将是虚构、想象和真实的交错融合。事实正如小说家所期望的，一个接到想象邀请的读者，会不由自主地进行其个人别具一格的想象：如果可以离开身边的生活，我会去哪儿，我会重新成为一个怎样的人？试想有多少不同的选择，就会有多少个纷繁不一的世界，也就会有多个角度的故事，这像极了一个开放的游戏。

一

谈论鲁敏的长篇小说《奔月》，必须得提到鲁迅先生的同名短篇小说《奔月》。在处理“逃离”这一“事件”上，关于小说从哪里来，这几乎是两个可以引为互文的文本。

在鲁迅先生的《奔月》里。后羿打猎忙活一天，带着三匹乌老鸦和一匹射碎了的小麻雀，硬着头皮踏进家门，来见嫦娥。“嫦娥正在看着圆窗外的暮天，慢慢回过头来，似理不理的向他看了一眼，没有答应。”后羿支支吾吾地说，今天运气不好，还是只打到乌鸦。嫦娥先是哼了一声，然后就是一段连珠炮似的抱怨：“又是乌鸦的炸酱面，又是乌鸦的炸酱面！你去问问去，谁家是一年到头只吃乌鸦肉的炸酱面的？我真不知道是走了什么运，竟嫁到这里来，整年的就吃乌鸦的炸酱面！”[1]面对“家

[1] 鲁迅：《鲁迅全集》第二卷，人民文学出版社，2005，见《故事新编》中《奔月》部分。

庭主妇”嫦娥的这番抱怨，即使像后羿这样的大英雄，也瞬间变成一个日常的男人。鲁迅用了“赶紧”“低声”“惶恐”“呆呆的”等词语，来描述此时尴尬又无奈的后羿。

乌鸦炸酱面常常被提起，被视为鲁迅先生的一种幽默。炸酱面当然只是一种隐喻和象征，作为日常世俗生活的一种象征。鲁迅先生显然更多地是针对英雄与世俗生活的关系。当英雄完成射日壮举之后，迎来了弟子的背叛和妻子的离去。正如王富仁先生在《中国现代历史小说论》所谈到的："英雄的业绩总是一时的，在更多的情况下，他只能像平常的人一样从事日常的劳动，在这时嫦娥因得不到原来舒适的生活而不满于羿，结果偷吃不老丹而独自奔月。逢蒙也因羿的名声影响他出人头地而企图用暗箭杀害羿。这是一个有英雄但却没有普遍英雄精神的民族。多少英雄都被它白白地牺牲了。”[1]不妨可以理解为鲁迅先生，通过这篇小说试图回应当时他与时代之间的关系，提醒以英雄自居的启蒙者们，其结局和下场将和后羿一样，被学生背叛，被家人离弃，被后人忘记。逢蒙对后羿的背叛，映射的是高长虹对鲁迅的背叛。

如果我们尝试站在嫦娥这一边，就婚姻和家庭生活的角度进行观察，可以得出一些新的解释，那就是英雄是暂时的，灿烂的射日事业也是短暂的，更多的时间留给了日常生活，属于婚姻家

---

[1] 王富仁:《中国现代历史小说论》，载《鲁迅研究月刊》1998年第4期。

庭生活。大英雄后羿需要负责嫦娥的伙食。嫦娥的奔月，表面上是对天天吃乌鸦炸酱面的厌倦，本质上是对与后羿婚姻生活的失望，是对乏味的日常生活的厌倦。当一个大英雄开始每日为柴米油盐奔劳，英雄的光芒自然会渐渐散去，成为一个笨拙的日常的男人。从这个角度上，萌生自主意识的嫦娥，其逃离是早晚的事情。关于日常生活，我们习惯意义上理解的日常，不过吃饭、穿衣、劳动、生老病死等具体的事情，具有对意义的消解性。约瑟夫·布罗茨基在《颂扬苦闷》一文中持有一种看法，他就认为："现实生活的主要方式，不，其主要风格，就是乏味。"[1]虽然布罗茨基谈论的时代与后羿的时代相去甚远，但是在日常生活的精神诉求上，道出了其相通性。一言以蔽之，日常的核心要义就是激情消退之后的按部就班、百无聊赖和随之而来的无聊乏味。

如果说嫦娥爱上后羿并嫁给他，最初是出于英雄的爱慕和崇仰，那婚姻生活则注定渐渐消磨了这份爱。从这个意义上说，爱就没有保鲜术，婚姻不过就是用制度的方式，完成爱向家庭亲情的转化。当家庭这个社会原子一旦不再被视为必需，婚姻的解体就开始多了起来。在《奔月》里，仙女嫦娥褪去了神的一切色彩，变成了一个平凡的妻子，为每天食物的匮乏而唠叨不停，对丈夫也是爱理不理，一身怨气，带着嫌弃。英雄与日常，正如爱与日常一样，是近乎天敌的关系。英雄的高光，与日常的平凡；

---

[1] ［美］约瑟夫·布罗茨基：《悲伤与理智》，刘文飞译，上海译文出版社，2015，第111页。

英雄的光鲜，与日常的黯然；英雄的激烈，与日常的平淡；英雄的说一不二，与日常的犹豫不决。英雄一旦与日常发生触碰，就会陷入其中。英雄根本上不属于日常生活的现实世界。当然，婚姻就是最大的日常。与英雄共同生活的嫦娥，最终回避不了同样一个原始意义上的问题，归根结底就是一个男人和一个女人的日常生活。作为普通女人，嫦娥的撤退和离去，既是对英雄归为人的审视，也是把英雄还给英雄的了断；是对女性自我的一种解放，也是对未来新生活下意识的向往，即使新生活的重建将会面临同样的问题，比如“嫦娥应悔偷灵药，碧海青天夜夜心”。

面对日常，英雄尚且如此，常人同样困扰，“奔月”这个主题也就始终具有当下性。当鲁敏将长篇小说定名为《奔月》时，嫦娥这个逃离的妻子角色定然会被读者想起。当名为小六的女主人公意外遭遇车祸却幸免于难时，她萌生了一个神奇的想法：“她好像一直在等待一个更恰如其分、更体贴的方式，在事故的烟幕弹里消失，含混的、多义的，可以帮助人们，尤其是她的亲人们适应她的离开，就像一个递减的回旋地带，想一贴最有效的膏药，慢慢渗透、止痛，并从中诞生出光滑的新生活……，她打算执行这个自我消失的欲望，坦荡地执行，为什么不？它当时跟食欲、性欲、生命欲等一样平等，一样值得去克服困难、好好追求。”[1]从现有的生活秩序中，追求自我的消失，并赋予

[1] 鲁敏:《奔月》，人民文学出版社，2017，第39页。

这种行为以平等的价值，的确没有比旅游遭遇车祸而失踪更安全的方式了。为什么要逃离原来的轨迹？主要原因自然是日常的压迫。“永远都是这样的，抽象，雷同，但也十分安心，并且将一直这样安心下去，有没有彼此，多出个彼此，少掉个彼此，并无分别。”

小六所期望的理想的消失方式，令我下意识地想起文珍的一篇小说《普通青年宋笑在大雨天决定去死》。为了死后不遭人非议，不给孩子增加心理负担，也避免不必要的飞短流长，他不能留下自杀的痕迹，一定要死得自然，死得意外，意外得正常。宋笑决定在下暴雨这天去死。如果说文珍给予宋笑的选择是自杀，肉体的消亡。那鲁敏给予小六的就是消失，肉身离开这个时空，去另一个空间重新开始生活。两种选择的执行方式不同，在逃离和放弃现存的生活秩序方面，显然有着共通的内在精神。有意思的地方在于，两位小说家似乎都在为小说人物如何不引人关注地离开而思索。为什么会不约而同地渴求“正常的意外”的方式？文珍笔下的宋笑最终没有如愿。小六在车祸中意外地获得新生，鲁敏给了她逃离的机会。是否可以这样理解，不正常的逃离方式，依然受到这个社会的巨大排斥，它所带来的负面影响和不绝如缕的非议，会持续在道德上压迫着逃离者的家属。给家人带来困扰显然是逃离者所不愿意看到的情景。另外，逃离者们的放心不下，也正说明他们的心依然柔软，并不是冰冷的麻木的石头。

问题在于，鲁迅通过《奔月》来回应他与时代的关系，鲁敏的《奔月》是否也在回应她与时代的关系呢？

二

逃离去哪里，去干什么，可以想象；逃离之后，现有生活秩序会发生怎样的变化，也可以想象，比如她的先生、母亲和好朋友的生活会发生怎样的变化。当这些信息聚拢在一起时，不难发现我们会遇到一个老生常谈却又常谈常新的话题，即一个写作者如何处理他和现实与时代的关系。从文学历史来看，不管一个大作家写的什么内容，如何直接地、间接地处理与时代和现实生活的关系，后人在评价其创作成就的时候，总是自动地将他的作品与他所处的时代进行必然的联系，譬如说他代表了一个时代，写出了一个时代的精神。没有一个作家是可以离开时代而单独存在的，正如鲁迅所言没有人可以“用自己的手拔着头发，要离开地球一样”。即使如卡夫卡这样看上去似乎与现实颇有距离的现代主义小说家，也摆脱不了这个主题。英国诗人奥登在评论小说家卡夫卡时，就说过一句意味深长的话：“就作家与其所处时代的关系而论，卡夫卡完全可与但丁、莎士比亚和歌德等相提并论。”[1]我们都知道，卡夫卡处理他与时

[1] ［美］乔伊斯·卡罗尔·奥茨：《卡夫卡的天堂》，俞其歆译，载《外国文艺》1980年第2期。

代的关系，其方式与但丁、莎士比亚和歌德完全不一样，现实的、日常的、常规的经验，被卡夫卡进行了抽离、改造乃至扭曲，呈现荒诞、紧张、孤独和压迫感，卡夫卡终其一生都在探求，所谓现实、所谓时代在他心中的隐秘反映。

由此我们可以尝试这样理解鲁敏的写作，即一个小说家如何处理当下时代和生活的关系，并尝试进行总体性的把握。在今天这样“一个叙事的盛世，是可以或者可能出现旷世之作的时代”[1]，尝试进行总体性的叙述总不是坏的选择。问题在于，很多作家作品在写这个时代，却对时代和社会的总体性认识显得兴趣不大，并将自身的局限和无能归因于时代和体制的局限，要么是有意无意地选择后退，要么就是耽于描述，表现出缺乏叙述热情和关切的样子来。里尔克在《给青年诗人的信》里说：“如果你觉得日常生活很贫乏，你不要抱怨它，还是抱怨你自己吧”，“即使你自己是在一座监狱里，狱墙使人世间的喧嚣和你的感官隔离——你不还永远据有你的童年吗？”[2]写作者与这个时代的关系，从文本上显得不那么清晰，或者说不那么亲近，写作者缺乏能力来把握人与时代、社会的关系是一方面，根本的是缺乏爱的能力和信念，包括对时代的、社会的以及小说人物的爱。

---

[1] 木叶：《水底的火焰——当代作家的叙事之夜》，上海文艺出版社，2017，第42页。

[2] ［奥地利］莱内·马利亚·里尔克：《给青年诗人的信》，冯至译，云南人民出版社，2016，见第一封信。

如何呈现那个时代的具体内容，翁贝托·埃科有一段具体而微的论述："在写《玫瑰的名字》的过程中，我画的迷宫以及修道院的平面图多达几百张，灵感来自于他人画的平面图以及我实地参观的经历，因为我们需要每个要素都能完美运作，因为需要知道两个人从甲地边走边谈到乙地需要多少时间。而这项实际观察也用以决定对话的长度。"[1]埃科的办法看似很笨拙，却又很高明，他构建空间的真实性，为的是给自己一种如实的信任。从甲地到乙地的距离，置换成时间，再置换成对话的长度，时间和空间还有语言的速度，都糅合在一起，由此生成的动态的立体图像将会始终盘旋于写作者的脑海中。实际上，埃科将人与时代的关系，转换了现实与文学的关系。要表现人与时代的关系，毫无疑问，脱离不开这些叙述问题。

鲁敏对一个人是否可能消失于她所处的时代充满兴趣，进而对"我是谁"这个亘古的难题进行了思索。在《奔月》里，一个人消失了，但是这个人却被重新发现了，还被"发现"为几乎不同的两个人。这个稍显背离的描述，恰恰是鲁敏在小说中试图提供的寓意。当小六"意外"地"消失"后，她的丈夫和情人分别用各自的方式去寻找她。在不断深入小六以往的生活历史记录的过程中，小六的职业、社交、性格、爱好和被收纳的欲望，慢慢浮现出来，这个人物形象变得由此变得清晰和

[1] ［意］翁贝托·埃科：《埃科谈文学》，翁德明泽，第318页。

完整起来，以至于她的丈夫不断产生惊讶，原来小六有着那么多他不知道的事情。小六到底是谁？究竟是个怎样的人？这个看似荒唐的现实问题，摆在了她一筹莫展又默然无语的丈夫面前，也摆在她的情人面前，当然最终摆在了读者面前。这并不是说，发现了一个人的多面性和复杂性就意味着深刻，就可以自动地被判断为有价值。事情远不是这么简单和从容。问题似乎应该这样描述，小说家提供了一次重新认识小六的机会和可能。如果说陷入日常迷雾的小六身份是模糊不清的，那她的被重新发现是否就是真实的？显然同样存疑。更重要的还在于，小六能重新认知自我吗？

在小说的前几章，鲁敏就大胆地而又自信地抛出了一个炸弹：小六有一个情人。小六的丈夫之前对此毫不知情，因为她的消失，两个男人相见了，还颇为“友好”地进行了谈话。如此稍显“庸俗”的意外情节，显然会让有阅读经验的读者略吃一惊。如果视之为一种小说揭秘，它似乎出现得太早了。问题在于，小说家一开始就交代此事，就使得小说生出别有的魅力和可能性。由此，她有情人这一事实，就变成一种已知的状态，变成一个准备好了的充分条件。作为条件，而不是结果时，这种意外也就变得正常，就将左右小说的整体走向。出轨由此也就成为一个需要获得合理解释的问题。可见，并没有天生就庸俗、低俗的情节，只有用错了地方和时间的情节。鲁敏提出这个问题，不但增加了小说的戏剧性，也增加了一种生活的可能性，即一个人的情人突然消失了，他可能会做什么？他能发现什么？“想象力是关于可能，而不是实在”[1]，我们应该对这种可能性怀有坚定的信任，小说家是在虚空中召唤作品，可以凭空生出不曾存在过的东西。

情人本是日常秩序之外的存在，正是小六情人角色的出现，让“小六”这个小说人物变得更加光怪陆离，更加完整。一个从不涉及身体之外的生活的欲望对象，在情人的眼里，小六是“合格”的欲望对象，二人只在乎耳鬓厮磨的过程，离开酒店就不再相问，彼此一无所知。在得知小六失踪后，他通过软件闯入了小六的网络生活记录，她看过的电影，看过的书，写过的网络日志，小六的精神生活轨迹渐渐浮现了出来。从对小六一无所知，到洞悉她的生活记录，一个新的小六被发现被建构了。鲁敏对一个人物身上的多层性进行了辨认，通过正常的关系（丈夫）和非日常的关系（情人以及小六的工作竞争对手），完成了对一个现代女人的完整叙述。必须强调这是一个现代女性，这让小说具有一种整体性的关照，即一个人的世俗生活和精神生活的分离，在此相遇和弥合。

分离：身体和精神的分离、家庭生活与社会生活的分离、妻子角色与工作角色的分离、自我和本我的分离、内部和外部的分离。人的状态变得不再集中，就像一个多面孔的怪物，各

[1] ［英］特里·伊格尔顿：《文学阅读指南》，范浩译，第200页。

自忙碌，彼此离散，没有交集。小六身上的分离性，由此成为鲁敏所理解和描述的一个人在当下的状态，即人与他的时代的分离和离散，一个人的主体性变得支离破碎乃至涣散，且对这种状态并不自知。当小六逃离去了另一个空间，显然是对旧有的自我和秩序的一种主动遗弃。这种通常被视作消极行为的逃避，即使她有着某种主动性，能否就此被解读为一种反抗？至少有一点可以明确，小六重新开始的欲望并不灼热，并没有如猛兽一样在内心冲撞，当小说家有意无意地给出走贴上家族基因的标签时，则不免让读者好奇，逃离是现实的驱逐，还是基因的召唤？如果没有这场车祸，小六的生活还会继续。当小六真的被送去另一个空间时，她被迫得重建集中而明确的自我和生活，现实意义也就浮现出来了。

三

逃离，作为一个小说主题，近几年有不少作家将它作为叙述对象。张忌在长篇小说《出家》中写俗世生活中艰难求生存的人，因为现实生活和精神世界的双重困境，主人公选择了逃离，进入寺庙做假和尚。寺庙一成不变的日常生活很快又让他意识到了无聊，促发新一轮的逃离。

就逃离这个主题而言，爱丽丝·门罗写了上半部。她的中篇小说《逃离》就写了一个女人的离家出走。当婚姻进入日常，也就意味着真正的生活开始了，因为麻烦开始了。乏味的婚姻生活让她感到痛苦，渴望逃脱出去，渴望“新的生活”。在邻居太太的唆使和鼓励下，她给丈夫留了字条，坐上大巴就跑了。就当读者以为她的出走会迎来新生时，门罗让女主角连三站路都没坐完，就放弃了逃离。第一站，她美滋滋地憧憬着新生活。第二站，她开始担心能否顺利找到新工作。第三站，她怀疑要是找不到工作怎么办？恐惧感出现了。等不及到第三站，她就迫不及待地下车了，心急火燎地打电话给她丈夫，来接她回去。门罗不往下写，有她的道理。门罗自己就说：“小说不像一条道路，它更像一座房子。你走进里面，待一小会儿，这边走走，那边转转，观察房间和走廊间的关联，然后再望向窗外，看看从这个角度看，外面的世界发生了什么变化。”秉持这样小说观念的作家，显然更合适写像“一座房子”似的中短篇小说，长篇小说显然有更多可能。

鲁敏接着写了下半部，即逃离之后的生活。在门罗而言，她似乎不愿意去勾勒更多的未来的可能，恰恰在于她对女性家庭妇女心理的熟稔。短短三站路，所有的心理纠结和反复，都在这三站中展现得淋漓尽致，把一个女人的内心世界写得那么丰沛，足见门罗高超的小说技巧。对于长篇小说而言，小说家必须面对逃离之后的叙述问题，即小说该往哪里去，这是小说家无法避免的课题。重新开始生活，重建新的自我，是鲁敏长篇小说《奔月》的一个主题。相对于逃离，离开现有的秩序，去寻找某种乌托邦的世界。小六去了一个县城隐姓埋名。她是否可以真的离开这个时代？如果关于她名字所对应的社会性认知全部剥离掉，意味着她将一无所有，一个没有任何身份的人是否就能如愿地消失？从这个世界逃离出去，没有人会知道她曾经的经历、地位和感情。问题在于，当这个人从她所处的时代逃离出去的时候，到另外一个空间重新生活的时候，她将面临一系列新的问题。她得重新建立新的社会认知，还是得去工作，得去办各种证件，得去经历新的感情，得重建她的社会交往和关系，重新成为另一个新人。

谁会觉察到无聊，并企图去破解无聊？《奔月》里的小六是一个怎样的人物？从小说人物的普遍性而言，她能代表哪一个群体？她逃离的自觉，作为小说家的谋划主角，还需要哪些必要条件？那些讲究精神生活的人群面孔是清晰的还是被想象的？甚至有研究者从小资阶层的角度进行过讨论。关于这一点，张忌的《出家》也有过叙述。《出家》发现的无聊，不同于后现代工业社会下的无聊与虚无，而是根植于日常生活，并且是充满世俗生存智慧和奋斗能量的日常生活，其中的无意义被小说家捕捉到了。正如有自省意识的人在意识到无聊的时候，很快就会进行寻求消灭无聊的对抗，努力压下它。平常的人或言没有自省意识的人则沉溺于无聊而不自觉，以无聊为日常兴致勃勃地生活着。鲁敏将小六放置于竞争激烈的商业环境中，放置于夫妻没有精神交流的生活中。这种放置是鲁敏小说的伏笔还是有意设置的条件？同样的问题在于，小说人物有能力发现这些吗？正如小说家发现什么的确很重要，但是显然更加重要的是用小说去发现。

鲁敏在谈到《奔月》的创作初衷时，感叹了自己所经历的庸常的人生："做过营业员、统计员、团委书记、秘书、记者、公务员等职，工作结婚生子走亲戚做家务，该干嘛干嘛，可以说是一个中规中矩的路人甲。她总有着奇怪又固执的想法：如果我从这既有的乏味的一切中消失？如果我成为另外一种人并进入另一种生活？"这是鲁敏的一个与自身生活经验贴得如此近的思索。此外，她还列举了许多关于"逃离"的社会事实："比如，日本有本书，专门从技术上指导一个人如何'完美无痕'地失踪。比如，新浪有一个自杀者微博成了'树洞'，后面的58万条留言以各种方式表达离开现有世界的强烈渴望。比如，无锡有一个驴友经过精心策划借出游之机，人为制造了自己的失联。"[1]这都还是小说的来处，当鲁敏终于有机会将小说人物（部分代表鲁敏自己）送去另一个空间，小说真正的困难出现了。

鲁敏将小六送去了乌鹊县。"不大不小，既保留着县城式的老派与迟钝，又勤奋好学地改头换面，模仿和趋近着一种难辨真假的大都会气质。"[2]乌鹊是一个喧闹的三四线县城的样子，小

[1] 蔡震：《读鲁敏新长篇〈奔月〉还想读鲁迅的〈奔月〉》，扬子晚报网 2017年9月28日，http://www.yangtse.com/app/ent/2017-09-28/465598.html。

[2] 鲁敏：《奔月》，第73页。

六很快就面对重新建立自己的新身份、新生活以及难以避免的新困境。小六的新工作是超市保洁员，与她原来的白领工作相比，显然落差巨大，属于相对底层人物的生活。熟悉鲁敏作品的人都知道，底层生活是鲁敏擅长处理的熟悉领域。在《六人晚餐》中，她就写过旧厂区的生活，两个单亲家庭搭伙过日子的种种纷扰。这为《奔月》的小六进入县城生活的时空，铺垫了足够多的素材，鲁敏对这类叙述得心应手。从这个角度讲，鲁敏的小说人物逃离了现有秩序，但鲁敏的写作并没有逃离她的原有领域。将小说人物送往小说家熟悉的生活，不失为一种降低风险的技术性方法。虽然对小说人物小六来说，是全然不同的生活，意外的是她几乎没怎么费劲就全部适应了，且日益投入，接踵而来的是“身份、层级、站队和社交问题”，[1]一切都显得过于顺利。苛刻一点，从想象力来说，鲁敏提供的生活的这一可能性，是贴着地面在行走，趋附了一种现实主义的传统风格。关于保洁员这份工作，鲁敏给予了小六脱胎换骨般的改变，却难掩小六蜻蜓点水一样从生活中穿过的事实。虽然鲁敏试图将人拉低至尘埃，却没有让她的生活生长出足够动人的质感来。从大城市生活，逃离到县城生活，这条线路更像是一个人与其时代试图疏离的投射。乌鹊是小六逃离后抵达的第一站，也是唯一的一站，她就此落脚，慢慢生根。

[1] 鲁敏：《奔月》，第87页。

在旧有的地基上进行“重建”，小说家的注意力难免更多地落在那些熟料上，而对重建照看不周。苛刻一点说，重建没有得以真正完成。作为被移民的新乌鹊人，小六并没有在新的身份中真正建立足够清晰的自我，这当然和她曾经的难以磨灭的生活记忆有关，所以才会在两年多后，她终于抑制不住去看了一眼以前的生活，看到了她的丈夫在向另一个女人求婚，那个女人同样在重建新的身份意识的过程中。当然，这可以被解释为真正的重新开始是不可能的，有着难以克服的苦难。只不过，这种艰难不仅体现为顽强地克服记忆，更在于她想成为一个怎样的“新人”，想过一种怎样理想的生活。对小说人物而言，后者更加重要，甚至比她的消失、失踪等事件要重要得多，那意味着生长的可能性和存在的必要性，本质上来说就是虚构。

哈金在一次采访中就小说开头的技巧性提到了托尔斯泰的一个观点。托尔斯泰认为一篇长篇小说应该在开首第一页就要释放一束光线，这种光能牵动小说的前半部分。至于最后一页也必须有一束光线，那道光线能牵动小说的下半部分，然后让两束光线相遇。因此最主要的东西都要让它出现在第一页，产生那种创作的冲动。这与小说从哪里来和到哪里去，并不矛盾，反而是殊途同归。如果说鲁敏让小六的失踪变成第一道光的话，那下半部分的第二道光则不免有些黯淡。作为小说人物的小六，并没有在新的空间完成真的自我重建，主体性也没有得以清晰地确立，甚至重建过程中的痛苦都谈不上多么焦灼。小六似乎不知道自己到底要成为一个怎样的人，甚至都不知道她要搏斗的“风车”在哪儿。人如何真的告别过往？人如何真正重建自己，人如何摆脱家族记忆？人最后如何上升？人如何建造好安放自己的洞穴？这是我们每一个人与时代的共同焦虑，而文学的伟大就在于让新的一种焦虑得以显现[1]，然后人们才可能共同面对它。从这个意义上说，鲁敏小说没能给出启示，但文本发出的邀请弥足珍贵。

---

[1] ［美］哈罗德·布鲁姆:《影响的剖析》，金雯译，译林出版社，2016，第8页。

辑四

英雄，好久不见

崇高自从被“躲避”后，近年来已难得现身。英雄主义在当代文学中的确比较缺失，引发共鸣的文学英雄人物屈指可数。当年“躲避崇高”的初衷，在于把文学试图从虚伪的“崇高”中解放出来，从“高大全英雄”的叙事中召回人性，将被遮蔽的人的情感、性别与欲望还原出来。随着市场经济兴起和消费主义的抬头，文学问题已经不单是文学层面，不但政治意义上的崇高感被消解，连带着美学意义上的崇高价值也被一同“躲避”了。文学创作转入个体经验写作的通道，集体价值和经验被藏匿不提，倒也催生了一段段短时间的灿烂，如新现实主义小说以及现代主义小说。当然，历史远比我简述的要复杂得多，但崇高这一价值取向遇冷，确是事实。以至于后来有作品试图书写当代历史的英雄，也遇到了评论界并无恶意的忽略。如今的问题在于，崇高作为曾经不言自明的美学标准，如果还能重新被启用，会是原来意义上的崇高吗？如果英雄归来，会是怎样的新模样？

一、当代文学史中的“英雄”

在当代文学人物形象的长廊中，崇高的英雄并不少见，不过一时有一时之英雄。“十七年”文学中，创业英雄和战争英雄们是主角。柳青长篇小说《创业史》塑造的“梁生宝”形象，作为社会主义农村建设时期最具有代表性的农民新人英雄，其崇高性体现在他对社会主义理想信念的绝对信任和遵从，所有工作只有一个出发点，就是一切为了国家。有意思的是，“梁生宝”的英雄形象超越了时代，至今还在不断提起。郜元宝教授在《中国小说的“奇正相生”》一文中，特地就梁生宝形象“多说了几句”，说这个思想进步形象高大的青年农民身上，除了“正”之外，还具有太多的“奇”，譬如，出身“奇”（收养），婚姻关系“奇”（冷淡童养媳），恋爱态度“奇”（总是不表白），性取向也可能有点“奇”（喜欢和男青年同床共枕、彻夜长谈）。梁生宝身上的诸多特征，具有被时间反转的可能性，即当时的寄托与日后的解读产生距离，从而生出更多的认识。

战争英雄形象的代表是周大勇，来自杜鹏程的长篇小说《保卫延安》，一部被冯雪峰誉为具有英雄史诗性的大型作品。在周大勇的心里，唯一快乐和光荣的事情就是为人民战斗而牺牲。崇高的革命理想精神和纯洁的动机在他身上完整呈现。相对而言，《林海雪原》中的侦查英雄杨子荣要丰富、立体一些，江湖气息和革命气度兼而有之。创业英雄和战争英雄都是大写的人，其个人欲望被约束和淡化。作为集体革命意识代言人的他们，所做的一切都服从最高的国家利益。在“三红一创”系列作品中，英雄是主角。与多数作品的英雄是普通人不同，《红日》的独特性和开创性在于第一次塑造了解放战争中我军高级指挥员的英雄形象——军长沈振新和副军长梁波。

到了1980年代，出现了一类令人瞩目的文学人物，具有代表意义的是鲁彦周《天云山传奇》的罗群和张一弓《犯人李铜钟的故事》的李铜钟，两个形象堪称悲情英雄。罗群因为错划成右派，忍辱负重几十年，不怨天尤人，没有丧失理想信念，始终坚守真理。面对饥荒，铁骨铮铮的共产党员李铜钟不惜触犯党纪国法，为民请命，向粮站“借粮”救民，借条是这么写的：“春荒严重，断粮七天。社员群众，忍饥受寒。粮站借粮，生死相关。违犯国法，一人承担。救命玉米，来年归还。今借到靠山店粮站玉米伍万斤整。李家寨大队共产党员李铜钟一九六〇年二月七日。”在这两部作品中，英雄人物面临的考验来自体制内部。被误解和排斥后，如何坚守理想信念，考验的不仅仅作为共产党员的党性坚守，还有作为人的道德与良心。由此，大写的人中闪现出了人的灵魂。遗憾的是，这类将崇高与悲剧融合、体现反思精神的悲情英雄并不多见，此类创作还未来得及走远就中断了。随之而来的就是改革英雄，市场经济来了。《乔厂长上任记》《沉重的翅膀》《新星》等一系列作品，不同程度地写出了改革年代的改革英雄们。与“十七年”时期创业英雄相比，这批改革英雄们的内心世界更加复杂，被约束的人心与人性都得到了一定深度的书写。后来军旅小说的英雄形象，如《亮剑》的李云龙、《历史的天空》的梁必达和石钟山系列小说中的石光荣，人物性格更有层次了。从叙事变化来看，战争结束后，英雄的日常生活开始出现了。

二、日常生活中的“英雄”

近年出现的谍战小说，如麦家的《暗算》《解密》和龙一的《潜伏》《借枪》等作品，则塑造了不同于以往模样的英雄——无名英雄，如《暗算》的“钱之江”和《潜伏》的“余则成”。这是一群隐姓埋名的地下工作者，一群随时准备为信仰献身的共产党人。匿名身份带来的孤独煎熬，与信仰的坚守之间产生的戏剧张力，让这类英雄形象获得了大众的同情和关注。借助谍战之壳，信仰也由此重新获得了令人信任的叙事位置，久违的崇高价值也得以被传达和被接受。从这个角度来说，英雄叙事由最初的集体组织行为，发展到了类似自发的社会行为。这符合文学传播的规律，即再独特、深奥、崇高的价值和观念，都得找到容易被大众理解的方式进行传达。作为人民群众喜闻乐见的表达方式，谍战小说和无名英雄引起人们喜欢也就不奇怪了。当人们习惯于从谍战小说中享受智力乐趣和故事快感时，信仰的力量也悄然完成了浸入，这未尝不是一种关于“崇高”写作和教育的迂回战术。

从创业英雄、战争英雄，到悲情英雄、改革英雄，他们的出现基于两个条件：一是一体化的集体社会，文学创作具有高度组织化的特点；二是不断更新的动态的社会环境，需要探索和冒险精神。上述条件一旦分化，传统意义上的英雄形象就会变得稀缺。当一体化社会开始向多元化社会转变，特别是进入消费主义盛行的现代社会，先被冲击的就是崇高价值的组织、生产和接受机制。不少以“重大题材”的名义扶持出来的作品，在读者那里碰了一鼻子灰。原来指望引导群众，群众并不买账。“钱之江”和“余则成”们的出现，在多种市场手段如影视剧的推波助澜下，意外地缓解了这种尴尬。源于写作者的个体创作，通过群众对“谍战”的喜闻乐见，不仅实现了对无名英雄的歌颂，还唤起了今天人们对崇高信仰的重新认识，唤起了人们对共产党员党性和纯粹初心的感怀。有计划的文学组织行为没能做到的，在自发的市场行为中实现了，这个现象值得深思。今天的写作已不只关于价值，也关乎价值之变现。简言之，变现难度越大，投入者就越小。反之，变现概率越大，投入者就越多，“崇高”也会被做成生意。从当前文学创作的情况来看，正面书写崇高已经少人问津，历史观也一定程度上压抑了写作者的创作冲动。问题在于，当我们这样描述时，我们的视野里看不看得到“钱之江”和“余则成”。如果看到了，会不会认为这也是我们需要的英雄叙事。同样，当一体化社会生活过渡到多元化的日常生活时。在日常成为精神生活重要症候的今日，文学叙事的日常化能否进入我们的观察视野，民间意义上的“崇高”能否被发现和认同，对我们的文学视野提出了要求。

按照福斯特的理解，不论日常生活到底是什么样子的，实际上由两种生活组成——时间中的生活和由价值衡量的生活。前者只是故事，后者才是小说。被价值衡量的那部分生活，就是个人生活层面的“崇高”，也是潜于民间社会的价值伦理，不仅是一种解释，也是一种现实。个人经验主导的写作时代，真正值得忧虑的是我们对出现眼前的来自时间生活也即日常生活中自有的庄严性视而不见，却缘木求鱼地求一种已经失掉了生长土壤的崇高之花。换言之，在并不宏大也不具备史诗性的当前文学创作中，崇高没有真正被掩埋，只是换了面目，换掉了原来的面具，在日常生活中藏了起来。在正常的平静的时间状态下，没有“革命”的思维和行动侵入或者打断日常生活，传统意义上的英雄也就无从产生。所谓时势造英雄，何谓时势？革命，变革，动荡，不安定。日常生活自有其庄严性，特里·伊格尔顿对此有一个描述——“日常生活的崇高”，体现在如何生活、如何工作、如何为人等日常的生活实践中。

1997年10月号的《北京文学》上，刘恒发表了中篇小说《贫嘴张大民的幸福生活》，先是被不断转载和选载，获得了不少文学奖项，后来被改编成电影、话剧和电视剧等。这篇小说就塑造了一个“日常英雄”——城市平民张大民。他隐忍、踏实，充满乐观精神，又能知足常乐，乃至苦中作乐，抖着一口京片子，在与家长里短、生老病死、工作婚姻等庸常生活的“斗争”中，不断取得阶段性的“胜利”。这种日常英雄，折射出的是平凡百姓的生活层面和精神缩影。

从这个角度讲，《平凡的世界》里的孙少平形象，也是一种“日常英雄”，他克服困难、主宰自己命运的奋斗之旅，激励了许多青年人与苦难生活搏斗的信念和勇气。毕飞宇的长篇小说《推拿》同样塑造了一群“日常英雄”，一群与现实生活相比较属于边缘地带的黑暗世界中的盲人，为了生活和可能的尊严，在没有光的地方也要好好生活。毕飞宇以怜悯之心完成的这部小说，堪称关于日常英雄的具有里程碑意义的例外叙事。生活的例外，人物的例外，还有故事的例外。英雄至此，已成一种精神品质，而非简单的形象符号。

当然，他们都不是全民英雄，时代变了。

三、发现新的“英雄”

乐观归乐观，信任之余保持警惕还是必要的。基于民间经验的日常生活，天然就自带向俗的基因，即物质至上和利益至上的主张，会成为日常生活需要维持生存和提高生活质量的理由。与被价值衡量的生活相比，那些物质至上和利益至上的生活自然就大行其道，写作意义上的“责任感”“使命感”“道德感”就会沦为可选可不选的多项选择。至于社会实践如何在文学作品中表现出来，在日常性的写作中不会被选中，庸俗、低俗、狭隘、小格局、小情爱和世俗成功学等问题如影随形。更别说直面对社会实践富有历史意味的写作，譬如关于中国当代实业发展的创作选题。

一个偶然的机会，我读到了一部名为《大国重工》的网络小说。作者齐橙，“起点中文网”大神作家，工业经济学博士，北京师范大学副教授。像很多网络小说一样，作者让一个国家重大装备办的工作人员穿越到了1980年。这个英雄般的人物，带领同代人一起构筑中国重工业，包括冶金装备、矿山装备、电力装备、海工装备……都是事关泱泱大国工业发展命脉的重型装备。主人公身上具有崇高的目的、坚定的信念和高尚的情操，颇像曾经改革小说里的主角，一片赤子之心，富有探索和冒险精神。这部小说修正了我对网络小说的一些偏见。同大多数没怎么看过网络小说但并不影响认为它们是垃圾的读者一样，我也曾以为网络小说不过是游戏之作而已。出乎我的意料，传统作家都不愿意写的中国重工业题材，网络作家写得有模有样，特别是将专业知识写入小说，采用“知识性写作”策略，融化进小说情节。这个传统意义上的英雄形象，在玄幻、奇幻为主的网文世界似乎显得格格不入，但读者还是给出了高赞。小说目前已经更新至一百二十余万字，仅首发网站的作品讨论区就有两万多条讨论帖，不少读者直接赞赏，鼓励作者更新。

问题仍然在于，文学评论界有没有兴趣关注此类作品。按照传统文学的严格标准来看，它们肯定是不成熟的，可待提高的地方不少，但肯定也够不上“垃圾”的冠冕。曾经发掘出沃尔夫、菲茨杰拉德和海明威等作家的美国大编辑珀金斯，有一种为人称道的能力，能透过一部作品的很多缺点，看到它的不凡之处，哪怕缺点多么令人失望，依然能不屈不挠放大这种不凡。这种能力也是一种德行。对于那些未知的常规经验之外的东西，给予断然否认和视而不见是容易的，从中发现价值并提醒人们注意，需要足够的耐心和宽容。

英雄的缺失不仅是中国的问题，也是一个世界性的问题。好莱坞电影中那些你方唱罢我登场的虚拟的超级英雄们，能够引起了全球观众的热烈追逐，与人们心底的英雄情结有着深切的联系。通俗地讲，每个人多少都有英雄情结，有对探索和冒险的向往，对建大功立伟业的向往。只是在多元化的今天，英雄也多元化了。一个人的英雄可以是甄嬛，可以是蝙蝠侠，可以是梁生宝，也可以是网络文学的主人公，更可以是刘慈欣笔下的三体人。文学未来的全民英雄，大概在未来的科幻文学。如今能刺激人们探索和冒险的欲望，在地球之外。

写于2017年6月

官场小说的官文化阐释

1990年代中期以来的官场小说，作为表现当下政治形态的一种文本，触及到了社会、政治生活中的很多问题。就文本内容而言，大致可分为两类：一是着意解开官场权力密码，揭示权力异化现象背后的文化土壤，如王跃文的官场批判系列小说；二是切入现实腐败问题，以正剧的方式展示官场腐败与反腐败的斗争，具有主旋律的宏大叙事特点，如张平、周梅森、陆天明的作品。从文本中我们可以发现，其官场叙事秉承了传统官文化的许多消极特质，官场小说描述的权力场虽然经历了现代政治运动的洗礼，但其深层的官本位意识却并没有因此而消退，反而有抬头之势，因此从传统官文化视角切入官场小说研究比运用诸如“现代性”“后现代”的西方话语要更为恰当。[1]

---

[1] 唐欣博士2006年出版的专著《权力镜像——近二十年官场小说研究》就用到了现代性理论。从运用理论的角度上来说，全书确实表现出了作者很高的理论素养，但其厚重的西方理论知识和不同土壤生长出来的现象之间又显得略微有些不协调。

中国漫长的封建统治使一种与封建政治、经济相适应的官场文化——官文化得以形成，它“以官为主体，以为官者的利益为核心，以压抑人性，维护专制统治为最终目的”[1]。官文化由孔丘始创，至汉武帝刘彻“罢黜百家，独尊儒术”而确立，经三国、两晋、南北朝至隋唐的保持，在宋明全盛，由清开始衰落，并作为一种传统遗留至现代。[2]由于集权制度的不断完善和发展，官文化体制逐渐蜕变为专制文化，“官本位”“官至尚”的思想随之产生，一个极端的表现就是官员们为追求、保住官位而不择手段地滥用官场权术。尽管封建专制已结束多年，但作为意识形态的封建文化尤其是官文化思想并没有完全消失，很大一部分内容延续了下来，官本位思想、权力崇拜、权术意识及奴性意识就是它作用于现实政治的体现。

通过对“权力・权术”结构的文学阐释，对现代政治伦理与传统官文化冲突的聚焦，以及对人物身份转换产生焦虑的关注，官场小说比较深刻地展示了官文化的弊端及其在现实政治活动中的消极影响。

一、“权力・权术”的文学阐释

“权力・权术”组合是中国官文化的核心，也是解开官员们

[1] 刘颖：《官文化：把人变成奴才的文化》，载《社会科学论坛》2006年第9期（下）。

[2] 刘永佶：《中国官文化批判》，中国经济出版社，2000，第3页。

追求、维持和运用权力秘密的钥匙。权力的核心是支配性，关于这一点，有学者这样解释："一方强制另一方做某事的能力；某一群体不仅能够掌控对其有利的结果并且还能制定游戏规则的能力；一种操纵人们而不会引起不满的能力……"[1]官场小说对权力属性的阐释一般不让文本中的叙述者直接宣讲，而是往往通过展现一个或几个官员的官场言行来进行。

一是权力具有巨大能量，为公可以造福社稷，为私则祸国殃民。《沧浪之水》中就有"钱做不到的事还是有的，而权力做不到的事就没有了"的说法，主人公池大为在经历了许多挫折后，也接受了这个事实，并开始积极追求权力；《国家干部》中的老书记陈志祥深深懂得，一个干部要有所作为，要为百姓谋得利益，没有权力寸步难行，于是他主动劝夏中民先坐上市长的位子，然后就可以毫无顾忌地开展整顿工作；《绝对权力》中的市委书记齐全盛从品质上来说并不坏，但为了追求行政效率、获得绝对权力逼走刘重天，党政权力一肩挑。

二是权与利的捆绑关系。"钱权之间的这种惺惺相惜不但显现着消费社会对物欲权欲的无限崇拜，而且在很大程度上演化为'权力经济'或曰'权钱交易'。"[2]几乎每一部官场小说中都有一个甚至几个腐败者，利益来自贿赂，来自权钱交易。陈独

---

[1] 邱晓林：《文化研究视野中的"权力"理论》，载《天府新论》2006年第1期。

[2] 蔡梅娟、张灿贤：《现实的解析与人性的透视——新官场小说的审美特征》，载《淄博学院学报》（社会科学版）2001年6月第17卷第2期。

秀曾经对官文化有这样的言论："充满吾人之神经，填塞吾人之骨髓，虽尸解魂消，焚其骨，扬其灰，用显微镜点点验之，皆有'做官发财'四个大字。"[1]此言似乎略显得过激，但权力能带来物质利益和名誉确是长久以来为人们所认可的事实。《国画》中朱怀镜的升迁，除了其谙熟官场之道，对皮市长及柳秘书长的贿赂更是一个直接原因；《抉择》中李高成的市长职务得之于郭中姚等人向省委副书记严阵的贿赂；史生荣的《空缺》，田东照的官场系列小说《跑官》、《买官》和《卖官》，对权力能够带来直接利益更是有着醒目的描写。

三是权力具有腐蚀性。官场小说把人对权力的崇拜和欲望，以及人迷失于权力漩涡中遭到的腐蚀展示得颇为细致、到位。田东照在《买官》中借县委书记郭明瑞之口总结了权力的魔力："一个人一旦官瘾大发，权欲膨胀，就会灵魂扭曲，人格丧失，表现在行动上就会不择手段，干出肮脏丑恶的事来。"而获得批评界称赞的《羊的门》渲染的是人对权力的向往与追逐，主人公呼天成的权欲几乎是与生俱来的，他17岁时第一次见到皇帝的龙椅就产生了深深的膜拜之情，体味到了那无比的尊贵和高高在上的感觉，在此后的四十多年中，他精心钻营一步一步爬上了胡家堡权力的顶峰，成为主宰这块土地的"主"。李春平在《步步高》中对权力有这样一段描写：

[1] 武斌：《话说〈官本位〉》，载《求是》2004年第24期。

古长书不是一个盲目的为官者。他对于权力的研究思考远比一般为官者要深刻得多。把权力作为审美对象的时候，权力是最美的，也是最有魅力的东西。权力的魅力，在于使用权力时的快感，这种快感的产生是由心理愉悦和生理愉悦共同引起的，它会刺激大脑皮层的兴奋。这是权力的美学特征之一。在一个等级森严的社会制度里，领导连开会都坐在一个众目睽睽的显要位置，权力带来的其他好处就自不必说了。他曾经仔细研究过，为什么有的领导喜欢在文件上签字批示？一是签字的政治功能，它既是为了表达领导的主张与倾向，是手迹的证明，也是一种权力符号。二是签字本身作为表达主张、安排工作的一种方式，它具有一种特殊的美感。当了领导，就必然赋予了他诸多的政治体面。在以集团为单位的群体中，他是最荣耀的一个人。所以对领导最重的处理，就是取消这种荣耀——撤职；对领导最高的奖赏就是增加这种荣耀——提职。[1]

作者对权力如此传神的描写令人耳目一新，把官场还原为人的具体生存环境，“以审美眼光看待官场和权力当然也并不是一味美化官场，颂扬执政者，而是要看其能否把权力执掌到一

[1] 李春平:《步步高》，春风文艺出版社，2005，第14页。

种美的境界”[1],这种审美虽然能将权力描绘得温情一些,但这种审美式的体验恰恰暴露出人深层心理对权力的崇拜和体认。权力的这几个特点是中国官文化在权力场中的真实体现。如上文所言,中国官文化的精髓在于官本位和权力崇拜,官场小说中描述的权力不但象征着地位、名誉,也意味着财富利益、支配控制权,这显然是官文化属性的体现。

官场小说对权力的描述中,除了强调权力的支配特征外,也强调了诡异难辨的权术观念。什么是权术?《辞海》中说,“权”为权宜、权变,“术”为手段、策略、方法、心术,权术就是权变之术。从其本意来看,权术最初并无贬义,它是指因人、因时、因事而变通办法、灵活处理的手段,是一种智术。政治权术即政治斗争中的权变手段,为历代大小官员视为官场秘诀。权术因具有隐蔽性和经验性,某些时候也被称为政治智商,可以说中国的权术是人类政治智慧结出的一个怪果。[2]王跃文的《国画》、《梅次故事》和《官场春秋》对这些伎俩有着惊人的描述。《国画》中叙述了张天奇为了多从领导身边探得消息特意从县里挑选一些姑娘送到领导家中去做保姆,朱怀镜在拿到了李明溪价值二十八万元的《寒林图》之后,想都没想就送给了皮市长;在《羊的门》中,呼国庆将政治对手的亲信行贿

[1] 郝雨:《李春平的官场小说与“权力美学”》,载《安康师专学报》2006年8月第18卷第4期。

[2] 王金华、陈亮:《忠奸并用、术道杂陈——当代官场小说的文化解读》,载《石家庄职业技术学院学报》2006年2月第18卷第1期。

的一万元公开交给对手，欲陷对手于被动境地，呼天成玩“小”不居大；在《绝对权力》中，女市长赵芬芳借齐全胜与李重天的矛盾，施展种种权术伎俩，甚至不惜与黑恶势力相勾结，去获取个人权力；《国家干部》中刘石贝的所为简直就是活生生的权术教科书。

在官场小说对权力运作演变成权术斗争的书写中，官场另外一个关键词不能被忽略，即潜规则。潜规则本是一个悖论，既是规则，本应公开彰显，然而它却是隐藏的，虽看不见摸不着，却处处制约着人的行为，乃至决定人的命运。潜规则的出现实际上是权力斗争的产物。《梅次故事》中有这样一段话：“梅次官场的最大特色就是玩圈子，是圈子官场，圈子政治。有老乡圈子、同学圈子、战友圈子、把兄弟圈子，等等，五花八门。”[1]这种圈子就是典型的潜规则之一，它制约着官员的政治行为，也破坏着正常的政治规范。尤其在权力监督不力时，潜规则更成了滋生腐败的温床，《国家干部》中齐晓昶对马韦谨说的一番话详细地阐述了这里面的问题：

> 你知道办公室这几年那些大大小小的会议费、办公费、出差费、小车修理费、室内装潢费、办公用品费，还有各种各样的补助、补贴，名目繁多的开销、开支，七七八八、

[1] 王跃文：《梅次故事》，人民文学出版社，2001，第5页。

上上下下的打点、料理，都是怎样运作的？你以为领导签了字的就都是干净的？我只问你一件事，你就知道你明白不明白，干得了干不了……就这么一个嶝江市，几乎天天在请客，时时得送礼，票子像嶝江的水一样哗哗地流。这一笔一笔的开支，一摞一摞的账单，你知道怎么走账，怎么结算？怎么变通处理，怎么应付审计检查？还有现金怎么走，资金怎么转，支票怎么用？不合理怎样让它合理，不合法又怎么让它合法？糊涂账怎么变得清清白白，腐败款怎么变得干干净净？马主任，这些你都知道吗？懂吗？[1]

这些话是触目惊心、令人沮丧的，但它又确实存在于现实当中。对作家来说，对这些反常现象加以展示和披露无疑是有价值的。

官场小说中对权力、权术的分析和披露，折射出中国官文化传统在当下政治实践中的延伸。权力的支配意识古已有之，权术的运用也是久远的事情，只是由于时间的流变染上了一些新的色彩。官场小说关于权力的文学叙述，其价值就在于向人展示了活生生的政治权力运作方式的丑陋。布尔迪厄说："对一种统治形式的科学分析进行披露必然具有社会的、但可能是意

[1] 张平：《国家干部》，作家出版社，2004，第202页。

义相反的后果：这种披露要么会从象征意义上加强统治，因为对这种披露的实录似乎再现或印证了统治话语……”[1]从现实主义角度来说，它积极的意义在于揭露了不合理的东西。

欲望和人性的碰撞是官场小说对权力书写的另一个基点。卢梭说：“人性的首要法则就是要维护自身的生存；人性的首要关怀就是要关注与其自身生存有关的事物。”[2]“关怀自身”是人的本质特点，单从纯人性的角度看，这是人的自然属性；从道德的角度看，则是一种人性之恶，是私欲的表现。有研究者从这个角度解释腐败问题：“通过形象的描绘所做出的理性阐释是：人的私欲是腐败现象产生的根性条件。”[3]一个官员面对权力欲望的来袭，往往要付出人性的扭曲或奴化作为代价，他们不同程度地经受了灵与肉的搏斗，一个个被搞得焦头烂额。

人性的扭曲在官场小说中，多表现为本质并不坏的人在权力面前的逐渐异化。《秋风庭院》中的关隐达原本是一个心地善良、灵魂纯洁的青年，当上县长之后，因为权力被架空后的处处受限，权力欲望被激起，从而使用近乎卑鄙的“告密”方式赢得上级的认可从而打败对手，但这种方式却让他自己觉得灵

[1] [法]皮埃尔·布尔迪厄：《男性统治》，刘晖译，海天出版社，2002，第155页。

[2] [法]让·雅克·卢梭：《社会契约论》，戴光年译，武汉出版社，2015，第6页。

[3] 蔡梅娟、张灿贤：《现实的解析与人性的透视——新官场小说的审美特征》，载《淄博学院学报》(社会科学版)2001年6月第17卷第2期。

魂受了玷污；《羊的门》里呼国庆在得到呼天成的恩惠后一直抱着一种“亏欠”感，他深深感到给予和索取永远不是在一个层次上的，给予包含着一种施舍的意味和一种居高临下的姿态，被恩赐感一直在折磨着他；《绝对权力》中女市长赵芬芳对权力的欲望几乎达到一种癫狂的状态，她一步步陷下去，人性中善良的东西一点点变成了疯狂和歇斯底里，最后精神崩溃而自杀；《跑官》中郭明瑞跑官的每一步对他来说简直是一种精神的折磨、灵魂的煎熬。作为文学形象，这些灵魂扭曲者的价值在于其内心的复杂、性格的扭曲得到了细腻的刻画和揭示，更在于官场小说通过这些形象展现了权力具有的压迫性和腐蚀性。

奴化比人性的扭曲更为可怕、危险，“由于官文化的长期影响，人们已经丧失了主体意识，沦为了权力、金钱和制度的奴隶”[1]，官场小说作品中对此有着揭示和批判。奴化一词，除了说明人本身具有贪婪属性外，也说明社会环境中存在一种变异了的思维，或者说传统的奴化意识在抬头。《国家干部》的齐晓昶、汪思继，《国画》的皮市长，《大雪无痕》的冯祥龙，《人间正道》的肖道清都是这种奴性人物。在权力者面前，他们迷信、崇拜，没有任何的主见；在金钱面前，他们自私自利、唯利是图，让金钱、名利牵着鼻子走；在制度面前，他们绝对服从，不敢有丝毫的个人意见，已然成了权力的奴隶，至于人性之善，

---

[1] 杜荔红：《“官文化”浅析》，载《理论导刊》2003年第8期。

已荡然无存。

官场小说揭示了在追求权力过程中人性的异化、奴化。表面上看是欲望和人性的角逐，是欲望吞噬了人性，但问题的实质是社会环境和政治体制的不健全导致了权力的消极性作用。

二、现代政治与清官情结

1990年代以来的文学活动不得不面对社会中发生的种种变化，在社会转型时期，原有的价值、观念都有待整合、重估，现代政治观念的提出恰逢其时。现代政治与传统官文化之间不仅在组织形式上有着区别，更在政治伦理方面构成了紧张的内在冲突。但官场小说中不时流露出的清官情结，却反映出了传统官文化在现实的政治操作中较现代政治理念更具有强势地位。

现代政治学关注的问题是“政府和公民应当做什么，不应当做什么”，重点在于“政府应当做什么，不应当做什么”。学者任剑涛提出，现代政治文明可以概括为一种从制定良法（good law）出发，借重良制（good institution）手段达到良序（good order society）状态的文明形态。良法是指好的法律，用来约束政治生活和安顿社会心理的安全需求；良制指的是好的制度，引导社会生活有序化；良序社会是目标，在于公共生活能得到保证、公共秩序能得到维护。[1]

政治实践要求对政治价值、制度设计、观念形态和治理技术重新厘清。现代政治要求民主和法治，也要求行政效率。如何完成政治从暴力统治到理性权力的飞跃，如何实现政府从统治者到管理者角色的转变，又如何分享权力和利益，是现代政治需要面对和解决的问题。官场小说没有回避这些问题，普遍关注了经济、政治、社会等领域出现的矛盾，对反常事物也有着讽刺和揭露。但与对权力现象有力的批判相比，多数官场小说作品对现代社会问题的处理缺乏有效的思考，虽然意识到了现代政治语境的存在，但没能对政治权力进行足够、有力和深刻的反思，也没能表明深化权力体制改革的必要性。

在对此做出回应和反思的不多的作品中，阎真的《沧浪之水》和李佩甫的《羊的门》是较优秀的两部。《沧浪之水》中没有一个人物具有绝对的正面性或反面性，他们都在生活的泥淖中精心算计、苦苦挣扎。作者没有刻意、天真地塑造一种代表正义、象征光明的力量，没有浪漫地描写一种英雄主义的彻底反抗，同时也拒绝提供廉价的希望，凸显了一种意义的真空。然而，池大为这个有着强烈自省意识的“忏悔的贵族”却在做着超越的努力，他的出现和存在是一种问题和意义被消解的象征，也是反思的开始。《羊的门》“把历史与现实有机地交汇在

[1] 任剑涛:《从良法、良制到良序——现代政治文明的基本视角》，载《江海学刊》2004年第4期。

一起，在两者的相互关系中展开对中国社会严厉的政治和文化批判，从而表现了作者的深广忧愤”[1]。

但诸多的官场小说依然通过传统方式，凭借一个或者几个清官近似执拗的努力来解决问题。清官在古代被称为清吏、廉吏，指“操守上的清白，然后附会出品行方正、大公无私、清苦朴素、不贪污……强调的只是为官者的品德”[2]。清官政治的提倡实质上表明当代中国政治与法制还具有浓厚的传统色彩，尤其在经济开始市场化时，各种现代化因素因中国传统文化的底色更显得光怪陆离，“人的现代化尚没有完成……而现代化的外衣下，又难免露出封建的小来”[3]。清官情结尤其体现在官场小说对腐败现象的处理中，凭借的往往不是制度的力量，而是某一个人或者某一群人同另外一群人斗争，最后因为“上边儿”[4]的干涉，腐败问题才得以处理。“几乎没有一部作品突出了法治精神，表现深化体制改革的必要性，没有刺中产生腐败问题的死穴，即使像试图宣扬法制理念的作品《大法官》，一个个贪官也是在上级权力部门的干预下才走进法庭接受审判的”[5]，这种现象

---

[1] 胡焕龙：《沉痛的历史与文化反思——读李佩甫长篇小说〈羊的门〉》，载《淮南师范学院学报》2002年第4期。

[2] 端木赐香：《中国传统文化的陷阱》，长征出版社，2005，第108页。

[3] 同上，前言。

[4] “上边儿”在官场小说中是一个有特殊意味的词语，它似乎比制度甚至法律更管用，往往在最关键的时候出现，力挽狂澜，在日常政治运作中，也决定了一个人能否升迁。

[5] 康长福：《喧嚣的背后：近年来官场小说创作透视》，载《齐鲁学刊》2004年第3期。

道出了事实的真相与清官意识的尴尬。

以张平的《国家干部》和陆天明的《省委书记》为例进行分析。《国家干部》展现的是一个县级市两会召开之前政府机构中的人事冲突，副市长夏中民具有坚定的理想信念，勤政爱民、不贪不占，不同流合污，不用权力和原则作交易，不屑于种种经营权力的“权谋”手段，以至于他的对手想抓他的“把柄”都无处可抓，只好别有用心地栽赃陷害。他身在官场，却坚决抵制“官场”之“场”，不顾各式各样的潜规则，以至于成为官僚们的眼中钉。这是一个典型意义上的清官，品德高尚，为民请命，同汪思继、刘石贝等人展开殊死政治搏斗，但结果怎么样呢？他赢得了民意，却输掉了官场，最后解决问题的还是上边儿的省委书记。整部小说就像一个寓言，真实而又虚幻，当政治运作依靠个人的是否善良、品德是否高尚，那深层的问题只能被遮蔽。

《省委书记》中“大山子”矿物局是特大型国有企业，投入了几十个亿，结果除修了几条路和架了几根高压电线之外，没有任何成就。省委副书记宋海峰请缨到大山子市政府兼职，目的是不让马扬揭开大山子的黑洞。而马杨是一个和夏中民有着同样优点的清官，他冒着生命危险同腐败分子进行抗争，并积极探索国企改革路径，抛出“破船论”，经过种种艰难，最后还是省委书记出面，侵吞国有资产一案才结束侦查，宋海峰才被双规。

这两部小说作品在处理人物时流露出了一种清官情结，塑造出了略显虚假的形象，其中夏中民和马杨就是代表，他们在道德方面无可挑剔，一心为民、疾恶如仇、铁肩担道义。但这恰恰折射出一个问题，作者是把他们当作清官形象来刻画的。而“清官政治毕竟只是国家管理的一种低级形式，它更多的是依附于当权者的个人品质、情绪和契机，带有很大的主观性和随意性，本质上仍然是人治”[1]，清官政治不是现代政治本该具有的东西，人治和法治本质上是构成冲突的，从这个意义上讲，清官政治的存在和被民众认可反映出来的是“……新的强有力的制衡机制尚未建立,有限政府的框架尚未勾勒出来”[2]。无限政府没有向有限政府实现转变，制衡机制（不仅仅是监督）也还没有完全建立。在这种情况下弘扬清官意识和清官政治，显然是官场小说失败的地方。

两部作品分别通过夏中民、马杨与对手的斗争过程展示了官场政治领域出现的许多问题，然而作者似乎没有能力在揭示问题的同时去思索怎样建构合理的政治体制，只是把腐败、行政效率低下等问题具体化、人为化，或者语重心长地发出一些权力需要监督的无力的声音。张平自己也说：“在目前有效的制约机制尚不健全的情况下，干部个人的修养和品质如何，确实

[1] 张存凯：《20世纪90年代官场小说三题》，载《晋中学院学报》2005年8月。

[2] 朱义禄：《清官情结与当代中国政治文化心理》，载《探索与争鸣》2001年10月。

在起着决定的作用。”[1]官场小说在怎样建设良法、建立良制、完成良序方面的思考明显准备不足，清官政治的弘扬也显得像是在逃避问题。现代政治体制是经济和社会现代化的必然要求，官场小说在现代政治建构方面有限的探索和弘扬的清官意识，实在是把错了脉，下错了药。

如果说官场小说在塑造贪官形象时有着扁平化的倾向，那官场小说作品在描写从政的知识分子、权力场中的女性、退幕前后的政治老人等形象却有着不俗的表现，把他们在转换身份时表现出的心理焦虑和复杂的人性刻画得颇为生动，堪称其艺术上的亮点。

三、政、道间的知识分子

中国知识分子的从政情结与古代精神传统和“五四”精神传统有关。古代传统着重“两个方面：一是天下千秋的情怀，对国家对社会的关注承担；二是威武不屈贫贱不移的人格精神和对人生意义的超越性体验和追求”[2]。五四精神传统却重在反思、批判和启蒙。知识分子面临的选择无非两种：或学得权与术，货与帝王家；或远离权与术，采菊东篱下。

---

[1] 张平：《我写〈抉择〉》，载《人民论坛》2000年第9期。

[2] 汤晨光：《士人精神的时代性陷落——论阎真〈沧浪之水〉》，载《南方文坛》2003年6月。

知识分子题材是新时期当代文学的一个重要内容。1980年代的“伤痕文学”“反思文学”等文学思潮中，作品中的知识分子形象延续了传统知识分子的特点，他们“以崇高的社会使命感与责任感对关乎国家、民族的重大问题进行了反省和深思，使整个文坛激荡着一种崇高的诗意情怀”[1]。此类文本多表现知识分子受到社会不公对待的悲剧性命运。到1990年代，随着社会开始进入转型期，知识分子的精英姿态、启蒙意识面临着一种普遍的困境，有研究者称之为“孔子之死”，即知识分子的精神死亡。[2]学者许纪霖在一篇题为《90年代知识分子的三大挑战》的文章中谈到了这个问题。[3]他认为，知识分子群体开始“分解”为权力型、市场型和人文思想型三种类型。[4]所谓权力型指的是知识分子去参政，市场型知识分子靠科研成就和学术成果

[1] 赵霞：《精神的迷失与消隐——试论新时期文学中的知识分子形象》，载《克山师专学报》2003年第4期。

[2] 邢小利：《九十年代知识分子的现实境遇与精神状况》，载《宝鸡文理学院学报》（社科版）2002年6月。

[3] 参见许纪霖：《90年代知识分子的三大挑战》，《新世纪的思想地图》，天津人民出版社，2002，第25页。许纪霖认为，知识分子在1990年代面对着三种挑战，首先是知识分子公共性的丧失，表现为学术自觉性开始升起，人文关怀面临缺乏；其次是知识分子由政治边缘化到社会意义彻底边缘化，原因在于社会的经济中心；第三是“后现代”的崛起，知识分子赖以存在的元话语被后现代多元、破碎的语境取代，知识分子面临精神死亡。

[4] 知识分子群体的分解，其中有少数一部分人依然坚守着文化精英的阵地，苦苦追寻着一些关乎宇宙和人类命运的真理，直面社会，但大部分人消除了自己的文化立场，反映在1990年代文学叙事文本中，就是他们作为“启蒙者”“代言人”的传统角色被一一消解，最早适应这一种潮流的是新写实主义小说。

转换成市场效益，而人文知识分子是坚守精英立场者。

政治游戏规则与知识分子精神传统的内在冲突，也就是政与道的抗衡。权力型知识分子在官场小说中通常是先经历了政、道的分离，而后经过调整达到政、道合一，最后实质上是政压倒了道。调整的过程是艰难的，为政还是为道，做一个政客还是一个知识分子，选择一种身份意味着放弃另外一种，身份焦虑不可避免，在完成角色转换的过程中，他们经历了巨大的心理冲突和人格渐变。

《沧浪之水》描写了知识分子池大为与传统观念、世俗势力作斗争的过程。他秉承了中国传统知识分子心忧天下的人生态度，接受了民重君轻、重天下而轻个人的价值观念，他坚持正义痛恨腐败，敢于仗义执言，蔑视奴颜媚骨。然而，他毕竟生活在一个官本位、权力重于一切的具体社会环境中，几乎所有人都围绕权力核心作向心运动，在经历了诸多的挫折打击后，知识分子精神带给他的是痛苦和迷茫，最后他选择了向权力投降。投降前，“池大为思想上是清醒的，人是什么，怎样为人，他很清楚，而生活中是迷茫的，因为现实没有给他提供展示理想的空间，他不知道如何迈步；投降之后，他行动上是清醒的，做什么和怎么做，他都很清醒，而精神上却是迷茫的”[1]。他不断地通过“背叛”，甚至出卖灵魂，向政治权力渗透。他的投降

[1] 邢小利：《九十年代知识分子的现实境遇与精神状况》。

是一种精神和意志上的投降，是向自己人生观和价值观的告别，投降后的他最终得到了权力。但他“是不是有些过了”的自问，则是知识分子潜在精神的发问。

王跃文《西洲月》中关隐达的境况同样如此。关隐达是个有着良知却又深陷权力包围的知识分子。他精通诗词书画，有着典型的文人心态，为此得到市委领导陶凡的提拔，担任他的秘书，但是陶凡退休后，他也因此被调去了穷县城，权力被架空，开始在痛苦中使用卑鄙的手段夺回了权力。特殊环境和他内心深处积淀的文人气质，推动着他在文人情怀与官场规则之间不断地求索与徘徊，忍受着精神折磨和价值观分裂的痛苦，自觉不自觉地在权力场中延续着良知与道义的薪火。

陆天明的《大雪无痕》中，周密是个表面坚强但内心懦弱、自卑的高级知识分子，身为经济学教授的他曾有过巨大抱负，要为百姓谋一番福祉，然而面对权力、金钱的诱惑以及情感的渴求，他坚持的信念和原则渐渐动摇，开始玩弄权术贪污受贿，逐渐滑入了不法的深渊，结果因为残存的知识分子性格，接受不了被当替罪羊的命运，终于开枪杀人。晋原平的《权力场》、汪宛夫的《机关滋味》等作品都写到了知识分子从抵抗到迷惘到退守再到蜕变的心路历程。

官场小说关于知识分子进入权力场的书写，是现代社会环境下一种极富意味的象征。作者对他们的蜕变没有持简单的、机械的批判态度，而是给予了同情、理解和反思。知识分子独立和入仕两者间的强烈冲突不可避免地使他们在转换身份时充满了焦灼、不安和苦闷。知识分子传统与现实政治历来就有着难解的矛盾，作为先是知识分子后是官员的他们，身份转变显示出来的焦虑是留恋知识分子精神与向往现实权力的调和物，在角色转换的过程中，他们一直都要面对政与道的矛盾和叩问。这些人物显然有着典型性，即当下的知识分子面对精神困境时如何作出合适的社会选择。有学者称“小说的主人公作为知识分子主体的投射是否在文化现实中死去或破败，这已无关紧要，重要的是他在欲望的倾诉和满足中得以确认”[1],这种说法有欠妥当，官场小说中知识分子角色存在的意义，恰恰是他们作为知识分子主体投射在文化现实中的精神死亡，显示了理想与现实的距离和知识分子精神的困境，官场小说中对这种精神困境的书写很好地表现了社会现实的变化与坚守精神传统之间分裂的状态。

四、权力场中的女性

女性一旦进入权力圈，便不是一般传统意义上的女人，其社会角色开始发生变化。她们的性格和情感及作为女性所特有

[1] 张存凯:《20世纪90年代官场小说三题》。

的东西在权力的倾轧下遭受了前所未有的冲击。官场小说中的女性可以笼统分为三种类型：首先是男性化了的权力奴隶，女性性别符号呈模糊乃至消失的形态，她们是和男性一样角逐在权力场的人，几乎是被男性化了的，权力对她们来说是生活的中心。如《绝对权力》中的赵芬芳，权力欲望旺盛，极为擅长权术斗争，从追逐权力的角度来说，她的女性身份几乎完全被遮蔽。范小青的小说《女同志》中有这样一段话：

凶悍的女人，权力欲望太强的女人，脸整天拉着沉着，时间长了，五官都往下挂，你照照你自己吧，从前那个靓丽光明的万丽到哪里去了？！女人的美是由内而外的，一个权力欲太强的女人，即使给人看到的是她光彩照人的一面，但谁会相信这种假象？卸了妆以后自己再看自己，内心的焦虑、欲望、不满足，贪得无厌就全暴露出来了。[1]

虽然这段话并不是用来形容赵芬芳的，但是用在女性权力奴隶身上特别合适，从她们性别身份的消失来看，反映出的是权力极强的腐蚀性，或者说，权力将人变成了演员。

第二类是权力场中的女性配角，她们首先还是女人，性别身份特征依然比较明显，但她们在权力场也面对权力之争。如

[1] 范小青：《女同志》，春风文艺出版社，2005，第427页。

范小青的《女同志》中的万丽们：

> 这些官场的女人，在官场严酷的竞争中生存、发展，都有着非同一般的生存智慧和生存手段，她们各怀心腹事，她们互相警惕，互相嫉妒，互相倾轧，但在不存在利害关系的情况下，她们又能互相欣赏，互相有着或深或浅的友谊和怜悯。她们是女人，是一群要强的、要求"进步"的女人，一群灵魂撕裂的女人，异化的蜕变的女人。[1]

她们除了要做官，还要做妻子、母亲，既渴望丰足的物质生活，也有着各种生活烦恼，是特别真实的一群女人。但是因为权力因素的存在，以及性别身份的尚存，她们也是最痛苦的女人，社会赋予女性的责任她们需要承担，政治前途她们也需要顾及。她们的存在并不具有独立的意味，"女人本人也承认，这个世界就其整体而言是男性的，塑造它、统治它、至今在支配它的仍是些男人"[2]。

这就是权力场中的女人所要面对的问题，波伏娃说："她们在同一时间里既属于男性世界，又属于向其挑战的领域；她们被关在这个世界，又被另一个世界包围着，所以她们在任何地

---

[1] 韩春燕：《解读〈女同志〉中的女性风景》，载《辽宁工程技术大学学报》（社会科学版）2005年11月第7卷第6期。

[2] ［法］西蒙娜·德·波伏娃：《第二性》（第二部），陶铁柱译，中国书籍出版社，1998，第674页。

方都不得安生。她们的温顺必须永远和拒绝相伴，她们的拒绝又必须永远和接受相伴。”[1]在权力场,她们也只是为男人所拨动的一颗颗棋子，独立的身份意识从根本上说还是给消解了。一个权力场的女人在政治机器的盘转下，需要承受和男性一样多的压力，这才是真正的悲哀。官场小说对这些权力女性的书写，注重他们女性身份逐渐退化来的精神焦虑，没有简单地符号化，使得文本有了更深的内涵。

官场小说中还有一大群女性角色，她们与权力无关，与政治无关，只是权力场中男性官员的附属品，她们的存在似乎就是为了体现男性拥有权力后的成功感，而她们本身并不是权力的宠儿。她们更多地作为欲望化了的符号被男性作者和男性文本想象和书写，这种女性叙事成为官场小说集体叙事的一个道具，女性身体被充分展示，成为消费时代的点心，随处可见的是情人、三陪女、按摩女甚至妓女，她们没有独立的存在意义，甚至面容模糊，只是作为男人的关系对象而存在。周梅森的《国家公诉》里失业后做廉价皮肉生意的中年女职工汤美丽；阎真的《沧浪之水》里助池大为完成投降权力的四个女人；王跃文的《国画》中朱怀镜的情人梅玉琴；曹征路的《反贪指南》中肖建国的情人何娴；还有书中那些各种大酒店、娱乐城里的三陪小姐们，更只是一个个被男性欲望化了的发泄情欲的对象。

---

[1] ［法］西蒙娜·德·波伏娃:《第二性》(第二部)，陶铁柱译，第674页。

这些女人在书中留下的只有情人、妓女、三陪小姐的种种身份，而作者似乎在意的也就是这些身份，这虽然在一定程度上展示了当下女性生存的艰难状态，但更多地只是成为作者完成他们主题叙事的工具，“男性写作不断丰富某种阴险莫测、歇斯底里、欲壑难填的女性形象……用以有效地移植自身所承受的创伤体验与社会焦虑”[1]。在官场小说的女性叙事中，最后完成的只是作者书写自身创伤体验与社会焦虑的愿望，留下的则是一大堆面目模糊的仅剩种种与性相关的女性形象，这不能不说是官场小说在女性叙事上的瑕疵。

五、退幕前后的政治老人

官场小说作品中，有着这样一些政治老人，他们即将退休或者已经退休，然而他们往往还是某一政府部门的实际掌权者，如《国家干部》里的陈志祥、刘石贝，《秋风庭院》里的陶凡，《省委书记》里的潘祥民、贡开宸等。就人物形象的生动性和真实性来说，陶凡和刘石贝塑造得最为成功。

中篇小说《秋风庭院》揭开了王跃文官场小说创作的序幕，小说将一位离休地委书记的失落、孤寂描绘得淋漓尽致，营造出了一幅凝重的黄昏图景，这显露了作家对官场游戏规则和官

[1] 戴锦华：《世纪之门》，社会科学文献出版社，1998，导言第2页。

场百态精微体察、传神勾画的本领。在《朝夕之间》里，陶凡原是地委书记，懂书法、国画，在《秋风庭院》中，他已经退休，这是一个有着政治良知和作为的政治家。小说按照事件发展的原有时序来串联材料，让作品中的故事时间完全服从于推动戏剧性冲突的需要，把迷失于权力斗争的官员们的微妙心态和处世规则写得极为细致。书中写到陶凡退下来之后又习惯性地去了办公室，引发了一系列心理尴尬，只好借口说来拿书法拓本；由于不习惯带家里的钥匙，回到家后，发现忘记了带钥匙，又不好意思再回办公室去给夫人打电话，就在院子里的寒风中吹了两个多小时；病了之后考虑到各方面的原因不敢声张，唯恐让人认为是在闹情绪，无奈之中几乎是偷偷摸摸地到女儿家去养病，又在告诉哪些人、怎么个说法等非常微小的环节上进行极其周密的安排。小说正是从这些看上去微不足道的日常细节中，“向人们展示了那个看不见权力的阴影，对人与人的关系，以及对人的日常行为和心理，制约得是多么牢固和深远”[1]。《朝夕之间》里这个沉稳的政治权威，大半生都处于权力的中央，一旦离开，等于从身上抽走了一部分灵魂，从权力核心到平民百姓角色的转换令他非常落寞和尴尬。

在《国家干部》里面，刘石贝同陶凡不一样，他从一线退下来后，依然担任着市里最大的开发区主任，是一个相当老辣

[1] 郝雨：《展现官场中人的灵魂走向与轨迹——谈近年反腐小说的人物塑造问题》，载《理论与创作》2002年第12期。

的政治家，政治斗争性极高，想方设法的不是为国家做好事，而是为绊倒别人提升自己而斗争，对权力的洞悉与权术的熟练，使他成为此类形象的典型。书中有一段他关于干部人选的话，其性格跃然纸上。

> 现在关键的问题不是谁当书记，谁当市长，而是夏中民必须离开峪江！你竟然要让夏中民直接当书记！这样的话你再也别跟任何人说了，第一，根本不可能，第二，绝对不可能……我就只给你说一个原因，那就是峪江的书记跟贡城区的书记完全是两码事，峪江的市委书记是副厅级，副厅级是省管干部，那是要上省委常委会研究决定的，是要省委组织部直接进行考察的，而正处级只需市委通过，省委备案就可以了。离党代会人代会就剩下几天了，你竟然要让一个副处级干部直接当副厅级的市委书记，那可能吗？还有一句话我还得给你说一遍，要是省委领导真的支持夏中民，他还能等到今天才当了一个市长候选人？再退一步，就算省委同意了，那夏中民还有两关绝对过不了，一个是考察，一个是党代会！考察肯定过不了关，选举也一样要出问题！[1]

---

[1] 张平：《国家干部》，第446页。

从这段话中，我们可以看出刘石贝具有极为丰富的政治经验和相当老辣的谈判技巧，在对话中抓住对方的弱点轻易就取得了主动地位。他为了把汪思继拉进他的阵营，利用他想当市委书记的欲望，给他灌输政治伎俩，为他出谋划策，加以摆布，从而遥控全局。

> 要上纲上线，一旦你把问题提到反党反社会主义的高度，还有什么人敢反驳你？记住，不论在任何情况下，都要把自己摆在组织的位置上。你是站在组织的立场上，你是在为组织说话。你要以组织的名义达到你的目的！我干了几十年了，这一招屡试不爽，所向披靡，是一条颠扑不破的真理，灵验得很！你一定要把它用起来。只要他是组织里的人，在这一条面前，全都不堪一击……在中国，还没有什么人敢轻易否定组织行为！只要成为组织行为，它就可以横扫天下，无可阻挡。一句话，你一定要学会如何利用组织的名义为你说话，利用组织的名义来为你撑腰，利用组织的名义来完成别人完不成的事情。[1]

就是这样一个政治人物，政治思想可谓肮脏，官场伎俩却甚为高超，善于利用组织达到个人目的，倘若不是私生子杨肖

[1] 张平:《国家干部》，第343页。

贵故意拆台，他依然会是市里的一号人物。虽然他已经退休，但是他却通过种种方式让自己的个人意志渗透到政府中去，最后影响政府的正常决策。这些政治老人的言行反映出了我们社会肌体上还残留着官文化的糟粕。

在官场小说对权力的阐述中，我们可以发现中国传统官文化的许多因素仍然在发生作用，无论是权力、权术还是欲望、人性抑或身份焦虑，都不同程度地烙上了官文化的印记。

六、文本个案:《西州月》

王跃文以其作品对官场密码深刻的洞悉，对权力场中人性异化细致入微的体察，对腐败现象的无情揭示与批判，奠定了他在官场小说中领军人物的地位。他先后出版了《国画》《梅次故事》《官场春秋》《西州月》等长篇小说，以及《朝夕之间》《仕途》《人命关天》等中短篇小说，其中尤以《国画》影响最大。考虑到作者其他的作品被研究得较多，这里选择小说集《西州月》进行文本解读。

《西州月》是作者把《朝夕之间》《秋风庭院》《今夕何夕》《夜郎西》《夏秋冬》《结局或开始》六个中篇小说编辑而成的。虽然如此，但小说的内在气脉、情节铺陈、人物呼应等方面因为题材、内容的相互关联却显得浑然天成。《西州月》以关隐达开始给陶凡当秘书，然后辗转去各县任职，回来任市教委主任，到最后当上市长的从政经历为基本线索，以细腻的笔法描述官场中的人和事，塑造了关隐达、孟维周、王洪亮等性格鲜明、血肉丰满的人物形象，展现了纷繁、复杂甚至黑暗的政治生活中隐含的官文化。小说基本延续了王跃文一贯的写作风格，就是着重表现一种复杂的权力利益关系和个人在追求权力过程中性格的渐变。

作者在创作后记中谈到官文化时这样说："一种如影随形地潜伏在官场主流文化（儒家文化）之下的现实逻辑和实用规则……是真正左右官场和官人的秘笈……我喜欢跑到后台看别人怎么操纵。糟糕的是我每次跑到后台看看，见到的总是那些伎俩，大不了只是换换演员或道具而已。"[1]作者显然把他的理解倾注进了小说，文本中复杂的权力关系表现为陶凡、张兆林、孟维周、关隐达等人在追求、维持权力过程中彼此间紧张而微妙的关系，看上去似乎没有明争，背地里却始终在暗斗。陶凡显得大气、从容，张兆林表面不动声色实则暗藏机锋，孟维周年纪虽轻城府却很深，关隐达诚实、磊落。虽然作者并没有用惊心动魄、大起大落的腐败情节来显示权力的消极影响，但在其日常生活流式的平稳叙述中，我们还是可以看出权力占据了他们生活的重心，抑或者，权力就是他们的生活。

作者以反讽的笔调描写了孟维周的所作所为，这个形象隐

---

[1] 王跃文：《没有结局》，载《中篇小说选刊》2002年5月。

含了作者对权力、权术的思考。孟维周之所以参加工作仅仅三年就提了正科级，是因为在他姨父的悉心教导下，他极为熟练地把握了官场规则，该说、做什么，什么时候说、做，怎么说、做，都拿捏得极有分寸。在他的人生哲学里，他把一些并不合乎君子之道的手段理解为必要的领导艺术，并认为政治家的诚实等于愚蠢，善良等于软弱。他以最快的速度融入官场，依靠玩弄权术、溜须拍马最终一路高升、畅通无阻，从县委书记到市委书记只用了短短四年，为此有人说："都说谁谁爬得快，人家孟书记可不是爬，而是在飞。"[1]他可以出卖朋友，可以把昨天的座上宾转眼就置于死地，显露出一种政客独有的成熟和冷酷。书中有个小细节就透露出他的心机，市委书记的司机马师傅担心自己被别人取代，托孟维周帮忙说话，孟知道纯属谣传，却要了一个小手段，将原本不太服他的马师傅治得服服帖帖。

> 孟维周的算盘是：马师傅如果不知道事情早已定下来了，他就说去做做工作；如果马师傅知道已平安无事了，就说他同张书记讲过这事。不管怎么说，都要是一种轻描淡写的表情。这会儿他心里有了底，更加卖起关子来："马师傅，这事我本来不应同你本人讲的，这是违背原则的。

[1] 王跃文:《西州月》，长江文艺出版社，2006，第259页。

不过反正你自己也知道了。详细情况我不讲，你听见了怎么个情况就算怎么个情况。我建议你自己也不要去打听，也不要去活动，那样反而不好。我可以做做工作，相信不会随便动你的。”[1]

从中就可见孟维周的心机有多重了，结果自然是没有事情。但因为孟维周的欲擒故纵，马师傅“已从内心把小孟当做自己的领导了。自此,马师傅对孟维周敬服有加,言听计从”[2]。一件本来就不存在的事情，竟然被孟维周演绎得一波三折，“事情看上去越是周折曲拐，越说明孟维周做的工作难度大，马师傅便越心怀感激。这件事多年以后都让孟维周暗自得意，他发现自己搞政治原来天赋不浅”[3],不能不说孟维周的人事伎俩运用得异常熟练，就是凭着这样的手段在仕途上他才一帆风顺，而这些伎俩又何尝不是官文化的体现?

小说以更多的笔墨写到了权力型知识分子关隐达，虽然他在官场摸爬滚打数载，却始终难以摆脱中国传统文人的精神和气质。初涉官场的他并不顺利，直到当了市委书记陶凡的秘书后才逐渐进入轨道，凭着出众的才干、高洁的人品以及与陶凡相近的爱好，不但获得了陶凡的认可，也赢得了他女儿的爱情，

[1] 王跃文:《西州月》, 第103页。

[2] 同上，第104页。

[3] 同上，第105页。

被提拔为县委副书记。正以为可以步步高升时，却因为岳父陶凡退休在各个县被调来调去折腾了八年。为了改变沉浮、徘徊的局面，他通过告密获得了地委书记的信任，才被任命为县委书记。然而由于地委领导的变动，他又离开了这个还没有坐热的位子，调任地区教委主任，一坐又是六年，最后却意外地当选为市长。在关隐达十五六年的从政经历中，他见识了各种诡异的权术，却并没有深陷其中，对于自己仅有的一次告密行为，关隐达有着自己的想法。

> 我这么做，在常人看来，的确有些滑头，甚至卑鄙。但官场上的事情，你不能简单地用道德标准来评判。我要摆脱窘境，不这样又能如何？这只能说是策略，当然你说是权术也无妨。……你是知道的，我在官场这么多年，算是正派的。我近来反省自己，我也许吃亏就吃在正派。别人弄手脚你不弄，就是一种不公平竞争。当然我不是说今后我就要弄尽手脚，做尽小人。这次我向宋秋山告了密，我也不认为这是在做小人。我怎么不希望，大家都做谦谦君子？你好好工作，有德有才，领导就赏识你，就委你以重任。这样多好！可是搞政治不是拜菩萨，只要有好的愿望就行了。恰恰相反，现在你越是按照正常的思维去为人处世，你越会处处碰壁。你大可以埋怨世道不行了，人们都邪门了。可现实就是现实。你得在现实的基础上想问题，

办事情。再正派的人，你要在官场有所作为，想真正为老百姓做些事情，也先得好好地保住自己的位置……[1]

关隐达的这段话道出了官场升迁制度存在的许多问题，也让我们看到了无法彻底抛弃知识分子精神传统的他在官场规则面前的郁闷和无奈。他身不由已地去追逐权力，但当关隐达每每被官场纷争搅得疲惫不堪、心生厌倦时，他身上的知识分子气质时常闪现。

能回家乡多好！他又想起了家乡那片田野。小时候，每年夏天，田野里总是落满了白鹭。白鹭安闲而优雅，在那里从容觅食，或者东张西望。他那会儿真有些傻气，总想同那些白鹭一块儿玩。他便悄悄地跑到田垄里去。可白鹭见他走近了，就扑扑地飞了。白鹭不会飞远，就在另一个田埂上又落了下来。他便又小心地走过去。白鹭就这么同他捉着迷藏，他便愣头愣脑，顶着炎炎烈日，做着不醒的梦，晒得黝黑发亮。但是，当他离开家乡时，夏日的田野早没有白鹭了。[2]

这是一个典型的有着传统知识分子良知的人，他内心深处

[1] 王跃文:《西州月》，第219—220页。
[2] 同上，第221页。

潜存的人文情怀与冷冰冰的官场规则构成的冲突时常折磨着他，影响着他，他无法做到像孟维周那样轻易、迅速地遗弃自己身上的这些品质，这也注定了他无法像孟维周那样在官场如鱼得水、平步青云。当大学生诗人龙飞来给他当秘书时，他心里想到的是又一个诗人死了。作者怀着一种温和、同情的情感塑造着这个人物。

对于小说中关隐达意外当上市长的光明结局，作者这样说："我在关隐达身上寄予颇多……这是一个叫我心头隐隐作痛的人物，就像自己的兄弟，我期盼着他仕途顺畅，然而心里早就知道他的官场命运不会太好。可我最后还是让他有了个看似不错的结局，他意外地被人民代表推上市长位置。我不惜破坏真实逻辑……固执地用所谓艺术真实的经典教义安慰自己，硬着头皮如此写了。我祈望这不仅仅只是艺术真实。"[1]按照真实的生活逻辑，关隐达这个"看似不错的结局"在现实中是不太可能发生的，但是不能因为残酷血腥的现实就放弃希望，或许这就是作者的寄托。

虽然王跃文的小说在塑造人物形象、关注人性方面取得了一定的突破，在新时代背景下把官场小说创作提升了一个高度。然而，正如一个研究者提到的："王跃文并没有达到他所说的'批判现实主义'的高度，他已经沉醉于他自己营造的官场文化

[1] 王跃文:《没法结局的故事》，http://blog.sina.com.cn/u/55f402f6010007ju。

当中去了……如果他能够及时清醒，将人性揭示与社会现状相联系，做出更深层次的哲学思考，继续深挖下去，他无疑会取得新的创作成就。”[1]除了展现官场众像外，小说对权力体制的质疑和反思显得较为单薄。作者虽然对关隐达的尴尬处境表示了同情，也营造了一种悲天悯人的氛围，但是作者并没有在文本中提出自己对权力体制改革的期望，他确实承认沉迷于自己建造的官场世界。虽然关隐达最后在人民的呼声中当上市长算是一个光明结局，但这种结局何尝不是一种廉价的安慰和精神上的抚慰？实际上，这样的结局反倒削弱了作品的批判意味和艺术价值。

写于2007年4月

[1] 王明道：《略论王跃文“官场”小说的传承与突破》，载《运城学院学报》2003年12月第6期。

官场小说的文学性考察

对于如何评价官场小说的文学性，评论界一直以来有着不小的争议，批评的意见认为其题材过于局限在官场权力斗争和反腐败戏剧性情节，“形成了程式化的叙事模式和类型化的情感处理方式”[1]；肯定的意见认为官场小说以现实主义的手法再现了生活中的典型环境和塑造了众多的典型人物。现有的研究更多地倾向于官场小说的外围，如社会学研究，而对其一般的文学特征关注得并不够。作为研究的一部分，官场小说的文学性研究应该得到足够的重视，这对于思考官场小说如何做到社会性和文学性的统一是有意义的。

何谓文学性？王纪人先生认为：“事实上文学性的概念尚需进一步界定，它不是剥离了非文学因素后的剩余物，也不仅仅

---

[1] 温凤霞：《试论“官场小说”的程式化和类型化》，载《理论学刊》2006年第5期。

是技巧或形式……”[1]因为“在对‘文学性’的种种领悟和理会中，‘形象性’、‘情感性’、‘审美性’、‘符号性’是其中影响最大的几种。直到今天，它们仍然是我们领悟和理会‘文学性’最为重要的着眼点”[2]，同时文学性也“存在于话语从表达、叙述、描写、意象、象征、结构、功能以及审美处理等方面的普遍升华之中,存在于形象思维之中”[3]。作为研究官场小说性的理论支柱，对文学性这一概念的界定，借鉴所引论述，本文将从形象性、情感性及叙事、结构等具体写作技巧对官场小说的文学性进行考察和探讨。

一、官场小说的现实主义风格

官场小说多通过描写社会环境和塑造典型人物形象来干预生活，所谓“形象性”是指文学“用形象来认识世界的基本性质”[4],形象不仅仅指人物,也包括文本中具体的社会环境。就塑造形象性而言，现实主义显然是颇为有效的一种方法。匈牙利学者卢卡契认为，真实客观地再现社会现实是现实主义最根本

---

[1] 王纪人:《关于20世纪中国文学史观——兼论“文学性”与“非文学性”》，载《学海》2002年1月。

[2] 曹顺庆、支宇:《重释文学性——论文学性与文学理论的悖谬处境》，载《湖南社会科学》2004年11月。

[3] 史忠义:《“文学性”的定义之我见》，载《中国比较文学》2000年第3期。

[4] 曹顺庆、支宇:《重释文学性——论文学性与文学理论的悖谬处境》。

的意义，并强调说艺术的任务就是对现实整体进行忠实和真实的描写。[1]作为文学的基本创作方法之一，现实主义一直是中国现当代文学的传统，直到1980年代文学创作开始多元化和“向内转”时，现实主义作为中国现代文学主流的创作方法才逐渐遭遇到了冷落。[2]1990年代中期的一系列文学实践令现实主义重泛光彩。[3]新写实主义、新现实主义文学的出现是其苏醒的迹象，而继承了现实主义传统的官场小说的登台更是其回归的醒目标志。[4]

一般认为，作为一种创作原则，现实主义提倡冷静观察、

[1] 卢卡契撰写了大量关于现实主义的著作，其中，《现实主义历史》（1939）、《巴尔扎克，司汤达和左拉》（1945）、《伟大的俄国现实主义者》（1946）、《欧洲现实主义研究》（1948）、《当代现实主义的意义》（1958）等，对这一创作方法进行了经典的论述。

[2] “向内转”作为表述一种文学现象的名词，是对中国当代“新时期”文学整体动势的一种描述，指文学创作的审美视角由外部客观世界向着创作主体内心世界的位移。具体表现为题材的心灵化、语言的情绪化、情绪的个体化、描述的意象化、结构的散文化和主题的繁复化。“向内转”是对多年来极“左”文艺路线的一次反拨，从而使文学更贴近现代人的精神生存状态，为中国当代文学的发展开创出一个新的局面。但是在“先锋文学”“新写实”“新状态”“个人化写作”“下半身写作”等激情消退后，作家们还是退回到了现实生活层面，这种现象昭示的是作家们并没能够培养起一种适应当下需要的现实主义精神，在否定传统现实主义观念叙述形态之后，面对当代中国急剧变革、异象纷呈的复杂社会状况，他们既不能从宏观上驾驭，从整体把握现象性世界，也难以在微观上形成穿透生活表象的思辨能力。

[3] 现实主义的重新燃起，在1990年代的文学思潮中主要表现在新写实主义小说和新现实主义小说中，其中，池莉、方方、谈歌、刘醒龙和何申是代表作家，他们的作品延续了现实主义的写作风格。

[4] 其中，现实主义文学引人注目的形象是基层领导干部（农村中的乡镇领导以及城市中的国有大中型企业领导），如《分享艰难》中的西河镇党支书孔太平，《大厂》、《大厂续篇》以及《年底》中的国有企业的厂长书记们。

精确描绘客观现实，力求再现典型环境中的典型人物。[1]它的基本特征就是真实、客观反映现实，戳穿文饰现状的种种伪装，强调文学对现实的忠诚和责任，提倡为堕入边缘化的弱势阶层发言，具有人文关怀和人道精神。

官场小说创作在刻画典型环境方面遵循了这一法则。有研究者这样评述："近年反映官场现实的小说力作，既继承了现实主义的传统，深刻反映社会现实，通过对重大题材的选择，强烈地揭露和批判现实，产生震撼人心的审美魄力，又以发展的创作态度，超越批判现实主义的现象化和社会主义现实主义的教条化模式化，融进浪漫的气质和理性的深邃。并且在创作审美观上，始终围绕典型人物的创造，给我们生动地描绘了一个官场现实人物的画廊。"[2]这种概述强调官场小说的创作遵循了现实主义的原则，也避免了现象化、教条化。官场小说对官场腐败和非正常的政治生活予以的深刻揭露和强烈批判，显示出了作为现实主义小说的传统之一：揭露性和批判性。[3]以批判的眼光关注官场权力、再现官场生活，从这一点来说，目前的官场小说文本还是令人称道的。从《抉择》《苍天在上》《国画》《羊

---

[1] 董晔：《从文学现象到艺术探究维度——对20世纪现实主义思潮的反思与阐释》，载《山东科技大学学报》（社会科学版）2005年12月第7卷第4期。

[2] 毛克强：《重铸现实主义文学的灵魂——从〈抉择〉等反映官场现实的小说力作看现实主义的永久魅力》，载《西南民族学院学报》（哲社版）2001年4月。

[3] 应该就这"批判性"进行更加有层次的分析，就"批判性"在文本的文学价值方面具有多大的比重进行思考，是否批判越多就意味着价值越高？

的门》到《跑官》《大雪无痕》《绝对权力》《沧浪之水》《国家干部》等文本，对社会转型期中社会出现的问题，对权力场中人的异化、官文化的盛行、政治的腐败等问题普遍都进行了揭露，同时着力选择关系国家命运前途和执政党声望地位的重大题材，从不同角度对现行干部选拔制度的弊病、党内政权内的激烈权力斗争、干部的腐化堕落过程进行了深刻的书写，同时也关注了处于社会底层、贫困边缘的农民和城市低收入人群的生存困境，并对造成这样境况的社会体制进行了反思。

在塑造典型人物方面，官场小说的长廊中塑造了一长串较为成功的人物形象，虽然这些人物形象一定程度上还不能称为完美，但他们的鲜明性格和典型意义还是得到了彰显。[1]王跃文的《国画》中从一个副县长升为省财政厅副厅长的朱怀镜，李佩甫的《羊的门》中对权力充满无限渴望的呼天成，是众多千方百计追求权力官员的代表者；《朝夕之间》里面退下来充满失落无奈的陶凡，是被权力同化后患上权力综合征的典型人物；阎真的《沧浪之水》中从坚守知识分子精神传统到完全拜倒于权力之下的池大为，是挣扎于精神困境中的知识分子的代名词；而张平的《国家干部》中光明磊落、一心为民、蔑视权术的夏

[1] 笔者注意到了一个比较有意思的现象，在1990年代中期至新世纪初这几年的文学创作中，纯文学创作文本中能够让人记住的人物比较有限，倒是官场小说塑造的许多人物令人难忘，虽然这种现象和官场小说被改编成电视剧热播有一定的关系，但是否也可以这样理解：人物的塑造也可以看成官场小说的一个亮点。

中民更是象征着民族和国家希望优秀官员的代表性人物。作者们主观上没有概念化、脸谱式地去刻画他们，而是在他们参与具体社会、政治生活的过程中，通过挖掘其内心潜在的情绪和捕捉他们成长中的性格渐变完成其形象塑造的。

应该承认，官场小说的作者们对人物的塑造是花了一番心血的，表现为充分挖掘人物的内心，追求人物鲜明的个性和复杂性，唯恐其笔下人物出现脸谱化、简单化。官场小说中的人物塑造有如下两种方法。

一是还原法。所谓还原，不是刻意抹掉其身上“官”的色彩，而是先把他当作一个和常人一样的社会角色来处理，把叙述人的观察视角降低，透过官职这层外衣，直抵其人性深处。既是普通人，就有七情六欲，就有人之常情，就有俗世俗念等人的基本特点，正如卢卡契认为的：“没有人的基本特征的显现，没有人和外在世界的事件、和事物、和自然力、和社会设施的相互关系，最惊险的事件都是空洞的，没有内容的。”[1]在完成官员作为普通人的叙事后，再把他投入到纷繁复杂的官场事件当中去，使人物显得真实、有血有肉，也令人信服。

王跃文的小说在这点上做得比较好，其笔下的诸多人物，表现得自然、生动、真实、可信，有可触摸之感。如《国画》和《梅次故事》中的朱怀镜，可以说是塑造得颇为成功的一个

---

[1] ［匈牙利］乔治·卢卡契：《卢卡契文学论文集（一）》，范大灿等译，中国社会科学出版社，1980，第53页。

官场人物，作者首先就把他作为常人来进行叙述。他并不见得有多高尚，但也不是坏得不可救药，偶尔也动恻隐之心；他对权力有着强烈的渴望，也玩弄权术，但是他却又不是踩在别人的尸体上前进的人；他也有非分的情欲，但并不等于是玩弄女性，他对情人有着情感，虽然这种情感由于权力斗争的渗入变得有些异味，为此他对自己的妻子也有着愧疚感；他有一起谋划权力的同盟，也有着自己的私人圈子；他拒收贿赂，最多收点烟，后来发现香烟能卖钱，干脆戒烟，秉公办事，仍不失为一个好官，百姓仍然认可他。这个人物由于作者放低了视角，自然就显得饱满、真实，让人觉得既爱之又恨之。同时在王跃文几部小说中连续出现的人物关隐达，较之朱怀镜，其本性更为善良、朴质，有着传统的文人心态。身为陶凡的秘书，并不谄媚奉承，因为一手好书法，被同样喜爱书法的陶凡看重，甚至招他为女婿。然而，关隐达也有着相当敏锐的政治嗅觉，对各种人情世故极为通透，尤其对陶凡的心理拿捏得相当准确。虽在官场浸淫数载，却又难以真正摆脱渗透于骨髓的中国传统文人的品质与精神，这种品质推动着他在文人情怀与官场规则之间不断地徘徊。作者在刻画陶凡这个地委书记时，也是先从一个常人的身份开始，首先他是一个尽责的好丈夫，疼爱女儿的好父亲，然后涉入其爱好书法、知晓画理，有着传统文人雅趣的精神世界。完成了这些铺垫之后，再开始描述他另一个身份——地委书记。依靠这种把人先还原到常人，然后再又突出其官员属性的方法，这几个人物的塑造都较为成功。其他诸如《沧浪之水》中的池大为、《跑官》中的郭明瑞、《大雪无痕》中的周密、《中国制造》中的高长河等人物，都是以这个方法进行塑造的，而不是一味强调其政治身份。有时为了着力表现他们常人的一面，往往还附带刻画其家人和朋友。

二是极致法。表现为非好即坏，不是光明就是黑暗，这通常有两种方式：一是光明叙事，作者怀着一种非常高尚、纯洁的感情去刻画一个人物，而这个人物几乎具有一切可能的优点：清廉、高尚，敢于为民请命，敢于同腐败分子作斗争，哪怕牺牲也在所不辞等。二是黑暗叙事，作者用一种疾恶如仇的心态去描述这些人物，他们也几乎聚集了人类所有的缺点：贪婪、荒淫、权欲熏心等。本来这种方式容易脸谱化和概念化，但是恰恰由于作者将其推到极致，人物形象倒也可圈可点。比如《抉择》中的李高诚，简直就是一个完人，不食人间烟火；《国家干部》的夏中民也一样，好到极点，缺点也就看不出来了，倒显现出了他强大的道德、精神力量；《国画》里的皮市长、宋达清，《大雪无痕》中的冯祥龙，《国家干部》中的政治老手刘石贝，也因为作者在他们身上灌注了满腔的热情，这些反面人物也同样立了起来。

从现实主义角度考察，可以发现官场小说在再现社会生活现实、揭露矛盾和刻画典型人物等方面都取得了一定的成绩，更为重要的是证明了现实主义作为一种创作方法在新时期文学创作中仍然有效。

二、官场小说的情感表达

如果说官场小说关于权力的叙事是主菜的话，那文本中的情感表达就是一道道可口的点心，它的出现在很大程度上缓解了权力叙事带来的紧张，使文本显得有生气和温情，也使得小说中的人物更加真实、可信、有立体感。官场小说中的情感处理大体有这样几种类型：亲情、恋情和友情（尤以红颜知己为多）。

官场小说对亲情的处理较多地集中在夫妻关系上，虽然由于小说的权力主题而使得文本对此的描述有一些简化，但综合看来无论是对和谐、幸福的还是扭曲、痛苦的夫妻关系表现得都颇为到位。《西州月》与《梅次故事》是这两种不同夫妻关系状态的代表性作品。《西州月》的陶凡、林姨和关隐达、陶陶两对夫妻，因为彼此的尊重、理解，夫妻关系一直非常融洽，尤其是陶凡和林姨皆已近花甲之年，携手走过了风风雨雨的几十年，感情几乎不曾有过波折，尽管陶凡一直担任领导，但他的严于律己和对婚姻的责任感使他成为一个好丈夫。书中有一小段话回忆了他们的当年。

林静一当年爱上陶凡时，陶凡还不发达，只是省一化工厂的一位工程师。林静一年轻时很漂亮，是厂子弟学校的音乐老师。她这辈子看重的就是陶凡的才华和气质。陶凡的风雅常让林静一忘记他是学工科的。[1]

对于一个官员来说，尤其是一个身居地委书记这样高位的人，婚姻生活是否稳定更多地取决于这个官员自身的行为。陶凡做到了这一点，这使得他们夫妇的感情虽然平和、波澜不惊，但非常温馨。小说中写到林姨为了给退休后的陶凡解闷，想方设法地开解、安慰他，一些生活细节为文本增添了不少温情色彩。

妈妈笑道："有天我见他吃过早饭。就抱着本书看，心里气他，就逗他。我说老陶，告诉你个好消息。你爸爸认真听着，问什么好消息？我说，你好好读书，会有意外惊喜。你爸爸又问，什么意外惊喜？我说，听说皇帝老子要招驸马了。"

陶陶笑出了眼泪，直问爸爸是什么反应。说笑间，陶凡出来了。[2]

这样的生活细节读来令人轻松，也反映了陶凡和他夫人美满、和谐的婚姻生活。晚辈关隐达和陶陶似乎继承了他们的优点。小说中关隐达和陶陶的爱情故事更是充满了浪漫和温馨，

[1] 王跃文:《西州月》，长江文艺出版社，2006，第57页。
[2] 同上，第266页。

这几乎是一个现代版的灰姑娘的故事，关隐达出身农村，而陶陶是地委书记的女儿，按传统习俗说来，实为门不当户不对，但他们还是擦出了爱情火花，并最终生活在了一起。即使关隐达意识到了，在陶凡即将退休并远离权力中心的时候，与陶陶结合将会给他的后半生带来不尽的颠沛和流离，但他还是毫不犹豫做出了自己的选择。

> 他知道自己并不蠢，可是因为他将是地委书记的女婿，别人就会低看他几分，以为他不过搭帮岳老子发迹。他要让人们相信自己能力，得比别人花更多心血。如果陶凡真的当了省委领导，关隐达就是另一番风景了。可是陶凡多半会在地委书记位置上退下来，关隐达今后的日子不会太好过。关隐达反复忖度自己的未来，徒增几分无奈。但他并没想过为着顶官帽子，就把自己心爱的人儿放弃了。[1]

关隐达的想法果然应验了，陶凡一退休，他的日子果真不好过起来，从一个地方被调到另一个地方，八年里换了五个地方，离权力中心越来越远，等回到市里，已是不惑之年，但关隐达从来没有后悔过自己的决定，陶陶也是无怨无悔地跟着他奔波在各个县城之间，夫妻始终恩爱。权力场中的婚姻能够不受权力的侵

---

[1] 王跃文:《西州月》，第50页。

蚀而始终保持美满，不能不说这是小说最为动人的地方。

《国画》《梅次故事》里朱怀镜的出轨表现了官场小说中关于夫妻关系的另外一种状态：争吵、冷战、猜疑，到婚姻趋于崩溃。当然这种争吵并不是一开始就形成了。

> 他是爱自己女人的。在老家乌县，他女人是那小县城里的一枝花。乌县县城很小但很美丽，他们在那里工作了整整十年。他们结婚、生子，有很多的朋友。[1]

我们应该相信朱怀镜在原来的小县城时对妻子的爱是真诚的，只是随着他从小县城调到市里，权力越来越大时，面对的诱惑越来越多时，他的意志慢慢动摇，对妻子的这种感情也开始逐渐变淡，加上情人梅玉琴的出现，夫妻关系开始出现不和谐的声音，最终面临离婚的边缘。

> 香妹说："我是没什么同你计较的了。你一个人去当你的官，我一个人带着儿子过。"朱怀镜有些急了："你怎么这么犟呢？发生过的事情再也不会发生了，这两年对我的教训太大了。你还担心什么呢？"香妹却很冷静："不同你在一起，我就没什么担心了。"[2]

---

[1] 王跃文:《国画》，人民文学出版社，1999，第3页。
[2] 同上，第521页。

在《国画》的续集《梅次故事》中，朱怀镜和香妹的关系也基本处于冷战中。小说不仅以较为细致的笔法描写了他们夫妻关系逐渐变得如此糟糕的过程，也探究了其原因，那就是人在权力场中自我的迷失和放逐导致了这种现象的出现。夫妻关系是诸多社会关系中最为基本的一种，官场小说在把主要笔墨放在叙写权力的同时展现了权力场影响下的婚姻状况，这有助于我们从多方面去认识权力对社会造成的消极影响。

官场小说在权力的叙事中也穿插着讲述了一个个爱情故事，从本质上来说，这种爱情和权力关系不大，相对比较纯洁，如《大雪无痕》中丁洁、方雨林、周密三人间的情感纠葛；《女同志》中万丽和康季平有始无终的情感。

方雨林表面看起来是一个普普通通的刑警，但事实上他并“不普通”。他本来有许多机会可以不当警察：不考法学院；到好朋友的公司供职，年薪五万；接受女友母亲的安排走上易于上升的仕途，但他都拒绝了。小说中方雨林与丁洁是从中学到大学的同学，但由于丁家的价值观伤害到了他的自尊心，加上他倔强、刚直而又略显自卑的性格，使方雨林把对丁洁的感情始终埋藏在内心深处，不愿表白。丁洁虽然是一个风风火火的女强人，但在感情方面也还是有些拘束，这就使得他们的感情处于若即若离的状态。副市长周密在与丁洁的交往中，因为她的善良、纯洁和对他的信任，萌生了爱意。虽然最后周密犯下了罪行，但他对丁洁的感情却是真诚的，他给丁洁留下的“空白日记”有这样一段话。

我给自己留下了一片遗恨……一片空白……我一直想告诉你这一切到底是怎么发生的。我想以空白的日记本来引发你的好奇，让你主动来询问我。但你竟然如此地“规范”，不肯稍稍提早一点进入一个男人的心灵……虽然如此，我还是要感谢你这些时日以来给我的信任和那种特殊的感觉。正由于这种感觉，才使我在面对你的时候，总是能回悟到这世界还是纯净的，生活也仍然是美好的。[1]

虽然方雨林、丁洁、周密若隐若现的三角故事，从整体故事上来说只是权力叙事的一条支线，丁洁的角色使命主要也在于烘托方雨林，展示后者周密的内心世界，帮助侦破“12·18枪杀案”。但是如果我们把它独立出来，当作爱情篇章来阅读，它也不失为是成功的。

范小青的《女同志》中，万丽和康季平在大学里就是一对恋人，后来虽然分道扬镳，各自有了自己的生活，但是万丽一直对康季平当初的所作所为耿耿于怀，直到康季平去世后，她才发现原来自己在官场的每一步路都有着康季平的影子，这个男人通过他在市委任高官的舅舅每每在关键的时刻帮助了万丽，

[1] 陆天明:《大雪无痕》，吉林大学出版社，2000，第460页。

使她最后当上市长。直到康季平垂危的关头，万丽才知道康季平一直都深深爱着自己。这个故事是悲伤、无奈的，康季平的存在和作用也消解了万丽在政治生涯感觉良好的自我努力，给文本涂上了悲情的色彩。

官场小说中第三类情感关于官员的友情，其中，遭遇红颜知己的故事最为出彩，这些红颜们大多与官员有着精神上的相通，他们的交往似乎也远离了物质层面的限制：如《国画》中梅玉琴和朱怀镜；《沧浪之水》中池大为与小孟；《梅次故事》中的舒畅和朱怀镜；《步步高》中的古长书与顾晓你。他们相识、相知的过程基本相似，先是或在工作中或在私人交往中结识，发展到彼此欣赏引为知己，当中也会有感情出现，如梅玉琴宁愿把所有的罪行独自一人抗下来，也不愿意把朱怀镜牵扯进去，即使朱怀镜并不干净。当然这种角色的存在不太合理，也并不道德，因为他们破坏了正常的情感和婚姻秩序。而作者们似乎不是没有意识到这个问题，只是他们的笔调在写到这些内容时往往不由自主地变得较为活跃和缺少节制，如《国画》大量与性有关的文字，恐怕已经超越了单纯的精神层面的意义。

官场小说对情感的涉猎虽然不是文本的主线，但它对夫妻情感两种状态的书写、对爱情故事的描绘、对红颜知己的刻画，不但一定程度上缓解了权力叙事的紧张，也在客观上丰富了文本的血肉，使得文本情感变得饱满起来，并且这种对情感的关注也弥补了文本中官场外围信息的缺失。

三、官场小说的叙事分析

从官场小说整体艺术性来看，叙事的模式化、对话的过度使用，影响了官场小说在艺术上的成就，也在一定程度上限制了官场小说的提高。

官场小说几乎都采用全知叙事视角模式。所谓全知视角，是指“叙述者可以从任何角度、任何时空来叙述：既可以高高在上地鸟瞰概貌，也可看到在其他地方同时发生的一切；对人物的过去、现在和未来均了如指掌，也可以透视人物的内心”[1]。官场小说很少在叙事视角进行更多的探索，通常采用这种全知视角，作者和叙述者一般不会分开，叙述者对各个地方的事情都了如指掌，对前因后果也异常清楚。《梅次故事》中有一段叙述：

> 到任当天，自然是地委设宴接风。梅次的头面人物，尽数到场。地委书记缪明，原是市委政策研究室主任，算是市委领导的智囊人物。此公个子不高，肚子挺大，满腹经纶的样子。他不知学了哪门功法，总好拿手掌在下腹处摩挲，顺时针三十六次，逆时针三十六次。只要手空着，

[1] 申丹：《叙述学与小说文体学研究》（第三版），北京大学出版社，2004，第219页。

便如此往复不停。朱怀镜和缪明原来同在市机关，也算相识，只是交道不多。行署专员陆天一，黑脸方鼻，声如响雷，天生几分威严。据说此人很有魄力，说一不二，属下颇为惧怕。人大联工委主任向延平，高大而肥胖，他那坐姿总像端着个什么东西，叫人看着都吃力。政协联工委主任邢子云，瘦小，白净，望着谁都点头笑笑。地委秘书长周克林，很谦和的样子，可他那梳得油光水亮的大背头，好像时刻都在提醒你，他是地委委员，也算是地级领导。行署秘书长郭永泰，不知是习惯了，还是天生的，头总是朝右偏着，所谓俯首帖耳，就是这副姿态吧。梅园总经理于建阳，眼珠子就像电脑鼠标，总在几位领导脸上睃来睃去。他虽没资格入席，却殷勤招呼，不离左右。[1]

从此段话我们可以看出，叙述者对每一个人物都进行了白描，并进行了简单点评，如“满腹经纶的样子”“好像时刻都在提醒你，他是地委委员”，这是典型的全知视角写法。陆天明的《省委书记》中有一段文字，不同的是这段文字不是介绍各色人物，而是描述人物的平常生活。

相安无事地跟随贡开宸六年的那双皮鞋，竟然在那

[1] 王跃文:《梅次故事》，人民文学出版社，2001，第1页。

一刹那间，露出了它早该显露的那种颓相：鞋跟突然松动，并眼看就要脱落下来。当时，他正应中央领导的紧急召见，要从省委大楼前那个极其庄重开阔的院子里，赶往十六公里外的军区空军专用机场，飞赴北京。鞋跟的脱落，着实让他好一阵不自在，不痛快。夫人病逝快一年，类似这种小小不然的“不自在”“不痛快”已经发生过多起。比如，忽然的，怎么也找不见那支他特别喜欢的英雄金笔了……忽然的，那年冬天为去德国访问而特意添置的黑呢大衣上居然出现了一批大小不等的蛀洞，而这件高档的黑呢大衣至此为止，一共才穿过三次，完全应验了夫人生前反复叨叨过的一句话：呢料衣服越是久藏不穿，越容易招虫蛀……然后，忽然的，又发现卧室大衣柜柜门上的铰链和通往院子去的那条木板廊檐上的木头栏杆纷纷开始松动……继而，包括早年写的那份自传、一直在手头放着的几本相册、临睡前经常要随手翻它一翻的那套中华书局影印版的《资治通鉴》……统统找不见了。[1]

本来这些事情都是发生在贡开宸自己身上的事情，按常理只有他自己才会知道，但是叙述者却叙述得一清二楚，可见全知叙事视角的使用给了作者这样全知的眼睛，所以能够洞悉

[1] 陆天明:《省委书记》，春风文艺出版社，2002，第1页。

一切。

叙述声音与叙述眼光常常统一于叙述者，是全知叙事视角模式的特点。官场小说多采用这个模式和官场小说重故事情节有关，这也使得文本在叙述上显得单调、不够丰富。

在揭露官场密码与腐败的一系列文本中，它们的叙事构成主要有以下几个基本元素：权力密码、官场人物、升迁受挫、特殊机缘、成功升官。叙事程式可以归纳为：不为重用，渴望升迁——受到点拨，参悟权力——靠拢领导，取得信任——见风使舵，步步高升。具体到文本尤多这样安排：小说普遍以各级政府官员为核心人物，角色职务低至村长、镇党委书记，高至市长、市委书记不等，他们或是因为自身对权术不够敏感，或是因为缺少后台背景等种种原因，长期得不到领导重用，从而内心充满焦虑，于是在一些洞悉权力密码与政治运作方式的"高人"的点拨下，参悟了权力的秘密，通过利用和创造各种各样的机会，积极向上级领导靠拢，千方百计取得信任，从而步步高升，最后得到梦想中的权力和位置。

官场小说的创作思路大体遵循这个模式，只是在具体细节上略有差别，如王跃文的《国画》，朱怀镜的升迁之路就是如此：因为背景后台不硬，他升迁的道路充满阻碍，后来他洞悉了官场规则，开始向皮市长靠近，尽力投其所好，终于搭上了皮市长的船，结果一帆风顺。阎真的《沧浪之水》中池大为的政治道路也符合这个轨迹：先是因为坚守知识分子精神批评官场风气得罪了人，被安排了闲职，在经历了痛苦的心理转换后，他告别以前的自己，通过投降权力后的种种努力，走向了权力的中心。《机关滋味》中渴望权力的黄三木进入市政府成为权力俱乐部的成员，但他并未能领略到权力的快感，鸡零狗杂的琐碎事情和冷冰冰的游戏规则让他感到不适应，书生本色时不时地显露出来，在内参上撰文批评本部门的问题，导致上司晋升希望泡汤，他也因此被打入冷宫。在现实的极度压抑下，他开始出卖自己，与自己并不爱的市委副书记的女儿成婚，在岳父的扶持下步步高升。

以描写反腐败为主要内容的官场小说着重表现官场腐败和反腐败的激烈斗争过程，由这样几个基本叙事要素构成：各类经济案件、背后黑幕、政治斗争、权威领导出面、正气压倒邪恶。叙事元素往往是黑幕、言情加侦破，矛盾一般公开化，正邪处于势不两立的境地，清官与贪官、善与恶、正义与非正义展开了激烈的冲突。在叙事程式上常以经济案件、刑事案件，或换届选举为切入点，人物设置一般明显地分为两派：一派是涉案方，或杀了人，或利用职权谋取了经济利益，或希望铲除异己掌控权力，或包庇罪犯；另一派是查办方，就事件进行调查，却阻力重重。这些事件背后往往还隐藏着更大的问题，甚至还会牵扯出某一后台高官，调查人员受到各种阻挠和打击，但在国家利益与个人安危面前，他们以大义为重、刚正不阿，毅然顶住各种压力，最后“在上级领导的坚决支持和广大人民群众的大力协助下，终于彻底查清了事情的真相，腐败分子得到了应有的制裁”[1]。

陆天明的《大雪无痕》就是这样：在省市领导为军区丁司令员举行招待会前，松江市东钢股票案重要知情人、市委张秘书被枪杀在宾馆的阁楼上。侦察员方雨林感到此凶杀案与省、市领导有关，中纪委要求省纪委重新调查九天集团的案子，冯祥龙因贪污受贿罪被捕。后来经过调查，周密罪行败露交代了“12·18枪杀案”的杀人动机和全部过程。在《国家干部》中，基本构架也基本如此，夏中民是登江市委副书记兼常务副市长，一心扑在工作上，赢得了广大干部群众的信任和拥护。上级组织部门考虑到夏中民的政绩，希望他能够在党代会、人代会上顺利通过选举，成为下一届市长。而以刘石贝、汪思继为首的一批地方势力人物，唯恐夏中民掀开腐败黑幕，千方百计加以阻挠，夏中民顶住压力，置生死于度外，终于揭开了经济案件的黑幕。《绝对权力》《换届》《省委书记》《梅次故事》等文本基本结构大多如此。

除了这些模式化的叙事、情节安排与内容处理，官场小说的模式化还体现在对“反腐败”这一主题的阐释角度上，即对腐败根源的道德化或人性化解释。叙事视角与叙事结构模式化的原因在于官场小说的题材定位，而其关注问题又缺乏足够的

---

[1] 温凤霞:《试论“官场小说”的程式化和类型化》。

理性。与其说是作者在官场小说的叙事中呈现出模式化，倒不如说现实的政治生活发生的腐败、权力异化等本身就具有惊人的相似性。在官场小说中，文学的真实与生活的真实完成相遇。

官场话语是官场小说的重要组成部分，很多小说家注重用人物的语言和思想来塑造人物，推动情节发展，在这一点上，官场小说不但延续了传统手法，而且发挥得更加充分，通过人物的对话和思想来叙述故事、完成情节设置。

> 国有企业的问题是全国性的具有普遍性的问题，国家领导都还着急着呢，你一个小小的市长充什么大头？就算出了什么事，也是集体的事，跟你一个当领导的又有什么脱不了的干系？如今的事情就这样，有了什么好事，光彩的事，自有人去争去抢去揽。若要扔了什么坏事、错事、吃不了兜着走的事，全都会一推了之，好像跟谁也沾不上边。要错也是集体错了，要有问题也是集体的问题。而只要变成集体的问题，再大的问题，也算不了什么问题，也会大事化小，小事化无。坏事只是个别人干出来年，哪有集体干坏事的道理？腐败也只是别人的腐败，哪有一个整体能全部腐败了？[1]

[1] 张平:《抉择》，群众出版社，2000，第49页。

小说《抉择》中的这段对话，起的就是推进情节的作用，不但将李高成的微妙处境反映了出来，也把多数官场中人的想法透露清楚。而在此后的情节中，李高成如何与腐败斗争也多数是通过对话加以展现的。我们再看《跑官》中的一段对话。

> 郭伟说："爸你理解错了。要说买官，三万来块钱怕连个乡镇长也弄不来呢。这点钱是让你手头零花的。比如请人家吃顿饭吧，要吃得像样点，一桌少不了一千多。吃完饭不给人家带两条烟？假如你请了五个人，每人带上两条'玉溪'，就得五千，加上吃喝一千多，请一次客就得六千多。到省城请客，档次还得高，你想想，三万多块钱，也就是请几次客，还得手紧一些呢。"
>
> 贾敏说："请客也得找个借口，你就说，我写的《从严治吏》和《论生态农业》两篇论文都获了奖，请同志们喝酒，这不是顺顺当当。自自然然的事吗？"
>
> 郭明瑞朝沙发后背一靠，一副哭笑不得的模样，说："这可真是好主意。从严治吏说的是反腐败，拿上反腐败文章的奖金又去搞腐败，这不是天下最大的讽刺？"[1]

之所以举出这段略长的对话，只想说明话语在官场小说中

[1] 田东照:《跑官》，中国电影出版社，1999，第2页。

的地位，它不但推进跑官情节的发展，也把郭明瑞的清高性格表现得颇为清楚。小说的矛盾冲突、情感表达、思考的流露几乎全是通过对话来体现，这不仅仅在《跑官》中如此，在其他的官场小说中也相差不大，对话的地位几乎压倒了文本中其他的形式。但是，对话的过度使用，在很大程度上也消解了文本叙事的张力和结构形式的丰富性，对话取代了小说叙述的大部分功能，多少影响到了官场小说的文学性。

话语作为组成文本的一种形式起到了上述作用，而官场小说中的话语我们往往称之为官话，有着更为深刻的内涵，因为官话的使用者是一个特殊的阶层，即官僚阶层。社会生活中，一个社会利益集团都有代表本集团利益的一套整体语言。“社会价值几乎从不独立于语言而存在，词汇、语义和句法的单位表达了一些社会集体利益，并且能够成为社会、经济和政治斗争的赌注”[1]，由话语构成的小说文本必然地要与这些话语形成互文对照关系，其中较多的是具有官方意识形态的话语与官场社交语形成的消解。

在官场小说中，我们很容易识别夏中民、朱怀镜、皮市长、张天奇等人充满意识形态的“官腔”话语，因为他们在词汇方面使用了大量诸如“治理整顿”“措施得力”“干部队伍”等政策性极强的官方政治用语。这些词汇在我们通常的观念中被赋

[1] ［奥地利］彼埃尔·V. 齐马：《社会学批评概论》，吴岳添译，广西师大出版社，1993，第144页。

予了严肃的政治意义。但是这种官场话语又往往被官场社交语打碎。所谓官场社交语，实际上就是在办公室外面较为私下的语境中讲的官场话语，它与官方话语用着相同的基本词汇和较为接近的话语方式。但因为语境的变化，却使得官方话语中那些原本已被“中心化”和“主流化”了的意义，被戏仿、消解乃至被颠覆了。

如王跃文小说《国画》中那个贪污了一百多万却仍得到提拔的张天奇，在被贺教授嘲讽了一番后，曾对着朱怀镜发出这样语重心长的感叹：

> 怀镜呀，我总是在思考这个问题：为什么我们共产党人总是费力不讨好呢？我们说要为人民服务，不是假话。绝大多数共产党人是这么做的。不争气的党员和领导干部确实有，但毕竟是少数。可我们的形象就是好不起来。[1]

小说将一段本来非常严肃的官方话语放在这样一种语境中，由一个贪官以这样一种似乎正式而又略带戏谑的方式说出来，就极具戏剧性，也颠覆了它在官方正常语境中的原始意义，从而也拆解、消解了其中诸如好/坏、多/少等语义的二元对立关系。

---

[1] 王跃文:《国画》，第32页。

官方话语是一种具有独白性质的话语，如讲话、命令、请示、汇报等。官场社交语则在官方话语中杂糅了多种声音，使其成为具有“杂质”了的对话性的话语。在这种加入了其他因素的话语中，官方话语就变得不纯，变得言意相异、自我消解了。在官方话语中加入的三教九流的民间市井语以及江湖语等，使官方话语难以继续保持正襟危坐的姿态。它们之间所具有的拆解关系，在某种程度上更可视为是一种自我消解，是官方话语在新的语境中陷入了话语危机的一种表现。

当然，如果我们具体到官员生活中的官腔语调，便会发现它具有政策性、单调性、甚至模糊性。伪真话、双关语、套话以及泛滥的政策话语在官场小说文本中的能指和所指经常处于分离状态，这也似乎就是官腔语言的特性。当然，“任何最美好的语汇如果被不加节制地泛滥使用，都会变为陈词滥调而令其语义严重贬值，并且变得面目可憎，令人厌恶”[1]，而呈现的问题是“语言的丧失从根本上讲意味着人的思想的萎靡和精神主体性的丧失，这样的人充其量不过是社会大机器上的一颗没有个性、没有活力、更没有创造精神的螺丝钉”[2]，这显然是官场小说在话语方面给我们留下的警示。

官场小说在文学性方面值得肯定的地方，在于以现实主义

[1] 孙德喜：《当代反腐小说中腐败官员语言的文化心理透析》，载《上饶师范学院学报》2004年4月第24卷第2期。

[2] 同上。

的创作手法关注了社会现实，无论是对权力异化的批判，对官场腐败的揭露，还是对身陷官场各色人等的刻画都表现得较为客观、真实。作品通过塑造黑暗中摸索潜行的刚直、正气的人物，体现出了官场作家们对当下社会的关注、体认与思考，对于历史进程中人性残缺的深深忧虑。然而其叙事视角的单调，结构的模式化，情节的雷同化，某些人物刻画的简单化，包括其受到大众文化影响而具有的商业性、娱乐性甚至猎奇色彩也在很大程度上损害了官场小说的艺术成就。

四、文本分析：《步步高》

《步步高》是李春平继《奈何天》出版之后的第二部官场小说，小说围绕如何提高政府和官员的执政能力和领导水平，以主人公古长书冉冉上升的仕途经历为主线，对这一新时代课题进行了深入大胆并极富想象力的艺术探索，塑造了古长书这样一位富有执政智慧的当代领导者形象，体现了作家对当代政治的深度思考。

小说以现实主义的笔法触及到了当下社会的许多问题：贫困地区的教育落后、小县城的工业衰败、城市规划不合理、官员腐败、行政效率不高、权力的监督机制不健全等。在某种程度上，《步步高》涉及的都是当下社会普遍存在的制约着国家、社会进一步发展的问题。小说对丑恶的现象进行了揭露和批判，对不合理的举措进行了反思，对一些疑难杂症也开出了药方。在文本关于古长书解决这些问题的叙述中，一个充满智慧而又有原则性、同时敢于开拓进取的现代领导形象被树立了起来。古长书的执政智慧在于敢于破除陈旧思维的束缚，在工作中创新求变。他在当常务副县长时，负责指挥清理大明县的违章建筑这一令人头疼的历史遗留问题时，古长书就大胆向金安市政法委建议实行异地执法，得到了非常满意的效果，也避免了许多矛盾的产生，甚至连县城里面最为霸道的“天不怕”也为之折服，他这样说：“你能冒险清理违章建筑，把十多年来的遗留问题解决好，我从内心佩服你。请你相信，恶人也有善良的时候，有心软的时候，也有服理服人服法的时候。”[1]唐山是大明县城关镇镇长，工作能力虽然很强，但生活、经济作风问题很大，仗着他哥哥是市公安局长，颇有山大王的势头。古长书建议县委书记贺建军，把唐山调到容易发生腐败现象的交通局当局长，担任公路建设总指挥，古长书的理由是“如果他明智，他会把这个项目做得很好。说明这人还不是很贪。反过来看，如果他确实是个贪官，放在新的岗位上会更加为所欲为，狐狸尾巴很快就会露出来的”[2]。结果唐山真没能经得住金钱的考验，很快就落马了。这件事透露出了古长书科学而理性的用人态度。古长书当市长后，推出了一系列前所未有的施政方案，无一不涉及

[1] 李春平：《步步高》，春风文艺出版社，2005，第109页。

[2] 同上，第157页。

用人问题、政府效能问题、建设清廉政府问题，造福百姓问题等诸多敏感的方面，矛头直指官场的不良习气和制度及体制上的深层弊端。这些大胆举措，都闪耀着古长书作为一个城市管理者的智慧光芒和卓越的领导才能。

但如果据此就认为《步步高》仅仅是一部说教式的政治教材的话，那就大错特错了。小说中的情感叙事也颇有魅力，着重处理了古长书与两个女人的关系，一个是他妻子左小莉，另一个是同事顾晓你。开始，左小莉对古长书的许多做法很不理解，包括拒绝接受朋友赠送的戒指，为此和古长书有些争执。“我看你脑子有问题，怎么对同学做出这样的事情。为什么瞒着我？是怕我沾你光吧？”[1]但古长书并没有因为得不到理解就与妻子产生了隔阂，而是始终加以解释，晓之以理，动之以情。最终也得到了妻子的理解，夫妻感情并未受到伤害。而面对崇拜他、爱慕他的女同事顾晓你，尽管他内心深处确实心存好感，但他并没有像某些官员一样加以利用，而是尽力克制，把她当作一个好朋友一样对待，保持着恰当的距离，此举，也为古长书赢得了尊敬。同时，作者也以温情而略带喜剧性的笔调描写了他与父亲动人的父子情，与黄俊深厚的友情，以及与贺建军和谐的工作关系。这些情感叙事丰富了小说的内涵，也使文本在结构方面更加合理、流畅、张弛有致。

---

[1] 李春平:《步步高》，第131页。

小说在叙事上呈现出官场小说的特点，以全知视角观察世界，结构处理上采用了生活流式结构，没有局限于一个地方和一件事情，而是让视点追随于古长书工作和情感世界的足迹。在描述古长书成长的过程中，在刻画人物对权力的认识和经验接受方面，与王跃文的官场权力批判小说中有着相似的安排。古长书毕竟不是天生的政治家，他的很多政治理念除了来源于自己的一些直觉，更多的是他始终以积极的心态向身边的人学习经验，避免了走弯路。他碰过壁，也有过挫折，但他始终在调整、修正自己。从这个意义上讲，官场小说中的官员形象多少具有一致性。在塑造人物方面，《步步高》没有简单地去以“好坏”划分人群，作者着重凸显每个人不同的性格，如书中的何无疾官瘾大、本事小，说他在“政治上还是个婴儿”[1]，显得栩栩如生。

小说以一种宏大的叙事气魄和冷静的叙事态度，直击政治生活中的敏感现实，通篇贯穿着力透纸背的政治话语和精到圆熟的领导智慧。评论家雷达这样评价：“一般小说写官场，无非是反腐倡廉和展示官场的生存相，以其权力角逐的惊心动魄，贪污腐化的人性沦丧来吸引读者，很少有人像《步步高》的作者这样，正面地、主动地，以独到的眼光去研究从政经验，领

[1] 李春平：《步步高》，第145页。

导艺术和执政能力。”[1]《步步高》不仅对现实生活发出了关注的声音，也对现代政治体制的改革做出了回应和探索，是一部不可多得的优秀官场小说。

写于2007年4月

[1] 雷达、毛时安等:《官场小说新突破——步步高》，载《文学报》2005年11月17日。

文学批评与大众点评

文学批评是文学写作的一种，这是文学批评和批评者的共识之一。关于写作和批评，常以为道不同不相为谋，素来区别对待。偏激一点的观点认为没有创作，何来批评？这些年来，得益于文学批评实践的多元化，有一种情况被充分注意到，那就是批评家和作家写作时，面对相同的世界、生活和问题发言。如果说目前的文学批评还是普遍依赖二手经验，从被评论的文本出发，稍作自由的漫游延宕，最终还得回到文本，那未来的文学批评很可能会降低对文本的依赖，从文本出发，但未必要回到评论对象。文本只是讨论问题的切口，与作家在同一个层面上进行讨论，意味着批评家可以脱离阐释、解释、开掘和解读的义务，以谈论同一个问题的方式给予价值判断。

批评家给出文学价值判断是必要的，这是批评家的分内工作。由于谈论方式的私人性，使得批评家在批评的形式与内容上，都会努力呈现一种独特性。“一致认为”在文学批评领域的出现概率，大概只有面对类似如乔伊斯《芬尼根的守灵夜》的天书的时候，才可能众口一词。在众声喧哗的时代，所谓专业批评者的队伍相对于写作者和读者也只是众声的一部分。大多数批评家不会把作家预设为唯一的读者，多少总是期望面对公众——哪怕是想象中的公众——发言，尽管在批评家为数不多的读者中，被评论的作家是读得最认真的那一个。遗憾的是，作家的满意与否至今还是一种约定俗成的衡量方式。谁让他是问题最早的发起人呢，有些批评少有回应也就在情理之中了。

真正的变化源于互联网，专业批评家的声音，开始稀释于众声之中。批评主体的多元化，尤其是匿名批评主体的参与，让批评的有效性变得可疑，批评的边界由此开始模糊。当“豆瓣读书”的评分制出现，数千人甚至数万读者同时对一本书打出高分时，关于这本书的综合评价基本就会成型，诸如平均评分达到9分，打分人数达到一万人时，通常会被认为是好作品，整体评分在四五分则沦陷于“差书”。这种大众点评式的评价体系，与专业批评试图做出文学价值判断不同，他们服务和影响的是直接消费群体。问题在于，社会反响与专业评价之间相互纠缠、相互促成等的关系难以切割得泾渭分明。有一个数据可以参看，金宇澄的长篇小说《繁花》在当当网上有5.5万余条评论，好评率是99.6%。如果说最初的好评来自专业批评家的关注和推广的综合效应，那后来的90%以上的好评则来自匿名普通读者更为感性的阅读体验式的发言，累积形成文学口碑，其狂欢式的传播效应被不断放大。网络让群众的喜闻乐见得以有形，表达方式由“纯买”变成了“买家+点评”，匿名的、民间的、无利益关联的“批评”群体，其数量之大，分布之广，影响之综合，文学批评的“大众点评”时代已经来临，这是专业批评家们未来面对的可能竞争群体。

值得深思的是，最受读者点赞的常常不是专业批评家的言论。大众读者并不都是盲目的，大众的点评在网络空间甚至比专业人士更让人“信任”。一位普通匿名读者的诚恳点评，往往比一位批评家的文章更容易激发阅读欲望。网络空间的“信任”形成，很大一部分原因在于去权威化的民间性，以及由此依附的匿名性，在于诸多个体各自不同的、言之有物的感受分享。当然，文学批评的根本目的不是为产品营销和售后服务，一篇高质量的批评文章哪怕只激发了少数几个读者的阅读欲望，也无损其学术价值。从这个意义上，从批评后撤一步，易道至学术研究，做更为纯粹的学者，恐怕会是不少批评家更为普遍的选择。文学的“大众点评”现象意味着文学批评从专业化、圈子化开始向社会化的转变，其运行原理、反馈机制和影响传播都有全新一套内容，一段时间以后会对专业批评家形成压力。

从同为写作的这个角度来说，文学批评的共识和分歧，与文学创作的共识和分歧，会指向相同的问题与出路。正如创作者主体的多元化、匿名化，文学批评主体的多元化和匿名同样日趋明显。如果说文学批评的社会化是一种趋势，其最大的问题是可能保守与流俗，那专业的作家和批评家则要在发现上做功夫，发现新人，发现新作，发现特立独行的、小众的，甚至是怪异的、荒诞的、具有创造力和野性的作家、作品，发现真正意义上的文学新人，摘出那些被忽略的潜在的作品，始终保持在场感，这是文学批评充满活力的源动力，也是与文学研究的区别。就像每有新的文学奖涌现，我们都会保持关注，对评奖结果充满好奇，但在结果出来又不免有些失望。不少获奖者我们早就知道了他们很好，不用获奖也知道，我们更想认识的是那些我们所不知道的、所忽略的作家作品，尤其是文学新人。如果文学奖项做不到这一点，进而言之，如果文学批评做不到这一点，其意义大打折扣。

如果说在文学批评的“大众点评”时代，“发现”新人新作是文学批评的“迎新”功能，那“除旧”则是文学批评的另外价值。且不言陈腐的文学观念，只说语言的陈词滥调就足够触目惊心的了。文字是无辜的，自创始至今，并没有增加新字，所增加的只有新词。因时因地，语言被不断组合，生成一时新词，又在事过境迁之后坠落，有的坠落之迅速让人瞠目结舌。对陈词滥调保持警惕，并视之为文学艺术的敌人，已经成为文学评论者的基本共识。陈词滥调不是一开始就有的，其产生的原因与社会、文化和被塑造的日常生活都有着极为紧密的深刻联系。陈词滥调对应的就是某种秩序、价值标准，乃至社会生活方式。从通俗角度而言，陈词滥调意味着安全，是大众社会保持普通活力的法则，是创新的反面，是异见的坟墓。

陈词滥调与历史、时间息息相关，从热词到陈词的过程，是标准变化也是人心变化之迹象。警惕始于辨别，需要意识自觉，也需要相当的审美能力。也始于对其生产机制的了解，终于对其最初的建设到最终的束缚。文学批评有一项功能就是指出、反抗、剔除陈词滥调，并努力揭示出其所寄附的社会认识、资本诉求和庸众较为普遍的审美。如果说文学评论真如布罗茨基所言，有罗盘的作用，那就意味着评论随时在战斗，批评随时在进行，因为就像布罗茨基所言，在大海中航行的罗盘是会摆动的，有时候摆动的幅度还会很大。

在与观念的载体进行对话、辨析和厘清时，客观上得承认语言的超时间性。通俗地说，语言指向未来，不会过时。具有自觉意识的诗人是不会使用陈词滥调的，除非他有化腐朽为神奇的神力。同样作为写作者和一种写作文体的文学评论的从业者，也须得有这样的自觉，还得有指出陈词滥调的能力和勇气。值得安慰的是，在时间处于加速度的今日，陈词滥调的诞生不再漫长，其消亡也显得不再郑重其事。因为与主流文学相适应的新的副本式、补丁式的微秩序，在通过互联网持续不断地产生。就像“远方”这个词语，曾经代表着某种诗意与理想，自有其庄严性，如今在许多民谣与劣质诗歌的煽动与重复下，已成了烂大街的空洞无物的指向，甚至已经与最初的意思背道而驰。还有像“一代人”这样的命名式概述，今日使用起来尤其需要谨慎。尽管城市生活如此相同，但人与人的精神差别之大，简直难以名状。一旦做了归纳，就会存在偏见，随之而来的就是始终难以克服的命名后的副作用。

专业文学批评是一个个鲜活的具体的人，有经验可参照，而匿名时代里的文学批评是一个个ID，所谓看不见的批评主体就是他们。文学批评进入“大众点评”时代，意味着传统意义上的文学批评，无论是作用、位置还是发声的方式也都在发生变化。这不仅是话语体系的分别，也不仅仅是市场的硝烟，而是文学批评的引导还是否可能的难题。而网络去中心化的属性，势必会消解专业文学批评的部分权威性。坚守发现价值，剔除陈词滥调，可能才是文学批评的攻守策略。

无论是批评，还是点评，只有成为文学的一部分以后，才可能获得传承以及被后来者征用和提整的可能。

写于2017年6月

不可译与自觉的语言意识

因为写一篇关于《小人物日记》的文章，重新读到了钱锺书先生关于此书的一条札记："余一九三六年夏游巴黎，行箧未携英文小说，偶于旧书肆得*The Diary of a Nobody*，姑购归阅之，叹为奇作，绛亦有同好……V.S.Pritchett复作文张之，知者稍多矣。（John Betjeman谓T.S.Eliot亦喜此书。）近日圆女方取读，因复披寻，益惊设想之巧，世间真实情事皆不能出其范围。"钱先生叹之为奇作，并给予了很高的评价。这次重读，意外勾起了我对钱先生在札记中提到的三个人的好奇心：V.S.Pritchett、John Betjeman和T.S.Eliot，艾略特大家都熟悉，另外两个人是谁？他们具体写过什么？钱锺书提起他们，仅仅是因为《小人物日记》吗？

一

好奇心作祟，我便去搜索V.S.普利切特和约翰·贝杰曼两位作家的相关资料，意外地引发了我对文学翻译的困惑。

普利切特先生是英国小说家、随笔式评论家，生于20世纪初，在英美文学世界有着相当的地位。他有一篇短篇小说《圣徒》（*The Saint*），被选入了1983年出版的*50 Great Short Stories*一书，同时选入的还有乔伊斯、海明威、福克纳等文学大师的短篇杰作。《圣徒》的第一句就引人注意："When I was seventeen years old, I lost my religious faith." 我试译作：17岁时，我的宗教信仰就破灭了。随后我就发现，我的译文并不准确。小说原文的遣词造句颇有讲究，"lost"一词隐有迷失之意，译成失去、丧失、破灭、幻灭等词，都难以传达出迷失的意味。我的译文显然只是传达出了表面意思，迷失之感找不到了。那译出信仰破灭之外的迷失之意有无可能？还是只能忍受某种翻译常见的遗失，是为不可译的困境？

这个困惑在搜索贝杰曼的资料时同样存在。贝杰曼是英国桂冠诗人，授勋爵士，据说是最受英国读者喜欢的桂冠诗人。此君行文风趣，颇有自黑精神，有一次把自己描述为"a poet and a hack"。"poet"我们都知道是诗人，那"hack"呢？显然不能直接翻译成黑客。结合贝杰曼爵士的写作经历，他写诗，当过记者，还写维多利亚时代的建筑评论，大致可意会为到处插一脚、东写写西搞搞，有点不务正业的意思，有自嘲的感觉。具体用哪个词语来对译hack同样成了我的困惑。尽管我约莫知道贝杰曼要传达出自嘲的意思，却难以找到合适的汉语词汇来准确表达。"hack"能否翻译成王朔笔下的“顽主”一词？或者翻译成古龙小说常用的“浪子”一词，再或者上海话中的“模子”？我依然不能确定。这是我个人阅读过程中的困惑，也正是一名普通的汉语使用者的困惑。

我是因为偶尔看见几句原文，好奇该如何翻译成汉语而感到苦恼。对大多数阅读译文的读者来说，因为译文而去看原文，哪怕从一点点开始，不失为一个阅读者的好习惯，这种现象正在变得越来越多。毕竟从一种语言到另一种语言，翻译历来争议很多。钱锺书在谈论林纾翻译的文章中，就“译”字做过深入分析，他从《说文解字》关于“译”的解析，谈到“译”“诱”“媒”“讹”“化”等字一脉通连、彼此呼应。就翻译实践，彻底的完全的“化境”是难以实现的，而翻译的“讹”也是难以避免的，于是翻译的“媒”或“诱”生成了新的理解。翻译会导诱一些人去学外文、读原作，是触发人们努力去接近原文的“媒”。正如好的译文会让人忘记翻译家的存在，只有糟糕的译本才时刻让读者意识到译者的“讹”，这种事情并不少见。虽说由此产生的误读的确会生成另外的意义，但显然不能因为“误读”本来可能导致的良好结果，而对因为翻译造成的“误读”后果加以赞扬。然而，完美得让人意识不到翻译者身影的译文，同样是值得警惕的，那意味着目的语的使用达到了炉火纯青的地步，也意味着外文的语法结构被技术性地替换了。正如将一些外文翻译成诗经体，也基本是插科打诨的游戏，寻开心而已。这和语言，譬如现代汉语，本身的发展会有联系吗？

二

进入世界文学，翻译是必不可少的“媒”。我提到钱锺书先生的阅读札记，不仅是感叹他的阅读之广，而是想说，也许在钱锺书的眼里，所谓世界文学这个观念，可能就不像今天这么让人焦虑和费解，更不像今日这么意蕴丰富，与广义的政治有着千丝万缕的联系。对于他这样学贯中西的学者而言，阅读不是本就该如此么！如果喜欢一本书，你就该尽可能收集关于这本书所有信息，无论中西，将遇见的相关内容进行合并，虽然这样的积累会是一个很漫长的过程。至于我难以找到合适的词语来翻译“lost”和“hack”，这当然和我个人的学养不足有关，也可能和各种语言本身并不天然地一一对等有关，特别是像尚处于发展中的现代汉语。我们今日读到的现代汉语不是一开始就有的，而是经历了胡适、鲁迅等文学大家的实践而成。从一种语言的发展历程来说，相对中国古代文学史中唐诗、宋词、元曲的时间跨度来说，所谓的现代汉语还不过百来年，还是幼儿期。未来的现代汉语发展会呈现怎样的变化，尚未可知。

有一点是可以肯定的，一种语言的成熟与文学作品息息相关，甚至可以说，只有文学作品和作家才可能提升他所属民族的语言。胡适就曾提出“国语的文学，文学的国语”，“今日之文言乃是一种半死的文字”，“今日之白话是一种活的语言”，

“白话可以产生第一流文学”等论断，并且身体力行，写出第一部白话新诗集。翁贝托·埃科就讨论过语言成熟与文学作品的关系，他提醒人们，如果没有但丁的《神曲》，今日的意大利语将不可设想。同样难以想象的是没有莎士比亚剧作的英语。中国也一样，且不论唐诗宋词，单就现代汉语来说，如果没有胡适、陈独秀和周氏兄弟的文学实践，现代汉语的生长同样难以想象。

语言的发展从来就不是孤立的，也没有一种语言天生就是强势的。从古希腊到古罗马，再到欧美文学，语言、文明和国家地位密切相关。我们现在所谈到的世界文学中心在欧美，普遍认为与欧美的强势语言有关，却往往忽略这种强势语言背后的国家支撑，譬如该国家的国际影响力和文化地位。莎士比亚所属的伊丽莎白时代，以及狄更斯所属的维多利亚时代都是英国国际影响力的巅峰时期。从这个角度来说，现代汉语还在发展，还在生长，语言也还在更新，字与字还会不断组合生成新的词语，语法同样会发生变化，这是因为中国还在持续生长。注意到这些，就不至于过于焦虑汉语写作进入世界文学中的道路如此道阻且长了，因为这是实在再正常不过的事情了。

莫言获得诺贝尔文学奖，在一定程度上缓解了读者的这种焦虑，但是意外地加重了写作者们的另一种负担，即光写得好还不够，还得找到好的翻译家把作品翻译出去，甚至在极端的情况下，翻译得好比写得好本身更重要。如此就陷入一种悖论，给人一种近乎荒唐的暗示，即便汉语写得不灵，但如果翻译译得好，同样可以获得进入世界文学的入场券。这看上去多少有一些荒谬的“事实”，正是一个国家的文学地位离不开这个国家最好的解说词。没有一个世界强国的文学作品是会被视而不见的，只有弱国心态的人们才会对此耿耿于怀。即便在所谓强势语言的英语文学群中，如今的英国读者已经为布克奖连续颁给美国作家而议论不休，试想在伊丽莎白时代或维多利亚时代，这还会是问题吗！

三

现代汉语写作的困境，或者说期望汉语写作获得世界性地位，不仅仅是文学本身的问题，显然也与现代汉语自身的发展现状有着关系。客观地说，就文学而言，当前的汉语书面语并不成熟，甚至还显得粗糙乃至粗鄙。那种理想的剥离日常的现代汉语写作的书面语，才是写作者的长远目标。探索创新现代语法，重新结构词语的秩序，创造新鲜的现代汉语，在先锋小说盛行期，就有小说家做过尝试，譬如孙甘露的小说语言，曾被王朔誉为上帝按着他的手写出来的，至今仍是文学语言的典范，富有现代性、形式精致且富有力量。这是先锋小说留给我们今日写作者的宝贵财富。韩少功的长篇小说《马桥词典》，不妨也可以看作一个小说家就叙事语言做出的可贵探索和重要收获，以一百多个来自生活的词条，叙述构建了马桥的历史。相比较而言，当我们读到今天不少北方小说家麻溜的叙述文字时，不妨暗暗地追问，这是理想的现代汉语写作吗？麻溜的原因在于，他们与日常语言靠得如此之近，甚至可以直接拿来进入小说。而大部分南方作家，在进行汉语写作时，多少得经历一个方言思维翻译到普通话的隐蔽过程。在早期新文学时期，靠近日常并不是问题，新文学的发起者们甚至还提倡从日常出发。胡适1917年发表《文学改良刍议》，提出了新文学的八条意见，其中就有一条："写作不避俗字俗语。"问题在于，百年前的提倡文学语言日常化，为的是与陈旧的文言形式进行断开。百年后的今天，作为文学语言，现代的形式已经确立。今天我们需要怎样新鲜的现代汉语，写作者的语言意识和文学实践让现代汉语走了多远？

1898年，尚在读大学一年级的乔伊斯就已经在构想他心目中理想的艺术语言。在一篇题为《语言研究》的论文中，乔伊斯说这种艺术语言，应该是"超越独立于索然无味的日常语言之外，后者只能拿来表达全然呆板的事物，而我说的艺术语言可以从下列要素汲取养分：某些激情套语里蕴含的美、一些夸张字眼、一些连珠炮似的咒骂痛斥、文体风格各式各样的修辞比喻转义，但是这些手法丝毫不减损它内在的和谐，即便在情绪最为激烈的时刻亦复如此"。值得注意的是，写作这篇论文时的乔伊斯，还没有开始写日后奠定他作为现代小说大师地位的任何一部作品。年轻的乔伊斯已经萌发了语言意识，即他要创造出区别于现有文学语言的艺术语言。在他之后的创作中这都得到了验证。倘若我们了解这一点，对乔伊斯之后写作出《都柏林人》《尤利西斯》《芬尼根的守灵夜》等充满语言实验的作品也就丝毫不用感到奇怪了。从乔伊斯对语言创造的思考和他日后的文学来说，如果他没有自觉的语言建构意识，也就没有日后的乔伊斯文学。乔伊斯刷新发展了英语文学乃至英语这门语言本身。

被誉为当代小说语言大师的汪曾祺先生，1987年在哈佛和耶鲁做过题为《中国文学的语言问题》的演讲，后来刊发于1988年的《文艺报》。关于文学语言，他有一段话至今读来发人深省，老老实实照抄如下："语言不只是一种形式，一种手段，应该提到内容的高度来认识。……世界上没有没有语言的思想，也没有没有思想的语言。往往有这样的说法：这篇小说写得不错，就是语言差一点。我认为这种说法是不能成立的。我们不能说这首曲子不错，就是旋律和节奏差一点；这张画画得不错，就是色彩和线条差一点。我们也不能说，这篇小说不错，就是语言差一点。语言是小说的本体，不是附加的，可有可无的。从这个意义上说，写小说就是写语言。……我们有时看一篇小说，看了三行，就看不下去了，因为语言太粗糙。语言的粗糙就是内容的粗糙。"如果说，小说语言的工具论还是多少另作别论的话，那在汪曾祺这里有了巨大变化，即语言就是小说本身，不可分割。这个提法和维特根斯坦说的“语言的界限就是思想的界限”显然具有一种内在的相通性，即语言本身就是艺术。

一个作家的语言意识必须是一种自觉意识。金宇澄先生的长篇小说《繁花》不也是如此吗？他将传统话本、沪语思维和现代汉语熔炼在一起，锻造出了独特又新鲜的小说语言，开创出了别具一格的叙事范例，汉语写作由此也获得了新的补充。从文学语言的生长性来说，作家的写作就是探知语言的边界，并且尝试拓展边界，扩大语言的描述范围。于作家而言，贡献新语言，其价值远远超过贡献一堆故事，乔伊斯显然就是一个最好的案例。语言意识就是自觉的文学意识。只有作家创造出了新的语言模式，我们所有使用的人都将是受益者，正如维特根斯坦所言，理解了一种语言，就是理解了一种生活方式。如果我们承认维特根斯坦的话有一定的道理，那创造一种语言，或者更准确地说，那些正在生产新鲜的句子的作家们，正是在创造一种新的生活。

写于2017年11月

代后记：忠于某些事实，忠于某些情感，也忠于幽暗的自己

> 他总是戴着帽子，
> 一顶七号大的灰色浅顶软呢帽，
> 哪怕在办公室一个人看稿时也戴着。

这是我读天才编辑麦克斯·珀金斯的传记时写下的句子。这个帽子的细节一直萦绕在我的脑海中，挥之不去，就成了现在的书名。在电影《天才捕手》中，科林·费尔斯扮演的珀金斯时刻戴着一顶帽子，我有点强迫症似的想确认那是不是七号大的。

珀金斯的帽子，作为一个来自生活的被文本和电影固化之后的细节，在我心里变成一种象征，孤独的、退后的，却又是坚定的。从生活的真实到文本的真实，中间就隔着珀金斯的这顶帽子。发现才华，帮他人辨认出自我，变得更好，不求回报，全身心投入，做个默默无闻的无名氏，却也乐在其中，这是珀金斯的理想生活。理想的批评写作也该是这样，发现一部分才

华，与之对话，然后让自己变得清晰，平心静气地接受所有可能的不如意。从个人的生活来说，珀金斯又需要这一顶帽子，让自己藏起来。

这么关心帕金斯的帽子，和我个人的文学观有关。在珀金斯的身上，我看到了“忠于”，忠于自己的内心，忠于自己的判断，忠于自己的梦，忠于友情，也忠于热情，以及忠于这份“忠于”导致的失去与错过，作为一个文学编辑，珀金斯就主动“错过”了福克纳。最终忠于自己的局限，努力完成清晰的也清醒的自我认知。在他那顶极有标示性的帽子上，我也感受到了另外的东西，那就是独立于外界的一部分自己，作为孤独个体的外在兴趣，甚至是嗜好，完全自足的于他人无害的东西。

如果说珀金斯让我感知到了“忠于”的存在，那另外一个伟大小说家的一则短篇小说，则启发了我对“忠于”及其边界更为深度的认知。

这是一个“真实”的故事，一起毫无希望的恋爱事件。一个饱经世故的情场高手，遇见了一个不谙世事、脸上写满寂寞的女人。这个男人风流成性，常在外寻求身心寄托。这女人的丈夫有钱，可她过得不开心，渴望新的生活。这两个人邂逅了，相爱了，不断地幽会……未来怎么办？她哭了，他也束手无策。

故事中人说：“我们不知道这段关系会持续到何时，但至少现在它不会结束。”有人会问：然后呢？没有然后，故事到这里就结束了。这个“真实的”看上去庸俗撩人的爱情故事，来自契诃夫的短篇小说《牵小狗的女人》，有人译成《带叭儿狗的女人》的，也有人译作《带小狗的女人》，用词不同，不作细究。说它真实，在于文学的真实。

这会是一次真的爱情吗？对这个男人来说，是真的动情了，还是又一次风流？若是风流，为何他已经深陷思念的泥潭而不能自拔？女人是第一次出轨，因为婚姻生活的苦闷，她渴望呼吸新鲜的空气。她是真的爱上了这个年纪大她一倍的男人吗？还是只要不是她丈夫，谁适时地出现在她面前、讨好她、听她诉说、带她逃离目前的生活，就可以得到她的爱情？关于这起恋爱事件的结局和意义，契诃夫没有表明哪怕半点态度。

美国作家乔伊斯·奥茨不主张过于追求小说的意义，小说本身就是它的意义。对契诃夫这个故事的结尾，奥茨在《短篇小说的性质》一文中，做了这样的解读："由于他们各自的家庭、各自的社会责任等因素，他们不能结婚。故事的‘意义’就这些。契诃夫使我们感觉到了他们进退维谷，他们极度的痛苦使我们经久难忘。这就够了，故事不需要再有别的意义。他们不是因为私通而受惩罚！——也不是因为不敢私奔、不够罗曼蒂克而受惩罚。他们是平常的人，陷进了不平常的境遇。"

对于故意的意义，奥茨认为这就够了，但关于故事为什么会这样，何至于此，她有着平实却独特的洞见。奥茨没有否认他们应该受到惩罚。相爱就是惩罚，思念就是惩罚，痛苦就是惩罚，爱而不能相见就是惩罚，未来往哪儿去的煎熬就是惩罚。这就是奥茨的文学观：平常人，陷进了不平常的境遇，感情只是其中一种，还有更多同样烦恼乃至绝望的境遇。试问，谁又不是平常的人呢？如果幸运或不幸地陷入不平常的情感，或者其他不平常的境遇呢？平常人的不平常，就是原因，也就是答案。由此，小说中的想念是真实的。男人以为风流过后就是烟消云散，他错了，这次不一样了，他开始疯狂地想念她："他一闭上眼就看见她活生生地站在他面前，而且似乎比过去更加美丽、年轻和温柔，就连他本人似乎也比在雅尔塔时更好一些。每天晚上她从书柜里、从壁炉里和从墙角里瞅着他，他听见她的呼吸声，听见她的衣服发出亲切的沙沙声。走在街上，他常常目送来来往往的女人，寻找着有没有长相同她相像的……"

关于离家出走的女子的所思所想，契诃夫赋予在小说人物身上的清醒也是真实的。她为什么这样爱他呢？他在女人们心目中的样子总是跟他的本来面目不同，她们爱他并不是爱他本人，而是爱一个由她们的想象所创造出来的、她们在生活里热切追寻的人。

奥茨认为契诃夫忠实于这种真实。相比奥茨的一种解答，纳博科夫的解答就显得较为严肃，像数学那般工整。他的《安东·契诃夫》收在《俄罗斯文学讲稿》中，用文本细读的方式，细致地讲解了这篇《牵小狗的女人》。纳博科夫开篇就先声夺人：有人说契诃夫总爱写一些可爱而一事无成的人物，这种说法不够准确，倒是这样的说法更确切些——他笔下的男女正是因为一事无成才显得可爱。纳博科夫认为，这篇小说没有提出什么问题，没有通常的高潮，也没有一个有意义的结尾，然而却是有史以来最伟大的短篇小说之一。

纳博科夫就是这样，爱憎分明，高赞此篇为最伟大的之一。不得不承认，有一点纳博科夫说得深刻，他认为小说没有明确的终结，而是按照生活的自然运动，以典型的契诃夫方式渐渐消隐……他俩都明白结局还远得很，对他们说来，那最复杂、最困难的事情才刚刚开始。

有人会喜欢纳博科夫的解读：这是个深刻的故事，契诃夫忠于了生活自身的逻辑和走向，关于日常生活的延续，无论发生什么，生活始终匀速向前。然而，我个人觉得奥茨的"平常"一词更加意味深长。所谓平常，就是最大的枷锁，非不愿，不能也。"平常人，陷进了不平常的境遇"，这是跨越了时间、空间和民族，趋于某种永恒的人类情感和人性。

奥茨直截了当地追问："短篇小说的性质是什么呢？它没有单一的性质，而只有多重的、不同的性质。就像我们各人的个性不同一样，我们的个性所做的梦也不会相同。没什么规矩可循。"当年的规矩都被打破，新的规矩正在被打破，即使这般不断流变，奥茨还是郑重建议："我们写作，是要忠实于某些事实，忠实于某些情感，是为了'解释'那些表面上古里古怪的行为……”为什么要忠于？这是一个人的基本道德，忠于自己内心的幽暗，才可能看到光泽。奥茨继续向自己发问：“一个聪明的年轻人为什么会变得暴戾恣睢，会去杀人；一个无忧无虑的女人为什么会跟人私奔，结果毁了自己的一生；一个头脑清楚的人为什么会去自杀？”

契诃夫的这篇小说当然是关于一段特殊情感的，但如果往更高一点的地方看，我以为他写出了更为普遍的人类境遇，只不过这一次碰巧是爱情而已。在生命的长河中，无论平凡与否，总会遭遇到种种不同的际遇，进退不是，左右为难者多矣。作为批评写作，我期望自己能够说出奥茨这样的话来，平常但能道出部分普遍的话语。同样，我也期望自己能够像纳博科夫一样审慎地面对文本，从中发掘出生活恒定的河流。这样才可能成为一个独立的批评写作者，才可能拥有一顶属于我自己的帽子，当然不可能与珀金斯的一样，必须是七号大的，必须是软呢的。

奥茨的写作出于一个很简单的愿望：我想知道人类各种情感后面的“为什么”。关于她所列出的问题，我们都想知道原因，不是吗？我们也想知道契诃夫为什么要写《牵小狗的女人》这样的小说。唯有忠于某类价值，才可能发出神圣的光泽，如果做不到忠于，写也写不出好的，读也就读不出好来。忠于某类意义，是不是就非得写大事件呢？这似乎也是纠结在中国写作者心中的大问题，奥茨更是不以为然，她认为只有还没入门的作者才会挖空心思，想什么“大”事件：“业余作者往往想写大事情，表现严肃的主题……但世上没有‘大’事情，只有大手笔。所有的主题都是严肃的，或者愚蠢的。”好吧，话题又回来了。就文学而言，世上没有“大”事件，只有大手笔。所有的日常生活中的主题都是值得写的，就看你如何写好。普鲁斯特的小蛋糕就是最好的例子了，还有珀金斯的帽子，在别处就是一顶帽子，戴在珀金斯的头上，就成了珀金斯的帽子，就是一个可以被解读的细节。

问我们需要什么样的文学观，其实就是问我们需要什么的生活。刻薄地说，想要的生活常常就只能是想要，而不是能够要到，就像契诃夫的《牵小狗的女人》，平常人陷入了不平常的境遇，你又能如何解题？愿那些经历古里古怪的事件的人，都能安然归来，因为现实中，很多人都没能回来，都消失了。有些朋友再也见不到了，有些人再也不会谋面了。

批评写作只有在成为文学的一部分后，才会获得流传的可能。要成为文学的一部分，“忠于”是不二的法则。忠于某些事实，忠于某些情感，也忠于幽暗的自己，不驱一时之趣味，不满足于流行（因为有流行就会有过时），去体验更为普遍的不会过时的人类情感和际遇，也许这就是我们需要的文学观，好像也可以算是一种人生观。

关于珀金斯的帽子，这就是由来。

文
景

Horizon

社 科 新 知　文 艺 新 潮

珀金斯的帽子

李伟长 著

出 品 人：姚映然
责任编辑：沈　敏
营销编辑：杨　朗 陈　茜
装帧设计：肖晋兴
版式设计：安克晨

出　　品：北京世纪文景文化传播有限责任公司
（北京朝阳区东土城路8号林达大厦A座4A　100013）
出版发行：上海人民出版社
印　　刷：山东临沂新华印刷物流集团有限责任公司
制　　版：南京展望文化发展有限公司

开 本：850 mm × 1168 mm　1/32
印 张：11　　字 数：209,000　　插 页：2
2018年8月第1版　　2018年8月第1次印刷
定 价：49.00元
ISBN：978-7-208-15311-0 / I · 1754

图书在版编目（CIP）数据

珀金斯的帽子/李伟长著．—上海：上海人民出版社，2018
（述而批评丛书）
ISBN 978-7-208-15311-0

Ⅰ.①珀… Ⅱ.①李… Ⅲ.①小说评论—中国—当代—文集 Ⅳ.①I207.42-53

中国版本图书馆CIP数据核字（2018）第152717号